COLLECTION FOLIO

Jack-Alain Léger

Un ciel si fragile

Grasset

Jack-Alain Léger est né en 1947. Son œuvre compte une quinzaine d'ouvrages, parmi lesquels : *Mon premier amour* (1973), *Selva oscura* (1974), *Un ciel si fragile* (1975, prix Contrepoint 1975 et prix d'Honneur 1976), *Monsignore* (1976), *Autoportrait au loup* (1982), *Ocean Boulevard* (1982), *Pacific Palisades* (1984) et *Wanderweg* (1986, Grand Prix des lectrices de *Elle*). Son seul métier a toujours été l'écriture.

Pour
ANOUK AIMÉE,
pour son charme, son esprit
et sa beauté.

« Ce sont les Pâtissiers Oublieurs qui font les pains à chanter. »

DIDEROT
D'ALEMBERT
in *La Grande Encyclopédie*.

PROLOGUE

Une aube où je nageais encore, à demi évanoui, dans les eaux tièdes et lourdes de la mer des Sargasses, j'évoquai cette soirée d'été où mon père m'apprit les circonstances très romantiques de ma conception...

Le Prince des Etoiles, l'ancien Héros du Ciel était assis là, sous la véranda, devant moi, Jupiter tonnant et quelque peu ivre, provisoirement tombé des nuages sur une chaise à bascule dont les montants de rotin grinçaient doucement devant le crépuscule dansant où la masse violette d'une forêt se détourait de l'occident plus clair, et il s'abandonnait après les fatigues d'un long voyage.

La nuit faisait déjà crisser ses mystères dans l'air transparent. Des phalènes en nuées embuaient d'or l'herbe bleue et les haies. A pas lents, Maman revenait des lisières du parc, ombre dans la pénombre des grands arbres où elle avait conduit les chiens. Au-dessus de sa tête, à l'exacte élévation d'une trouée dans les frondaisons, une étoile brillait, unique sur le pan de ciel rose et qui semblait la suivre dans sa promenade à la façon de ces astres mystiques qu'on voit accompagner les saints par leur chemin sur les images pieuses. Un des deux dogues aboyait, puis, après un instant d'hésitation, l'autre en répons — mais leur fureur ne parvenait pas à troubler la sérénité du soir, elles semblait plutôt la clamer joyeusement.

Plus près de moi, les flammes frêles des neuf bougies du gâteau d'anniversaire posé contre la balustrade de la véranda se courbaient sous le vent sans s'éteindre, leur éclat tremblant multiplié par les coupes de cristal où elles se reflétaient. Tintements sourds, sourdes brillances : tout vibrait ! On m'avait permis un peu de champagne, j'en avais bu plus qu'autorisé et, de peur de paraître tituber, je m'accoudai à la rambarde de ce paysage d'apothéose.

Pour la première fois de ma jeune existence, je crois, je pensai au Temps...

Alors, les longues années que j'étais certain de vivre après cette mémorable soirée me parurent se matérialiser dans les nuages légers qui s'effilochaient au-dessus de la ligne mauve des forêts et l'ébriété d'une brise soudaine levée dans le lointain. L'avenir ne m'était plus indistinct et gris. Le Temps, en somme, ne m'était plus intemporel : il se peignait des couleurs luxueuses de cette harmonie, il se parait des joyaux d'un crépuscule d'été. Et j'avais l'idée que le paysage de la vie serait toujours celui d'un triomphe comme on en voit représentés aux plafonds des palais baroques.

J'y avancerai jusqu'à ma mort — inimaginable encore —, j'y avancerai d'un pas plein d'allant, en légère lévitation au-dessus du droit chemin, mais toujours guidé par l'écho chaleureux de la voix de mon père, le souvenir de ses paroles un peu folles qui chantaient dans le soir.

*

Des jets de vapeur sifflants avaient frappé les rails et le train s'était immobilisé sans à-coups, déchirant le voile des lourdes fumées jaunes qui retombait mollement sur les heurtoirs. Dans le matin amer l'express les rejetait sur le quai avec leurs rêves inachevés : l'homme armé qui courait immobile autour d'un lac gelé, la muette grimaçante qui ne parvenait pas à se faire pardonner une faute qu'elle n'avait peut-être pas commise... Et dans leurs corps, comme un autre flux artériel, le souvenir du roulis des essieux sur les boggies. Leur démarche en conservait quelque chose de chancelant et d'inhabile. Devant leurs yeux dansaient des scintillements épuisants, des illusions d'optique. Devant leurs bouches la buée d'une haleine bleutée où précipitaient des mots brefs et ensommeillés, des remarques vagues au porteur et à l'employé qui verrouillait le wagon privé de mon père.

Maman releva son col-châle de fourrure rousse et baissa sa voilette sur le maquillage mortuaire d'escarbilles et de suie qu'avait déposé sur son beau visage le voyage d'une nuit. Son amant lui donna le bras. Dans leurs pas fatigués le diable se mit à grincer sur lequel le bagagiste avait posé en équilibre incertain les malles-cabines, les boîtes à chapeaux, les nécessaires, les sacs et les valises plates marquées aux initiales enlacées de mon père : TA.

La petite aiguille de l'horloge lumineuse progressa d'une seule saccade du cinq au six où elle recouvrit celle des heures. Ils étaient arrivés sans retard et déjà ils quittaient la gare.

Dehors, c'était encore la nuit. Une nuit sans lune d'où les étoiles une à une avaient disparu et nul réverbère venait trouer l'obscurité. Seul éclat dans cette noirceur oppressante, de l'autre côté de la cour des départs qu'ils traversèrent sans se presser, mes parents virent l'enseigne électrique d'un palace dont mon père ne se rappelait plus le nom aujourd'hui qu'il m'en parlait. Là, avec la largesse qu'on lui connut toujours, il laissa un milliard de pourboire au porteur, un milliard au chasseur qui le relaya dans sa tâche fastidieuse, un milliard au jeune liftier ensommeillé qui, pourtant, n'avait pas su arrêter l'ascenseur au niveau exact du palier, un milliard encore au groom qui ouvrit avec solennité la porte à double battant d'une suite spacieuse. Maman s'affala sur le lit, tout habillée, dans cet état second de la fatigue où il vous semble voir votre personnalité se dédoubler et laisser ses reflets aux satins, aux cuivres polis, aux laques blonds du décor. Mon père s'enferma dans la salle de bains. L'un et l'autre étaient trop épuisés pour dormir, trop endormis pour revivre dans le jour qui venait. Sous leur regard papillotant flottaient les heures indécises de la matinée, quasi tangibles parmi les meubles à la dérive et les rideaux mouvants : frémissement d'un velours contre un voile, rai de lumière qui lampe sous une portière, tic-tac imprécis d'un cartel. Et si l'on fermait les yeux tout à fait, les essieux du train reprenaient leur prière monotone, le glas grêle des passages à niveau sonnait de nouveau dans l'obscurité bleue…

D'un geste de lassitude, Maman interrompit une ultime tentative de démaquillage. Dans le miroir de la coiffeuse elle s'attardait cependant, balbutiant une suite assez incohérente de mots d'amour adressés à mon père et de longs soupirs qu'elle laissait en suspens...

Avec, sur les lèvres, les mêmes mots d'amour, les mêmes soupirs retenus, mon père, qui avait su se ressaisir un peu, sortit de la salle de bains. Il pensait qu'une heure ou deux passées au hammam lui ferait retrouver vie.

*Alors, le jeune liftier qui manœuvrait l'ascenseur, bâillant toujours, tel le damné d'un cercle de l'*Inferno *oublié dans la somnolence éternelle, le mena avec souplesse au sous-sol de l'hôtel, dans un Panthéon carrelé de blanc. Quatre massives colonnes de porphyre surgirent d'un brouillard ambré et, couchés à leur pied, des hommes nus, musclés comme des antiques de marbre — athlètes d'une équipe sportive, officiers de cavalerie achevant une orgie dans les repentirs de la suée, peut-être. Mon père étendit son grand corps parmi les leurs et, bientôt, il sentit ses facultés critiques s'engourdir doucement à l'égard des rires et des paroles un peu vulgaires qu'il entendait, tandis qu'une idée vague lui était suggérée, une impression plus qu'une idée : il lui semblait renouer là avec quelque rite barbare, quelque cérémonie de guerriers après les combats sacrés qu'ils ont soutenu contre le Mal, la hautaine communion virile des soldats dans le Walhalla... Oui, dans les souterrains de ce palace, dans les grottes volcaniques de cette ville d'eau désertée, dans les vapeurs balsamiques qui en émanaient, dans la lenteur désespérée de cette matinée sans fin, au milieu d'un pays, ou plutôt : sous l'écorce d'un pays qui était à feu et à sang, il oubliait.*

Il n'avait plus sommeil. Il sentait des désirs secrets reporter son âme dans la chambre où, maintenant, dormait Maman. Et, peu après, il saluait négligemment les héros solitaires couchés sur la pierre alors que pour défier la torpeur ils entonnaient un chant de guerre qui lui faisait horreur :

Soldats Germains, debout !
Le Monde a besoin de vous
Pour nous sauver des rouges
Et des Youpins,
Soldats Germains, debout !

Il connut les trois stations obligées de ce curieux monde des Morts. L'enfer était une vasque de boue, le purgatoire, des jets d'eau soufrée qui le frappaient par rafales alternées, bouillantes et glacées. Au paradis, enfin, il trouva une couchette fraîche où s'étendre dans les plis amples de son peignoir de pongé blanc. Contre la mosaïque, les pistons de cuivre d'une grande machine répétaient un étrange oracle où bientôt il lui sembla discerner les mots : liebe, liebe Liza ! *Quelque chose comme ça :* liebe, liebe Liza ! *Et le chuchotement monotone avait les intonations de sa voix.*

Liza !

Liebe, liebe Liza ! — *alors, il se leva.*

Et de nouveau il fut dans la chambre qu'un premier soleil d'octobre incendiait maintenant. Tremblant de désir, il s'étendit contre Maman qui s'éveillait.

En elle, peu après, jaillit la semence. Douce et laiteuse, opalescente, telle une perle dans l'eau de laquelle on eût pu voir, peut-être, les reflets trompeurs de ma personnalité naissante, les mille éclats de mon ineffable et fantasque et fragile et fanfaron et frivole petit moi.

*

Cette fantaisie absurde me vint à l'esprit alors que je flottais, suffoquant, dans un courant plus chaud et pesant, un ressac où dansaient des éblouissements blancs que ma brasse alourdie ne parvenait plus à écarter, ... et je m'y noyais.

Mon père, évidemment, ne me dit rien de tel, ce soir-là. Mais qu'il s'endormit bientôt, sur la courtepointe de satin rose, enlacé à Maman.

*

Plus tard, il fut midi et la chambre où ils dormaient tous deux coûtait maintenant plus d'un billion au lieu des trois cents milliards qu'ils avaient payé quelques heures avant. Et plus tard encore, ils se réveillèrent pour aller déjeuner dans une salle à manger déserte où les œufs qu'on leur servit coûtaient plus cher que les cuillers d'or avec lesquelles ils en écalaient les coquilles.

Alors, à l'exaspération du matin, cet étrange matin qui avait installé chacune de ses secondes dans leurs âmes déjà meurtries par les scènes d'horreur auxquelles ils avaient assisté l'avant-veille, à sa lenteur succéda soudain cette excitation tranquille qui anime les enfants lorsqu'ils entrevoient devant eux tout un long après-midi de jeu, et ils sortirent découvrir la ville d'eau où ils venaient passer quelques jours sans trop savoir pourquoi. Pris d'une légère griserie, avec une allégresse neuve, une façon de gourmandise, ils marchèrent lentement, d'un pas égal, traînant après eux leurs ombres oblongues sur le trottoir. Ils firent tout ce qu'on fait en pareil cas, tout ce que leur dictait inconsciemment une vieille culture des plaisirs honnêtes et les conformismes attendrissants qu'elle impliquait :

ils goûtèrent les spécialités d'un vénérable pâtissier de la Grand Rue, « fournisseur attitré de l'ancienne Cour et de la présente République ». Ils s'assirent sur le banc public du Panorama, devant la table d'orientation et face à l'infini où miroitaient des glaciers mauves, de cette même nuance de mauve que l'image de céramique qui les reproduisait. Aux cygnes qui glissaient sur le lac, ils donnèrent à manger la garniture trop sucrée de leurs gâteaux. Ils s'attardèrent à écouter un orchestre municipal massacrer l'ouverture du Vaisseau fantôme sous le dais de métal dentelé d'un kiosque dont les aigrettes et les feuillages stylisés se découpaient d'un bosquet que le soir déjà empourprait. Les stridences grandiloquentes des cuivres ne parvenaient pas à couvrir les cris des enfants qui couraient entre les chaises de jardin, ni les fracas de l'envol de milliers d'oiseaux de nuit qui regagnaient à tire-d'aile les proches forêts de sapins. Ils virent la douce déclinaison de leur trajectoire suivre le mouvement apaisé de la musique, leur masse frémissante se fondre au velours bleu sombre des arbres et ils en furent heureux. Au-dessus de la forêt, les pics enneigés s'embrasèrent et parurent se diluer en vapeur dans la nuit tombée vite.

Alors, ils s'en revinrent vers l'hôtel, allongés plus qu'assis sur les coussins d'une victoria de louage, s'amusant de voir les panaches rouges des mules dodeliner à contretemps du haut-de-forme du cocher, et des clochettes d'argent qui sonnaient sèchement, ponctuant d'un petit rire d'ironie leurs tendres baisers.

De leur mémoire déjà s'effaçaient les visions d'Apocalypse de la nuit à Berlin qui avait précédé la nuit dernière, passée dans le train. Ils oublièrent cette foule hurlante dont les premiers rangs tombaient à genoux, fusillés, dans le sang qui ruisselait, ces maisons qu'ils avaient vues brûler et dont les poutres en flammes tombaient comme des météorites sur la chaussée, ces hennissements terribles des chevaux de la police montée, ces explosions sourdes qui se rapprochaient, lourdes de menaces, et les cernaient...

Plusieurs heures durant, ils avaient tenté de rejoindre la maison de mon père, sur Argentinische Allee, mais chaque détour de rue, chaque croisement avait refermé un piège et ramené leurs pas vers le centre d'un labyrinthe dont jamais plus, leur semblait-il, ils pourraient s'échapper. Ils avaient vu un cheval, le flanc percé par la hampe d'un drapeau rouge et qui se débattait dans ses viscères, comme la dérisoire victime d'un obscur sacrifice, entre les deux haies parallèles des policiers bottés et des manifestants. Ils avaient vu un enfant, la main déchiquetée, courir jusqu'à l'ombre d'une porte cochère et s'y effondrer. Ils avaient entendu des cris de terreur puis vu, aussitôt après, un tremblant édifice de cristal glisser tout éclairé sur ses rails : un tramway dont le wattman était agenouillé, le crâne ouvert posé sur le tableau des manettes. Ils avaient vu les passagers, fous de peur, gesticuler comme des marionnettes, et puis le convoi s'engager sur une plus forte déclivité et le néant noir d'un tunnel, au bout, les happer, les broyer entre les tôles et le verre — horreur ! Ils avaient vu des femmes courir dans une rue vide et retourner à la rumeur d'une rue adjacente en criant : « A l'assassin ! A l'assassin ! ». Ils avaient rebroussé chemin : d'autres révolutionnaires, au milieu de la chaussée, se disputaient une banderole où ils finirent par déchirer le mot LIBERTE qui s'y trouvait peint. Plus loin, oppressant comme un silence, c'était le martèlement assourdissant des sabots d'une centaine de chevaux que la police faisait marquer le pas sur le pavé. Des bombes incendiaires explosaient sur un toit, projetant des tuiles et des gouttières… Où qu'ils allassent, des barricades ou des foules en fureur leur barraient le passage. Ils remontèrent une large avenue jonchée de gravats. Là, sous l'enseigne d'un cabaret, s'ouvrait une infirmerie improvisée, signalée par de grandes croix rouges tracées d'un seul coup de pinceau sur les murs d'acier bleuté. Par des portes de saloon, sans cesse s'engouffraient des brancardiers porteurs de civières que les battants à claire-voie frappaient en cadence…

LE PLAISIR — mon père y courut, tenant dans ses bras Maman qui sanglotait, en proie à une attaque nerveuse…

Mais le spectacle n'avait pas été suspendu pour autant : à l'intérieur, au milieu de la cohue des blouses blanches et des blessés sanglants, un travesti vêtu de panthère, les poings sur les hanches — qu'il avait gainées d'une résille —, continuait de chanter d'une voix de fausset, debout sur le comptoir, enjambant les verres des rares consommateurs et, parfois, les cassant à coup d'escarpins dorés :

Shanghaï ! Shanghaï !
Ville des voluptés !
Ah ! Fais-moi connaître encore...
Tous tes plaisirs opiacés,
Tes baisers pervers m'ont ensorcelée !
Shanghaï ! Shanghaï !
Ville des voluptés !
Offre-toi à moi, encore une fois !

Maman pleurait sans bruit, maintenant, la joue posée sur la poitrine de mon père qui sentait son souffle s'apaiser. Il était ému autant qu'elle l'était, mais, peu à peu, il lui semblait que, malgré l'horreur et la peur et l'état d'égarement où ils se trouvaient tous deux, ils retournaient à l'égoïsme de leur amour neuf. Déjà ils s'exilaient de ce monde où explosaient des bombes, où claquaient des coups de feu, où hurlaient des blessés, déjà ils ne voyaient plus ces brancardiers ivres qui ressortaient en entonnant l'absurde refrain :

Shanghaï ! Shanghaï !
Ville des voluptés !
Offre-toi à moi encore une fois !

Ils étaient pareils à cet adolescent maigre aux yeux cernés et au teint vert qui, indifférent à l'agitation alentour, poursuivait pour son seul plaisir, sans doute, la parodie idiote d'une chanson déjà passée de mode.

Des rivages de ce refuge louche où Maman, qui n'avait jamais imaginé qu'il existât de pareils endroits, accepta, cependant, d'une entraîneuse corsetée de velours gris un petit verre d'eau-de-vie, ils assistaient, épouvantés, certes, hébétés, mais, au fond, en étrangers, à l'agonie d'une société, peut-être d'un monde.

Et plus tard, quand la rumeur des combats de rue se serait tue, quand une artiste du cabaret, déjà harnachée pour son numéro, aurait expulsé à grands coups de fouet les blessés qui salissaient les banquettes, ils pourraient regagner la maison de mon père sur Argentinische Allee. Là, des fenêtres entrouvertes, ils verraient l'incendie lointain d'une banlieue jaunir le ciel et ils seraient alors comme des marins qui eussent observé du large le dernier matin de Pompeï : ils n'auraient vu que des coulées de lave rouge grésiller dans l'eau avant de s'y pétrifier et des cendres danser sur l'écume obscurcie de la vague.

*

... Et je nageais, brûlant de fièvre, mais, aussi, insensible et glacé. Je nageais, moribond, avec cette dernière vision d'une vie qui n'avait pas été la mienne... Devant mes yeux cette image inconnue d'un palace rose et altier que les torchères de sa façade, allumées toutes d'un seul coup, tiraient soudain de l'obscurité — comme sur la scène d'un théâtre la toile d'un changement à vue. Je nageais et, à la fois, j'étais tapi au fond de la victoria, balancé au rythme doux de ses ressorts... et la façade du palace se rapprochait, sans cesse plus massive et colorée, plus joyeuse : des faunes et des nymphes dans la corbeille de chaque balcon, des fleurs, des fruits, des rires à toutes les fenêtres éclairées, les accents d'une folle gaieté sur la

terrasse où l'on dînait, et, non loin, les grincements d'un orchestre invisible qui s'accordait, le seul orchestre, le seul orchestre à jamais sur cette terre où tout était noir et éteint...

Alors, je connus les instants d'insouciance et d'ivresse qui précèdent la mort. J'étais heureux de flotter toujours un peu plus éloigné de mon âme qui dérivait au-devant, me semblait-il, comme une bouée que je ne rejoindrais plus. Je perdis connaissance tout à fait. Et, sans doute, étais-je alors assez semblable à un poisson crevé sur le placenta gluant de cet océan. Le ressac me traînait d'une crête à l'autre sans jamais m'engloutir. Et, si je rouvrais les yeux, j'y voyais des étoiles jaillir de l'iris et semer les cieux d'un mica qui scintillait, les cieux où un Dieu plein de pitié me chuchotait que j'allais me noyer. Que je me noyais...

... Plus tard, le clapotis qui si longtemps avait sonné dans la caverne de mes oreilles, le clapotis me rejeta mon cadavre violet et puis moi, mon âme, après... sur la plage d'une île inconnue des géographes où je fus recueilli par une peuplade inconnue des historiens — le seul survivant du PERSEE.

C'est à bord du Persée, *le 31 août 1939, veille de la catastrophe, c'est dans les coursives supérieures du dirigeable que je fis sa connaissance : Chou Tsé-tsin !*

Celui qui pendant vingt années avait été le domestique de mon père, le sautillant, l'énigmatique petit Chinois dont j'avais tant entendu parler sans jamais l'avoir vu, était du voyage — je n'ai jamais su pourquoi.

Que faisait-il là, perdu parmi cent autres passagers ? Pour quelle raison se rendait-il en Amérique ? Comment avait-il vécu depuis ce jour d'août 1933 où mon père avait été assassiné dans les conditions que l'on sait ? Et de quoi ? Pourquoi n'avait-il jamais rendu visite à ma mère ni à moi, le fils de son maître ?

Je le pressais de questions mais il ne répondait pas. Tout ce qui touchait à sa personne était éludé d'un revers de la main, d'un soupir. Pourtant, il était visiblement très ému de me rencontrer enfin.

« Mon Dieu, ne cessait-il de répéter, comme vous lui ressemblez ! Comme vous ressemblez à Monsieur Alansky... »

Et sur « Monsieur » Alansky, sa vie, son génie, sur

les joies et les souffrances qu'avait connues mon père, je le trouvai bientôt intarissable.

Je nous revois encore, arpentant le promenoir du dirigeable. Je nous revois à l'intérieur de ces formidables viscères de caoutchouc rose, flottant en silence parmi les nuages blancs à la dérive et les aurores boréales. Je nous revois dans cette nef couleur de chair, à midi... mais voguant vers la nuit — la nuit qui tombait, maintenant.

Jamais personne ne montait à l'intérieur du « cigare ». Les voyageurs préféraient les transats du pont-promenade et le bar de la nacelle où la rumeur des turbines et les échos des tangos que diffusaient les haut-parleurs leur étaient une présence rassurante. Tandis qu'il y avait quelque chose de mystérieux et de vaguement oppressant à se trouver là, à trois mille pieds au-dessus de la terre, dedans ce ventre chaud et souple où parfois venaient à siffler des gaz volatils qui enivraient, ce ventre où les paroles s'étouffaient, absorbées par les replis de pneumatique.

Et parfois, un tangage plus aigu vous rejetait contre la paroi, où vous enfonciez, doucement.

260 mètres de la poupe à la proue. *Combien de milles avons-nous ainsi marché, toute une nuit, seuls, dans la solitude de l'infini et parmi les étoiles : Cassiopée ici, là le Chien, Bételgeuse, Andromaque, Sirius, Astarté — de la poupe à la proue, de la proue à la poupe. Moi, muet d'émotion, et lui, Chou Tsé-tsin, parlant sans cesse, écorchant les mots, les chantant plus qu'il ne les prononçait, me racontant ce soir de*

mars 1913 où ils se connurent, mais aussi ce matin d'août 1933 où mon père fut tué par le jeune S.A., mais aussi, ses triomphes et ses échecs et ses passions — les deux amours que tout le monde lui sut : Mina Heïde et plus tard Jude Jey, comme cet amour secret qu'il eut pour Liza, ma mère —, et puis ce midi de 1923, ce jour, fatidique dans sa vie, où le ciel, si fragile, lui était tombé dessus...

Le ciel lui était tombé dessus : les stratus étirés du couchant d'abord, roses, légers, coupants, et qui s'étaient détachés de l'éther bleuté avec de sourds grincements. Puis les gros nimbus blancs qui se pulvérisaient à terre et dégageaient une âcre poussière où longtemps on l'avait entendu suffoquer parmi d'autres blessés, d'autres « damnés » — disait-il —, et sitôt après, dans un assourdissant fracas, le grand firmament.

Le ciel lui était tombé dessus mais il ne s'était pas soucié de son salut. Sous les gravats du crépuscule c'est à peine s'il s'était débattu. Un instant, même, il avait souhaité mourir vraiment, ne plus souffrir. Il tenait alors pour certain que Mina ne reviendrait plus, et, soudain, il le savait ! Oui, à l'instant précis où le ciel était tombé, il l'avait su : plus jamais il ne connaîtrait le bonheur. Meurtri, brisé, éborgné par son monocle cassé, aveuglé par le sang qui lui coulait du front comme d'une couronne d'épines il coule au front des christs naïfs, assourdi par les appels des damnés qui criaient leur douleur, à tâtons dans cette nuit où, le pied pris aux décombres d'un rayon de soleil, sur les coudes, il rampait, il s'était pourtant senti étranger au désastre, il s'était surpris à n'avoir qu'une seule pensée, et qui le taraudait, et pour laquelle il eût hurlé parmi les agonisants, n'eût été sa native pudeur ou l'épaisse poussière qui l'étouffait peut-être : Mina s'en allait, elle s'en était allée déjà, Mina n'était plus là. Plus jamais il ne connaîtrait le bonheur.

Près de lui, un figurant agonisait qu'il ne voyait pas dans l'obscurité mais dont il palpait le sang chaud et gluant avec dégoût. Plus loin, c'était une femme dont il ne distinguait que la bouche bavant une langue violacée et les yeux révulsés qui brillaient comme deux agates et semblaient doucement pleurer — la pointe d'un stratus l'avait empalée au sol.

Accès de toux, crises de folie, cris, sourdes plaintes, délires, râles d'agonie : alentour, sous le ciel tombé à terre, tout lui redisait que Mina était partie et qu'il était, lui, en Enfer. Là où croupissent à jamais ceux que leur amour a quittés.

Alors, il pensa qu'il était mort lui aussi et il en ressentit une sorte de sérénité. Des larmes ensanglantées embuèrent ses yeux, diluant dans un heureux néant l'ultime vision qu'il avait de Mina : et Mina souriait comme sourient les anges. Une dernière fois Mina lui envoyait des baisers.

Puis, il fut sous le grand ciel baroque d'un hôpital, sous les crayeux nuages roses et bleus où se battaient des dieux antiques, et alors seulement, il sombra dans le coma.

I

« 1913 »

1.

C'était moi l'ombre chinoise sur le grand mur laqué de crème. C'était moi l'ombre chinoise penchée sur le lit blanc et qui déplissait un drap, qui redressait un oreiller, qui offrait un verre d'eau aux reflets menaçants. C'était moi l'ombre chinoise qui tendait un miroir où le soleil avait d'étranges éclats. Et c'était encore moi l'ombre chinoise qui semblait l'effrayer quand Tadeuz Alansky délirait.

Parfois, lorsqu'on me demande ce que je fus pour lui, je suis tenté de répondre avec un petit rire d'ironie : « Chou Tsé-tin, son ombre chinoise. » Et ce n'est pas tant pour faire un mot : pendant vingt ans j'ai été, à ses côtés, « le léger petit bonhomme à peu près muet », « l'impénétrable magot » décrit par les journalistes en quête de ragots et qui jamais n'obtinrent rien du sage confucéen dont je jouais en sautillant le rôle si plein d'énigme et de pittoresque. « L'ange gardien venu de l'Empire Céleste », le secrétaire, le confident, le masseur, le pourvoyeur de rêves — alors, j'allais par les rues désolées de Chinatown à la recherche d'un peu d'opium qui soulageât sa peine... Le chauffeur, aussi, le bagagiste, le consolateur, le perdant au jeu d'échecs ; d'une certaine façon, le maître à penser, même — j'ai la vanité de l'imaginer —, et peut-être le seul ami qu'ait jamais eu Tadeuz Alansky.

Parfois on s'étonne encore de ce qu'un homme de mon éducation et de ma qualité ait daigné être un domestique. Domestique privilégié, certes, mais domestique. J'élude la question en citant alors une vague parabole tirée de Lao Tseu, ou bien je prétends que la servitude n'est pas ressentie par une âme chinoise comme elle l'est par l'esprit d'un Occidental. Mais évidemment ce ne sont là que faux-fuyants. Et si l'on veut comprendre comment j'ai pu entrer à son service au début de 1913 il faut savoir ce qu'était mon existence au moment où je fis la connaissance de Tadeuz Alansky.

J'étais le fils cadet d'une opulente famille d'armateurs cantonnais, les Chou, et, comme tel, promis aux études et à l'érudition. En Europe, au siècle dernier, le fils cadet était ordonné prêtre. En Chine, on décidait qu'il serait poète. Ce n'était guère pour me déplaire ou m'attrister : tandis qu'on initiait mes trois frères aux subtilités du fret, je passai une rêveuse enfance à calligraphier sous les portiques de jade et de jacaranda du petit palais Chou et je n'avais d'autre ambition qu'écrire et être heureux.

Mon père traitant surtout avec des importateurs et des négociants allemands, c'est tout naturellement qu'il m'envoya étudier la philosophie du droit selon Hegel, la métaphysique de Kant et quelques autres délectables matières à l'Université de Berlin. Et c'est ainsi qu'au printemps 1910 je quittai notre îlot des Neuf-Parfums sur le Si-Kiang.

Le voyage à bord d'un paquebot de la Compagnie Chou and Bros fut une féerie — je découvrais le monde des hublots de l'appartement *Trianon,* et je savais que tout, en dessous, m'appartenait...

Puis, à peine installé sur le Kurfürstendamm et inscrit en faculté, j'y menai la joyeuse vie désespérée des étudiants allemands : bals populaires, tournée des bordels, cabarets, duels absurdes pour un point controversé d'aristotélisme ou les yeux d'une femme dont on aurait oublié, le lendemain, jusqu'à la couleur... Beuveries au café des Westens, combats au sabre d'abordage, débats d'ivrognes prolongés tard dans la nuit, excentricités de dandies et romantiques déclamations des plus beaux vers d'Hölderlin ou de Novalis dans l'agonie de l'aube.

Je récitais avec un accent particulièrement charmant, j'étais riche, exotique, élégant, et je dois dire que, pendant deux ans, je ne fus pas en reste dans les plaisirs et les folies. Je séduisis même quelques jeunes filles bien nées dont les mères s'évanouissaient à moitié si on venait à leur énoncer mon imprononçable nom.

Et puis, ce fut la tragédie et elle eut nom Sun Yatsen :

un matin de 1912 une note laconique de la légation m'apprit que ma famille avait tout entière été massacrée par un détachement de partisans. Elle se trouvait en villégiature, fêtant la floraison des cerisiers sauvages, et le sang de mes sept sœurs souilla les grands paniers de pétales mauves et blancs. Tous nos bien furent confisqués et nationalisés — j'étais pauvre désormais.

Pauvre comme le sont ceux qui avaient vécu naguère dans l'aisance et le luxe. C'est-à-dire, d'une certaine façon, plus pauvre que les pauvres.

Alors, je quittai ma suite du Kempinski et j'allai vivre dans une chambre misérable de la plus désolée des banlieues de Berlin. Je vendis tout ce que je possédais. Puis il fallut vivre chichement, accepter des travaux sans cesse plus humiliants, avoir pour seul plaisir, maintenant, les séances de cinéma dans les petites salles Alansky.

Et parfois, parce qu'ils se déroulaient sous un chapiteau de fortune dressé à deux pas de chez moi et que j'y trouvais dans le terrible hiver 1912-1913 un peu de l'amitié et de la chaleur qui me faisaient si cruellement défaut, les combats de boxe...

C'est ainsi que je connus Tadeuz Alansky. Par une nuit jaune et glacée qui précipitait d'étranges brouillards violets dans l'air rare.

Notre lugubre banlieue semblait s'être détachée du monde des vivants : les brumes l'avaient noyée dans un lac maléfique où tout bruit s'étouffait, où toute silhouette se diluait sitôt qu'apparue au détour d'une rue.

Une petite foule d'ombres et de fantômes se pressait aux abords de la tente où devaient se succéder les trois matchs. A l'époque, les combats de boxe ne jouissaient pas de la ferveur mondaine et de la manière de respectabilité qu'ils ont acquises depuis. Dans de lointains quartiers, entre les hauts murs de briques de quelque usine, on dressait un petit chapiteau de vieilles bâches, on alignait une vingtaine de bancs de part et d'autre d'un ring de fortune qu'eût désavoué le marquis de Queensberry, et, parfois, une police tracassière venait encore interrompre le spectacle auquel seuls assistaient les petites gens, les voyous et quelques étudiants en mal d'émotions vulgaires.

Pareils aux revenants d'un conte d'horreur, ils surgissaient des rues de traverse : ouvriers endimanchés, maquereaux trop bien habillés, putains dont la chevelure flamboyait un instant sous l'éclat froid d'un réverbère, apaches avec la casquette crânement posée sur le sourcil gauche et qui s'interpellaient sans aménité, en argot. Il y avait une sorte d'excitation nerveuse dans l'air, où flottait une odeur de bière. On parlait fort, comme pour défier le brouillard. Et des filles chatouillées riaient en insultant tout à la fois leur amant, le vent d'hiver et les quelques rares fiacres qui passaient en éclaboussant de neige fondue le bas de leur robe. Je suivais ainsi un couple qui m'amusait par la gouaille de ses reparties, quand, au détour d'une impasse au fond de laquelle se dressait la tente, la femme s'exclama :

« Ah nom de Dieu de merde ! Ah bordel ! C'est pas possible ! Je meurs ! T'as vu, Helmut ?... »

Et, de fait, jamais sans doute cela ne s'était vu dans le quartier : sous un bec de gaz qui sifflait, insolite comme un précieux météorite tombé d'une autre planète, d'une planète plus luxueuse assurément, d'une planète où jamais il ne devait y avoir d'hiver ni de brouillard, un cabriolet Benz blanc était garé qui étincelait de tous ses chromes et de sa sellerie fauve à rivets dorés.

Quelques hardis apaches caressaient ses ailes avec une sorte de respect religieux. Un peu en retrait, des ouvriers la contemplaient, bouche bée. Elle était l'objet symbolique d'un inaccessible rêve. Comme un joyau trouvé dans la boue de cette vie-ci. Moi, je m'en approchai à mon tour, curieusement ému et fasciné. J'écoutais les commentaires : des hommes donnaient des précisions d'ordre technique, des femmes vantaient l'élégance raffinée de son intérieur.

Puis, une prostituée quelque peu éméchée, mit un pied sur le garde-boue, pressa la poire de l'avertisseur en lançant à la cantonade :

« Moi ce rupin-là, faut que je me le fasse ! Non mais des fois ! » — et le charme se rompit.

Au fond de l'impasse, sous le chapiteau de bâche une cloche appelait le public. Le premier combat de la soirée commençait.

*

Dans la pénombre, le hasard voulut que je fusse placé à côté de lui. Et tout de suite je le reconnus : Tadeuz Alansky !

Il est vrai que le hasard avait voulu aussi que le

matin même j'aie lu un article sur lui dont j'avais pieusement découpé la photo. Je savais déjà par cœur les louanges immodérées que l'auteur de l'article adressait à mon seul héros, au seul homme qui m'eût procuré quelques plaisirs dans cette sombre existence, mesquine et glacée, mon existence désormais.

Je mangeais à peine et j'avais froid mais, chaque fois, je trouvais le mark qui me permît d'aller au cinéma. Le *Taj Mahal* ! : ainsi s'appelait la salle Alansky de mon quartier. J'y entrais et, sitôt, j'étais saisi par la magie du lieu : l'œil de l'appareil de projection lançait des éclairs en faisceaux où se délayait la lourde fumée bleutée en suspension dans l'air. Un pianola caché égrenait mécaniquement les accords nostalgiques d'une valse lente. Sur l'écran s'agitaient des dieux et des divinités.

Sur l'écran, c'était un film de Tadeuz Alansky : *Salammbô* ou *la Dame à la Licorne, Faust, Monte-Cristo, l'Enfer, Tristan et Isolde, Femmes fatales.* L'un de ces sept chefs-d'œuvre qu'à l'âge de vingt-cinq ans il avait déjà écrits, mis en scène et produits !

Eh bien, un peu à la manière d'un fantôme apparaissant par la grâce d'un de ces mystérieux truquages qui avaient fait une partie de sa célébrité, soudain je le vis assis là, tout contre moi : le Prince du Cinéma ! Et quoique à l'époque je fusse encore trop chinois pour être parfaitement sensible aux canons du goût occidental, son étrange beauté me frappa, son élégance et son éclat. Rehaussés par le scintillement froid d'une grande écharpe de soie blanche qui flottait, dénouée, sur son manteau d'automobile de rugueux cuir gris, son teint olivâtre, ses yeux si grands dont les paupières semblaient passées au khôl, ses cheveux bien plaqués et calamistrés luisaient d'une sourde brillance qui étonnait, qui intriguait un peu. On eût dit le Bacchus malade qu'a peint Caravage. Songeuse figure du mystère de la nuit, il se tenait très droit sur le banc et crayonnait avec négligence dans un petit carnet d'esquisses. Il ombrait à grands traits la puissante musculature d'un des boxeurs qu'il dessinait. Indifférent à la fièvre qui déjà s'emparait de la salle, en sphinx hautain il observait.

Alors, je risquai un clin d'œil sur la feuille de papier qu'il noircissait. Il coula sur moi un regard amusé et fit, énigmatique :

« Il me faut un Zeus, n'est-ce pas ? »

Il parlait d'une voix froide et feutrée, un peu détachée. Comme si les mots n'avaient jamais eu qu'un rapport assez lointain avec la signification qu'il voulait leur donner. Il semblait s'excuser d'être là, d'assister à des plaisirs qui ne lui étaient pas destinés. Et moi, avec la puérile bêtise des idolâtres je m'enhardis à lui dire :

« A peine je vous ai vu je vous ai reconnu. Vous êtes Tadeuz Alansky. »

Il me sourit et reprit avec affabilité :

« Tadeuz Alansky, oui. Je suis un amuseur moi aussi, comme les organisateurs de ce combat, n'est-ce pas ? »

« N'est-ce pas ? » ajoutait-il à tout ce qu'il disait. C'est ainsi que, par une manière de modestie, il tentait d'atténuer l'étrangeté de sa présence sous ce chapiteau ou de prévenir mes protestations. Mais peut-être pensait-il vraiment ce qu'il disait : à l'époque le cinéma n'avait pas acquis ses lettres de noblesse auprès des intellectuels et de la bourgeoisie cultivée. Quiconque eût dit tout haut ce que seuls quelques artistes d'avant-garde osaient murmurer, par exemple : que *l'Enfer* d'Alansky n'était en rien moins grandiose que celui de Dante, — on l'aurait pris pour fou. Et Alansky, comme les autres réalisateurs de son époque, se sentait plus près des clowns que des poètes ou des romanciers. Plus près des jongleurs, des équilibristes, des prestidigitateurs, des montreurs de marionnettes, des magiciens de foire — d'une certaine façon, il se sentait même plus proche de ces deux formidables lutteurs dont les torses de Titans luisaient de sueur que de Nietzsche, de Mahler, de Thomas Mann ou de Rainer Maria Rilke, ses contemporains.

Etait-ce pour cette raison secrète qu'il rentrait la tête dans les épaules chaque fois que l'un des deux hommes encaissait un crochet particulièrement violent ?

Bientôt, le sang se mit à couler des fronts et des bouches et la foule cria sa joie mauvaise. Alansky gâcha le dessin commencé en quatre traits de crayon rageurs et referma son carnet.

« Etes-vous un habitué, me demanda-t-il, pouvez-vous m'expliquer les règles exactes du jeu ? »

Je ne sais pourquoi j'imaginai qu'il me mépriserait si je lui avouais que j'avais déjà assisté quatre ou cinq fois à des spectacles aussi sanglants. Je mentis, je prétendis que c'était la première fois que j'y venais moi aussi. Et j'ajoutai avec une lourde flagornerie d'adolescent que j'étais « par contre » un habitué de ses films. C'est alors seulement qu'il prit du recul pour me dévisager et sembla découvrir que j'étais Chinois.

Puis, à mi-voix, il fit cette remarque bizarre :

« J'ai toujours pressenti que je saurais mieux parler à la sensibilité des Orientaux... »

J'osai lui rétorquer qu'il connaissait en Europe et aux Etats-Unis un succès comme nul n'en connut jamais, mais il me coupa :

« C'est un malentendu. Les gens ne voient dans mes films que l'histoire, l'anecdote, les parures, les décors — n'est-ce pas ? Ils voient les tours de magie, croient que ce sont de simples tours et sont insensibles à la magie... je veux dire : au style, à l'écriture... si je peux oser ce mot. Je suis un artiste à succès... totalement incompris ! Oh, ajouta-t-il, avec un ton de reproche à son égard, je suis bien impudique de me plaindre ainsi — n'est-ce pas ? Quel pitoyable esthète je fais... C'est ridicule ! Comment appelez-vous les gens de mon espèce en Chine, comment les appelez-vous déjà ? Les poètes " poudre-de-riz ", n'est-ce pas ? les poètes " poudre-de-riz " ! »

Il se mit à rire, pensant sans doute dissiper l'impression de sérieux et d'étrangeté que faisaient ses paroles sur moi. L'ironie s'y mêlait à la mélancolie et il avait tout d'un enfant rêveur perdu dans une foule.

Parmi les boxeurs il cherchait celui qui ferait un Zeus tonnant auquel on pût croire dans son prochain film...

Mais plus tard il se mit à crier, applaudir et siffler et scander avec le reste de la salle :

« Vas-y, vas-y, John, vas-y, vas-y, vas-y Budie, Budie... Budie ! »

2.

Déjà la petite foule s'était écoulée hors du chapiteau, emportant dans le brouillard où elle se diluait à nouveau les brillants éclats de sa gaieté. Il faisait un peu plus froid et je frissonnais dans ma mince veste d'alpaga noir, seul reste de ma splendeur passée.

Alansky m'avait distraitement salué et, pensai-je, déjà oublié. Nimbé d'un halo vert, sous le réverbère, il tournait la manivelle du cabriolet Benz dont le moteur démarra bientôt avec un feulement de machine exactement huilée. Puis, je le vis agrafer la jugulaire de son serre-tête de cuir gris, refermer les dizaines de sangles qui faisaient de son manteau une étrange armure, enfiler les épais gants à crispin, baisser les lunettes du front sur les yeux et j'allais m'éloigner avec cette dernière vision d'un Parsifal moderne quand sa voix me parvint, assourdie par les trois épaisseurs de l'écharpe nouée sur sa bouche, et sa proposition, si bizarre dans son énoncé que je crus d'abord n'avoir pas bien entendu :

« Dites-moi, le fils de Lao Tseu, des Sept-Ciels et des Quatre-Soleils, si vous veniez chez moi boire deux doigts de champagne ? En tout bien, tout honneur, s'entend ! »

Et ensuite, sans que je sache très bien comment les événements s'étaient enchaînés, j'étais enroulé dans un épais plaid, assis à son côté, et nous fendions l'écume jaune et sale de la nuit, laissant derrière nous un sillage de fumées grises, de murs de briques et de chaussées mal pavées. Alansky conduisait avec une sorte de rage rentrée et une précision toute sportive pourtant. Au milieu du néant brumeux il semblait se repérer sur des signes seulement connus de lui. Il allait vite, très vite, et, à travers mes larmes, je voyais défiler des becs de gaz dont la flamme vacillante liquéfiait la chaussée.

Il ne ralentit qu'aux abords de Zehlendorf et freina tout à fait à l'entrée d'Argentinische Allee, devant une grande maison, ou plutôt, un haut mur de lierre qui enchâssait une bonne vingtaine de fenêtres toutes éclairées.

« Attention, fit-il avec mystère, attention ! »

Alors, des portes recouvertes de panneaux de laque glissèrent sur leurs rails, doucement. Un gong s'agita sous la poussée du souffle. Un céladon tinta...

Je crus avoir été transporté par magie dans mon pays.

Imaginez un temple taoïste. Deux grands dragons de pierre noire flanquant une cheminée où brûlait un gai feu de bois. Des paravents. Des quinquets de soie. Des divans tendus de satin broché rouge et noir. De grandes jardinières Ming. Des chaises du Coromandel. Des petits cabinets de bois de rose sculptés d'entrelacs.

Oui, j'étais dans l'îlot des Neuf-Parfums, j'étais chez moi ! Je pleurai d'émotion.

C'était la première fois depuis la nouvelle du massacre.

Alansky eut un bref sourire de compassion, détourna les yeux et me précéda dans le couloir. Après cet exotique salon, c'étaient deux autres pièces en enfilade et dont les fenêtres donnaient sur la rue : une salle à manger meublée de tables et de chaises de bois blanc comme je n'en avais jamais vu avant, une improbable efflorescence de pieds, de montants, d'accoudoirs sur lesquels se torsadaient de fines lianes vernies. Ensuite, un fumoir gainé de daim vieil or qui servait d'écrin à l'or mat d'une grande toile de Klimt.

De l'autre côté du couloir — et c'est là que nous devions passer cette mémorable soirée — : un atelier démesuré. Haut de deux étages, ceint d'une vaste galerie qui courait sur trois de ses côtés, il faisait à la fois office de bibliothèque, de bureau, de salon d'hiver, de chambre à coucher occasionnelle quand Alansky travaillait toute la nuit à un nouveau film, de salle de projection et même de salle d'exposition des « Productions Alansky ». Incroyable bric-à-brac de livres rares et d'éditions bon marché ou de journaux populaires. Entassement chaotique de toiles de romantiques allemands, Füssli, Böcklin, qui côtoyaient des couvertures de magazine punaisées sur les montants de la bibliothèque. Tohu-bohu d'objets prosaïques ou mystérieux. Le sol était jonché de photographies d'actrices et de brouillons déchirés. Sur le piano à queue, c'était un coffre débordant de joyaux posé à côté d'une machine à écrire et d'une coupe japonaise pleine de télégrammes pliés. Plus loin, entre deux colonnes babyloniennes de carton-pâte, le lit où Salammbô avait dormi dans son dernier film. Un téléphone, une pile de livres comptables, le rostre du navire de Tristan, une lanterne magique autour de laquelle dansaient des pierrots et des colombines de verre coloré. Un palmier dont j'ignorais s'il était faux ou vrai. Une armure sur laquelle étaient posées une chemise un peu froissée et une cravate. Je ne savais sur quoi porter mon regard et, visiblement, Alansky s'en amusait. Comme un enfant perdu dans un grenier plein de souvenirs, un dormeur dans le salon bizarre de son rêve.

« Oh ! Tenez, la Licorne, fit-il, vous vous en souvenez ? »

De dessous un canapé il tira par sa corne de bois peint un pitoyable animal de peluche blanche, borgne et tout mité.

« O ! Mon ahmûr ! Tadeuz est de retûr ! » bêtifia-t-il drôlement en arrangeant à sa façon une chanson à la mode.

Puis il grappilla huit ou dix notes sur le piano ouvert.

« O ! Mon ahmûr ! Tadeuz est de retûr ! Tûjurs ! Tûjurs ! »

J'ignore encore pourquoi, mais c'est à ce moment précis que je ressentis une sorte de bonheur fou et neuf pour moi. Alentour, tout me parut vibrer doucement. Oui, j'étais indiciblement heureux et tout brillait, tout flottait, tout s'accomplissait sans heurts. Il me sembla même un instant qu'Alansky n'était qu'un gros chat lorsqu'il se déplaçait sans bruit sur les souples petits tapis de prière qui jonchaient de plus grands tapis persans. La nuit qui venait serait une longue suite calme de petites joies, j'en avais le pressentiment. Et je voulus avoir toujours été là, et je voulus être là toujours...

De peur de rompre le charme, je retenais mon souffle.

Alansky avait éteint les plafonniers de lumière électrique et seuls brûlaient deux grands flambeaux baroques qui jetaient sur les murs des ombres mouvantes et pleines de gaieté. Dans la cheminée, un feu s'embrasa vite et, bientôt, la vie eut le rythme à trois temps d'une valse que jouait un phonographe automatique, le goût doux-amer d'un vieil alcool de framboise de la Forêt-Noire, l'odeur d'un bâtonnet de santal qui rougeoyait dans une coupe de jade.

Allongé sur un divan, la nuque posée sur l'accoudoir, les yeux perdus dans le vague, Tadeuz tirait de courtes bouffées de son cigare et les recrachait en direction du plafond, avec quelques phrases inachevées, quelques phrases fumeuses, nuageuses et bleutées, elles aussi, et qui s'adressaient au vide... ou peut-être à moi.

Moi, j'étais assis dans un fauteuil de cuir noir, avec

un peu de cette raideur qui sied à l'invité. Mais je me livrais avec chaleur aussi — les Cantonnais sont des méridionaux. Je répondais aux questions qu'il posait sur ma vie.

Un moment il m'interrompit :

« Oh, savez-vous... »

Et puis ses mots se perdirent et il eut l'air désemparé qu'il avait déjà eu deux ou trois fois dans la soirée. Il sembla vouloir taire un secret.

Mais plus tard, quand tomba sur nous le mystère de deux heures du matin qui sonnent à un lointain cartel, quand le froid de l'insomnie et de l'ivresse nous contraignit à nous enrouler chacun dans une des peaux de bête qui recouvraient les divans, il se mit à parler, à parler...

Il parla deux longues heures, trois peut-être. Il évoquait son enfance — et ce fut, je crois, la seule fois de sa vie... Sa vie, Alansky l'avait conçue comme une revanche sur le passé. Aussi n'en parlait-il jamais. Il lui fallait l'oublier, ou, du moins, le faire oublier aux autres, à ceux qui auraient pu l'avoir connu ou deviné.

Pourquoi se confia-t-il à moi ce soir-là ? Je l'ignore. Peut-être ne voyait-il en moi qu'un exilé, en cela semblable à lui, donc un frère, un véritable ami. Ou bien me trouvait-il trop exotique, trop étranger pour que je puisse lui nuire d'une quelconque façon et comprendre vraiment ce qu'il disait, ce qu'il voulait dire, ce qu'il voulait crier... mais n'osait jamais ?

Maintenant encore, il me suffit de fermer les yeux et je revois, comme si j'y avais vécu, je revois, surgi de l'ombre à la façon du décor d'un songe, le quartier juif de Dantzig. Tout un petit peuple, en habits noirs d'hassidim, déblayant la neige des rues. Des enfants qui patinent sur le canal gelé, d'autres qui courent en se jetant des mottes de neige sale... et le jeune Tadeuz, solitaire, allant d'un pas rapide par les ruelles désolées du quartier interdit. Il sait très bien où. Il n'hésite pas : ici s'ouvrent les coulisses d'un caf'conc' permanent. A l'enseigne du *Pharaon.* Tadeuz passe sous le guichet du portier sans être vu de lui. Il se glisse entre deux toiles peintes : un coucher de soleil sur New York, un ciel bleu — il n'est pas moins grand que la statue de la Liberté !... Derrière la scène c'est d'abord cette odeur qu'il retrouve avec délices : l'odeur universelle des coulisses — poudre de riz, poussière, eau de toilette, sueur mêlées. Il avance, aveuglé par un projecteur, et de nouveau perdu dans l'obscurité, le cœur battant. Il entend des applaudissements puis un piano-punaise qui reprend avec la chanteuse le refrain de la revue :

En mangeant mon couscous,
J'ai sucé sa banane !
Ça m'a fait une secousse !
J'me croyais sur un âne !

Il avance encore, fasciné. Et soudain, sans l'avoir voulu, il est sur la scène, en pleine lumière.

« Tiens, qu'est-ce qu'il fait là le petit chéri ? »

La chanteuse était rousse, vêtue d'une robe de satin rouge, de bas violets. Elle l'apostrophait du haut de l'échelle de verre où elle était pendue comme une guenon du zoo sur sa branche :

« Voyez-t-y pas s'il est mignon ce p'tit-là. C'est mon nouveau lover comme i' disent les angliches, mon amoretto mio, mon amour ! »

Oh ! cette humiliation ! La salle tout entière, debout, hurlait sa joie et applaudissait, et demandait sur l'air des lampions que « le petit » chante une chanson. Alors Tadeuz était ressorti en courant, les yeux embués de larmes. Sur les quais du canal enneigé s'abattaient des mouettes en bande, et des oies sauvages qui croassaient haineusement. Plus loin, en haute mer, une corne de brume lançait sa plainte déchirante. Et sous ses yeux, de vieux chiffonniers se battaient pour une place autour d'un brasero qui fumait. Du canal à chez lui il devait passer par une suite de terrains vagues où les pieds enfonçaient dans la boue glacée et les détritus. Il était secoué de sanglots, maintenant, il voulait mourir — il n'avait que dix ans.

Mais plus tard dans la journée — ou bien, était-ce un autre jour ? une autre année ? je ne saurais le dire tant son évocation était rêveuse et paresseuse — plus tard, devant lui qui savait si vite s'émerveiller, les lourdes portes d'or d'une synagogue s'étaient ouvertes. La voûte était éclairée par des centaines de lampes à huile et tout resplendissait comme le trésor dans une de ces histoires de flibustiers qu'il dévorait en classe au lieu d'étudier. Et puis, sous la coupole, la sombre et sereine prière des morts avait retenti :

Un soir, dans le cercueil où Marthita « la bonzesse » se faisait scier par son mari, le Grand Fakir Alansky, le mécanisme du truquage n'avait pas fonctionné. Le sang avait jailli de son ventre, mais, en mourant, la mère de Tadeuz n'avait pas même poussé un cri.

Alors, le meurtrier avait emmené son fils loin de Dantzig, loin de Lola, la chanteuse vedette du *Pharaon,* sur les routes de la Prusse et de la Silésie, dans une roulotte toute bariolée de rose, d'orange, de bleu, de violet — la roulotte des *Tournées de Magie Cinématographique* Abraham Alansky. Tirée par deux chevaux maigres, la voiture roulait lentement dans une campagne désolée, plate et grise, noyée de pluie. Un chien fauve aboyait, juché sur le toit. Le petit Tadeuz se blottissait, somnolent, sous la capote de son père qui, pour l'endormir, lui lisait de sa voix grave des pages de la Genèse ou de l'Exode, la longue liste des postérités de Noé : « Japheth, Gomer, Magog, Madaï, Javan, Thubal, Mosoch et Tiras, Ascénez, Riphath et Thogorma, Elisa et Tharsis, Cetthim et Dodanim, Cham, Chus, Mesraïm, Ruth et Chanaan... »

La neige se mettait à tomber, oblique — de grands traits d'argent comme on en voit dans les peintures sur soie de mon pays. La roulotte s'embourbait, il fallait passer la nuit dans une grange à demi démolie. Mais le lendemain, dans l'arrière-salle d'un café de campagne, sur un mauvais écran de drap blanc, on projetait l'épisode d'un film à grand spectacle avec apparitions, écroulement d'une pyramide, décapitations, incendies divers — l'affiche l'annonçait. C'était *le Prince du Désert* ! Un prince cruel qui régnait sur une armée d'esclaves et de courtisanes, qui torturait ses conseillers, tuait les chevaux sous lui, mettait le feu aux châteaux de ses ennemis... Et Tadeuz avait déjà décidé qu'il serait plus tard ce monarque oriental, ce tyran sanguinaire ! Oui, dans des pays brûlés de soleil, devant des foules prosternées, sous de grands palmiers qui l'éventeraient…

D'abord il aidait son père à rembobiner. Puis on éteignait les lumières et, dans l'obscurité enfumée, le cœur battant, il regagnait le piano placé sous l'écran. Là, tout contre les dieux de lumière, tout contre les héros et les belles femmes qui jetaient des ombres frémissantes sur le clavier, il jouait…

Alors, il se leva avec les hésitations d'un somnambule et il alla au piano qu'il ouvrit lentement. Il se laissa tomber sur le tabouret.

« Oh, laissez-moi retrouver cet air. La musique du *Prince du Désert.* »

Une longue et triste musique pseudo-orientale dont il chercha longtemps l'exacte mélodie. Et puis, quand il l'eut trouvée, il la joua et la rejoua avec obstination, pleurant doucement dans la mélancolie d'un petit jour gris qui se coulait sous les lourds rideaux de velours.

« Je suis comme vous, un exilé, murmura-t-il. Un exilé ! (Il frappa plus fort sur les touches.) Je suis deux fois exilé : Juif, Polonais… (Il s'agrippa au clavier comme un noyé à son frêle radeau.) Oh, pardonnez-moi, ajouta-t-il en esquissant un sourire, il est bien inélégant d'en parler, n'est-ce pas ? »

Et, soudain, vaincu par la fatigue, je l'abandonnai à sa solitude. Je sombrai dans un mauvais sommeil, recroquevillé au fond du canapé.

*

Plus tard, je me réveillai en sursaut devant un riche décor que je ne reconnus pas tout d'abord. Une lumière triomphale embrasait les vernis de la bibliothèque et, sur le piano, les joyaux de Monte-Cristo lançaient des incandescences — on eût pu les croire vrais. Et quasi matériels ces prismes de couleur qui se composaient, se recomposaient, se redécomposaient sans cesse sur les tapis changeants.

Dans la nuit, le ciel s'était lavé. Une épaisse neige nacrait le jardin intérieur dont je n'avais pas même soupçonné l'existence la nuit dernière. L'univers était bleu, luxueux. Une servante y passait en silence et autour d'elle voletaient des moineaux. Dix heures sonnaient.

Je retrouvai Alansky dans la grande cuisine blanche de l'entresol. C'était une pièce toute de chrome et de tôle ripolinée comme il m'avait semblé qu'il ne pût en exister que dans les expositions d'art ménager — dont c'était le début, à l'époque. Un valet de chambre y préparait le déjeuner de « Monsieur », mais « Monsieur », dès qu'il me vit, lui dit de faire frire d'autres œufs, de couper d'autre pain et d'autre brioche.

Alansky était comme la lumière : imprévisible, changeant. Dans le rayon de soleil de ce premier jour de printemps il s'était mué en un bel adolescent rieur et indolent. Ses cheveux encore mouillés bouclaient sur son front et, sous le peignoir blanc, je voyais jouer tous les muscles de son torse à la fois fin et puissant. Il beurrait une tartine comme font les enfants : avec application et d'un ample mouvement.

Il avait vingt-cinq ans.

C'est tout à trac, en avalant une lampée de thé bouillant, qu'il me posa la question :

« Voulez-vous venir vivre ici ?... Vous seriez mon camérier... peut-être mon secrétaire. N'est-ce pas ? »

Toute sa vie, Tadeuz Alansky eut ce don de présenter les choses comme en passant et sans vraiment y avoir pensé avant : « Voulez-vous venir vivre ici ? » — un temps — « Vous seriez mon camérier » — un silence encore — « peut-être mon secrétaire. N'est-ce pas ? »

3.

C'est ainsi que par un brillant matin de printemps, traînant une cantine à peu près vide derrière moi, j'entrai dans la vie de Tadeuz Alansky.

C'est ainsi que la déjà longue liste des sujets de l'Empire Alansky s'accrut d'un nom : Chou Tsé-tsin, qui devint vite Chou Tsé, puis simplement, Chou.

L'Empire Alansky :

vingt-huit salles de cinéma disséminées dans tout le pays, une société de production, une société de gestion et d'exploitation, une société d'exportation et sa filiale : un bureau de traduction des intertitres, une société pour la rotation des films à épisodes, une société pour la gérance des droits d'auteurs, dix-huit mille mètres carrés de studios et leurs annexes, une école de danse et de théâtre, une école de cinématographie, deux cent vingt-sept employés, dix-huit acteurs sous contrat d'exclusivité, cent cinquante figurants à temps complet.

Et encore :

une maison de quinze pièces à Berlin, un chalet ancien en Bavière, un rendez-vous de chasse en Forêt Noire, un wagon particulier aménagé par Horta en bois de palissandre et miroir rosé, un cabriolet Benz à moteur prototypique, une conduite intérieure Rolls-Royce carrossée à Landau, sept domestiques — un maître d'hôtel, un cuisinier, un valet de chambre, une lingère, une fille de peine, un mécanicien anglais, un jardinier italien.

L'Empire Alansky s'était constitué en cinq années avec cette rapidité proprement météorique que mettent à prospérer les industries issues des nouvelles découvertes. « J'avais vingt ans. J'étais un orphelin crevant de faim quand, un matin, après avoir tourné un film en six jours, je me suis réveillé millionnaire ! » : c'est ainsi que Tadeuz présentait les choses et il n'était pas si loin de la réalité, alors. Tout au plus péchait-il par omission : il taisait toujours l'heureux concours de circonstances qui l'avait amené à remplacer au pied levé un réalisateur confirmé. Concours de circonstances dont je n'ai jamais pu apprécier jusqu'à quel point il ne l'avait pas provoqué. Tadeuz savait très habilement cacher les troubles relations qu'il avait entretenues avec quelques Polonais, hommes d'affaires véreux, joueurs, maquereaux, princes en exil — vrais ou faux —, patriotes douteux enfuis avec la caisse de leur parti, et qui, tous, lui avaient mis le pied à l'étrier sous le prétexte fallacieux qu'il était des leurs… En fait, parce qu'il y avait alors beaucoup à gagner dans le cinéma. Mais qui aurait pu s'en douter, sinon des capitaines d'industrie aux abois « jouant » l'image animée comme, en d'autres temps, ils eussent, se sentant perdus, joué leur va-tout sur l'assignat, les biens nationaux, le Mexique, le Far West ou Suez ? (C'est ainsi que les plus colossales fortunes, les plus honorables, les plus insoupçonnables quant à leur origine, ont toujours quelque racine dans la fange : on ne s'enrichit vraiment qu'en innovant.) Pour eux, Tadeuz avait été la plus sûre des « couvertures » : il était beau, charmeur, artiste, enfant encore, et parlait l'allemand sans la moindre trace d'accent juif ou polonais. Mais jamais Tadeuz n'avait été leur dupe : il s'était plus servi d'eux qu'eux de lui. Et mieux que personne il avait su vite dissimuler les sources impures de sa récente richesse. Il avait su faire oublier cet énorme aplomb qu'il avait eu dès l'orée de la vie, cet arrivisme que son seul charme et parfois même des insolences subites suffisaient à faire pardonner. Tadeuz séduisait tout et tout le monde : les femmes, les hommes, les banquiers comme les artistes, les supérieurs comme les inférieurs... Les situations aussi — si j'ose dire. La chance.

Il savait séduire la chance qui passait, l'attraper dans ses rets. Et j'ai la fierté de penser que, dans une modeste mesure, mon entrée improvisée à son service constitue un bel exemple de ce génie de l'occasion qu'il avait et qui n'appartient qu'à quelques-uns.

On peut aisément l'imaginer : nulle part ailleurs mieux que dans les fêtes fastueuses qu'il donnait éclatait toute la précarité de sa position trop neuve dans la société. Nulle part ressortait mieux l'ambiguïté de son entourage — car à peine pouvait-on qualifier d'amis ce mélange absurde d'obligés plats et envieux et d'éternels invités dédaigneux qui ne se trouvaient là que pour lui rappeler son trouble passé et moquer sa richesse — cruel *memento mori !*

Or, comme tous les nouveaux riches, Tadeuz avait la passion des fêtes. Comme tous les nouveaux riches il eût pu y engloutir des fortunes sans jamais compter. S'y ruiner... Les fêtes étaient ses seules certitudes : dans ce tourbillon vertigineux de rires, de champagne, de propos nerveux, de musique, sur le sol mouvant de ses salons jonchés de fleurs son pas s'affermissait. Il se sentait en sûreté. Un peu à la façon de certains vieux marins qui, dit-on, préfèrent le roulis du grand large à la terre ferme sous leurs pieds.

Et ses fêtes — raouts, concerts, soupers, bals masqués — étaient toujours réussies, si l'on veut. Ou toujours ratées, d'une autre manière.

Non pas qu'elles fussent vulgaires ! Il n'y a plus guère que les romanciers (et les petits-bourgeois qui les ont trop lus) pour s'imaginer que les nouveaux riches ont mauvais goût et continuer d'apporter leur crédit à cette idée toute faite selon laquelle ils ne sauraient pas recevoir ni se tenir en société. A-t-on assez écrit d'anecdotes mal inspirées sur des rince-doigts avalés dans de grands dîners et des faire-parts malencontreusement cornés !... Rien de plus faux : les nouveaux riches s'entendent à merveille dans le choix des vins. Ils ont des buffets abondants et bien présentés. De bons orchestres qui jouent les airs de l'année. Des éclairages flatteurs pour les belles femmes qu'ils savent parfaitement distinguer et inviter. Des fleurs... Là où l'aristocrate ou bien l'héritier d'une vieille fortune bourgeoise recevra chichement, offrira la piquette de ses vignes et quelques canapés rassis, éteindra le grand lustre à minuit et ennuiera tous ses convives en demandant à un mauvais orchestre de lui rejouer la valse sur laquelle il aimait danser quand il avait vingt ans.

C'est que l'aristocrate ou l'héritier n'ont plus rien à prouver. C'est qu'ils attachent au plaisir une notion de péché. C'est qu'ils ne veulent pas susciter l'envie, ce ferment de toute révolution. C'est peut-être aussi qu'ils n'ont plus mémoire des jouissances délicates, quasi perverses, que procure le faste.

Tandis que, sitôt fortune faite, et comme si l'argent lui transmettait cet intransmissible et subtil savoir qu'est le savoir-vivre, le nouveau riche apprend vite à éblouir, amuser, dépenser, entretenir ses amis, faire plaisir. En même temps il apprend par des voies mystérieuses, inexplicables, ces mille petites choses que nul livre, nul professeur n'a jamais pu enseigner : où l'on doit s'habiller et où l'on doit se fournir en fruits et pâtisseries. Comment on rédige un mot qui oblige et comment l'on flatte une invitée de marque. Quel vin l'on boit avec le foie gras et quel tabac l'on fume avant d'aller se coucher.

Ainsi de Tadeuz Alansky : fils d'un petit Juif polonais magicien d'un cirque miteux puis misérable gérant d'un cinématographe ambulant, ayant fait des études médiocres sans cesse interrompues par les tournées de ses parents, il avait pourtant acquis en deux ou trois ans une vaste culture, ce qui déjà était assez surprenant, mais aussi, ce qui est plus notable, il avait appris, sans qu'on sût comment, toutes les subtilités de la vie élégante, tous les dandysmes recensés dans les revues de mode les plus exclusives : il se blanchissait à Paris, se chaussait chez Lobb, se parfumait chez Floris. Il avait empli ses caves de Haut-Brion des meilleurs millésimes, buvait le tokay frappé et servait le champagne dans des grands verres et non des flûtes. Son papier à lettre ne portait pas son nom imprimé mais sa seule adresse... Sans même avoir été vraiment conseillé, il avait su faire appel aux plus grands talents pour décorer ses appartements et ses bureaux, demander au jeune Gropius, inconnu alors, de lui dessiner son étonnante cuisine « fonctionnelle » et sa salle de bains en acier, à Horta son wagon paticulier.

Et d'emblée il avait su donner des fêtes qui étonnèrent Berlin.

Aucune ne ressemblait à la précédente. Et la suivante, on le pressentait, éblouirait plus encore. Chacune était un monde en soi : tout y avait été conçu, prévu, et, pour ainsi dire, répété, comme s'il se fût agi d'un spectacle. Un spectacle unique qui graduait savamment les inventions et les trouvailles, qui avait son ouverture, ses temps forts et ses interludes, son dénouement. Un spectacle qu'il ne donnerait qu'une seule fois, aux autres... Et à lui-même.

Dès l'avant-veille, fût-il sur un plateau de tournage ou à la table d'un conseil d'administration, soudain il abandonnait tout pour dresser des listes, tracer des plans, donner ses ordres, noter les attentions charmantes dont il voulait ponctuer la soirée et qu'il ne faudrait surtout pas négliger le surlendemain au soir.

Le jour suivant, une véritable fièvre s'emparait de la maison d'Argentinische Allee, livrée aux fournisseurs, aux fleuristes, aux tapissiers.

Maintenant que j'étais, en quelque sorte, son surintendant aux plaisirs, Tadeuz me faisait venir dans son bureau :

« Chou, il faudrait que ce soit une fête rose. Je veux des fleurs roses, des bougies roses, des nourritures roses — saumon, crevettes, framboises. Voyez vous-même ! Vin rosé. Et vous ferez joncher le sol de la bibliothèque de pétales de roses roses. Nappes roses, bien entendu. Ah ! l'orchestre tzigane a-t-il été retenu ?

— Certainement.

— Vous lui fournirez des tuniques de satin rose. Mais pensez-vous que l'on puisse trouver des violons laqués en rose.

— J'en doute, Monsieur, mais je demanderai.

— Je voudrais aussi qu'on prépare une cinquantaine de petits cadeaux enveloppés de papier rose pour nos invités. Ce pourraient être des écharpes de Paris ou des broches. Enfin, je m'en remets à vous, vous verrez. »

Ou bien :

« Ce sera un grand bal masqué sur le thème de la Nuit. Je veux faire draper tout l'atelier d'une toile bleu sombre semée d'étoiles. Pas de fleurs mais une centaine de petites lampes à huile disposées un peu partout... A-t-on pu avoir cet orchestre de nègres dont je vous avais parlé ?

— Ils ne veulent pas jouer chez des particuliers.

— Mais si, ils voudront : il suffira d'y mettre le prix. Combien leur donne-t-on à l'*Apollo ?*

— Cent marks.

— Par semaine ?

— Par soirée...

— Dieu tout-puisssant ! Je me demande pourquoi tu m'as fait blanc ! Comme si juif et polonais ne suffisaient pas ! Cent marks, n'est-ce pas ? Je me demande surtout pourquoi je suis dans le cinéma !

Chou, vous leur en proposerez trois cents et qu'on n'en parle plus. Tout noirs qu'ils sont, ils viendront avec batterie — ra, ra, ratapla — et trompettes — bou, bou, boudibou ! Vous verrez, Chou ! Ce sera la plus belle fête que j'aie jamais donnée ! »

Et c'était vrai : chaque fête surpassait en trouvailles, attentions, luxes, plaisirs, faste, abondance, la fête précédente.

Mais les nouveaux riches, s'ils savent donner des fêtes, où tout est parfait, ne savent jamais qui inviter et qui éviter — là est la revanche de l'aristocrate ou de l'héritier, son incontestable supériorité sur eux. Car on est « entre soi » dans ses soirées et l'on sait dès l'entrée qui on y rencontrera, avec qui on sera aimable et quelle femme on éblouira. Le rôle qu'on y jouera, on l'a tenu tant de fois qu'il est devenu une seconde nature — il n'est plus besoin de se maîtriser, de penser même, ni d'être fat : le bonheur est là, dans l'accomplissement imbécile et quasi religieux du rite mondain... Dieu, parfois, dans cette heureuse soumission à un ordre dont l'immutabilité revêt tout les aspects du sacré. Mais, semblables en cela aux adolescents qui donnent leur première party, les nouveaux riches s'imaginent, au contraire, qu'un grand bal ou un dîner de cent couverts sont offerts pour surprendre, d'abord, et surtout pour « faire se rencontrer » des gens venus d'horizons divers qui s'ignorent ou se méprisent mais devraient, par la seule grâce de cette communion, s'aimer désormais. Ils brassent les genres, les idées, les styles et croient suprêmement spirituel et habile d'asseoir à côté de l'artiste un banquier et de demander à l'actrice de valser avec un mathématicien renommé qui lui piétinera ses escarpins de velours.

Tadeuz avait cette étrange puérilité.

Dans ses salons richement éclairés se croisaient des gens qui ne se fussent jamais salués dans la rue : des débiteurs et leurs créanciers, des peintres expressionnistes et des pompiers, des junkers et des intellectuels socialistes, des poétesses symbolistes et des demi-mondaines un peu sottes, des affairistes juifs et des ducs ruinés. Les fortunes récentes, les cultures et les élégances récentes s'y sentaient mal à l'aise — à la chaleur de ces bougies et de cette gaieté nerveuse, elles craignaient que ne craque leur vernis. Et les gens « vieille civilisation » se trouvaient embarrassés d'avoir à prodiguer sans cesse les ressources d'un tact qui, à la fin, s'épuiserait — ils en avaient peur. A minuit, tout le monde était déjà las et se haïssait. Le moindre incident provoquait d'irréparables fâcheries. Des femmes s'insultaient à voix basse. Des écrivains à succès s'accusaient mutuellement d'être « compromis ». D'autres encore, qui, pour oublier leur impression de gêne, avaient bu plus qu'ils n'auraient dû, tenaient des propos incohérents ou cassaient des verres avec une triste frénésie qui se voulait joyeuse. C'est à peine s'ils se souciaient de l'hôte charmant qui s'était assis, ou plutôt laissé choir, sur la plus haute marche de l'escalier et, contemplant, en contrebas, les buffets dévastés, les fleurs fanées, les tuniques froissées et maculées de sueur de l'orchestre tzigane, les bougies liquéfiées, humant l'odeur de fumée et de pétales flétris, se désespérait...

Oh, se pouvait-il que la perfection du bonheur n'existât pas dans cette vie ? Se pouvait-il que la grâce lui fût toujours refusée d'être le Prince de la Nuit, Tadeuz le Magnifique, un nouveau Louis II, un nouveau Fouquet ?... Pourtant, il se l'était promis au début de la soirée : ce soir il serait heureux. Ce bal, ce souper seraient parfaitement réussis. Les femmes l'aimeraient et riraient de ses mots. Elles seraient folles de lui. Les hommes, eux, l'enviraient un peu mais, subjugués par son incontestable supériorité, ils auraient l'élégance de lui offrir une chevaleresque et virile vassalité. Ils le fêteraient comme un roi. Les choses ne se passeraient pas comme la dernière fois, quand ce raseur avait pris la parole trois quarts d'heure d'affilée pour vanter les mérites de la démocratie à l'anglaise, l'imbécile ; quand, se glissant derrière lui, ce grossier créancier était venu lui grommeler à l'oreille « qu'on ne peut pas s'amuser toute la vie » ; quand, ivres de vieux cognac et de tokay, ces deux égéries d'un poète à la mode avaient accusé à haute voix leur amant d'être homosexuel et impuissant... Non, il n'en irait pas ainsi : ce soir il n'avait invité que des gens exquis, des gens peu connus de lui mais qui, assurément, gagneraient à l'être.

En vain ! Il était trois heures du matin et Tadeuz était seul, tout en haut de son escalier, la tête entre les bras croisés, les genoux au menton. Seul dans cette odeur nauséeuse de tabac refroidi et de fleurs mourantes, de nourritures gâchées et de sueur, seul face à la haute fenêtre où pointait un jour gris, sanglant à l'horizon ; seul et trop fatigué pour dormir, trop endormi pour se lever et marcher dans la lumière...

En bas, les extras rangeaient les verres, les musiciens refermaient sur leurs instruments les boîtes capitonnées dont les serrures claquaient en rafale, au même instant. Et Ilhya, le vieux violoniste qu'il affectionnait tant, Ilhya, en rangeant son archet, faisait grincer un dernier accord dont la note aiguë perdurait, immobile. Mi. Alors, il pleurait.

Et quelques heures plus tard, dans une sorte de défi, après avoir dormi un moment au hammam qu'il s'était fait aménager dans les sous-sols de l'hôtel particulier, après avoir couru autour du Shlastensee, croisé le fer avec son maître d'armes ou fait l'amour à Odile dans les salons dorés du bordel français de Moabit, il s'abîmait dans le travail. Il condamnait la porte de son atelier et rédigeait un scénario en trois jours, imaginait un nouveau procédé technique pour lever de hautes vagues sur un océan factice, dessinait les plans d'un grandiose décor antique. Il était Michel-Ange travaillant à la chapelle Sixtine. Peintre, poète, ingénieur, architecte, physicien, philosophe : avec la belle immodestie des maîtres de la Renaissance, il réinventait tout...

« Chou, Chou, plus de fêtes ! Qu'y a-t-il de plus bête qu'une fête ? Chou, *nous* allons faire " Alexandre le Grand ", nous allons reconstituer ses campements, ses armées, ses villes avec leurs fortifications, ses palais à Babylone ! N'est-ce pas ?... Nous allons entraîner des cavaliers de cirque à filmer du cheval, l'objectif sur le licol, pouvez-vous imaginer cela ? La bataille telle que le voyait Alexandre lorsqu'il chargeait à la tête de ses troupes !... Nous aurons dix mille figurants ! Mais je veux que ce soient dix mille athlètes... Pas de ces ventres mous, de ces poitrines creuses et de ces épaules tombantes des prolétaires d'aujourd'hui. Chou, savez-vous combien pesaient alors les épées les plus légères ? Quelque douze kilos ! Je l'ai appris dans un livre, ce matin... Oh ! j'ai aussi inventé un nouveau système d'écroulement et de mise à feu pour le grand incendie de Tyr. On le filmera d'un ballon, en plongée. Comme si les dieux de l'Olympe se penchaient des cieux pour mieux jouir du désastre qu'ils viennent de provoquer. Oh ! Chou ! ce sera formidable. » Il se levait, s'exaltait, mimait une charge à l'épée, une chevauchée. Puis reprenait son sérieux aussitôt. « Chou, il faudrait encore que vous me trouviez l'adresse et le nom de ce jeune philosophe dont Karl a parlé l'autre soir. Je voudrais qu'il me présente la pensée d'Aristote. Je voudrais qu'il me dise ce qu'il a été pour Alexandre... Pourquoi ne l'inviterions-nous pas à dîner ? Un professeur : ça lui ferait peut-être plaisir de rencontrer des gens très riches et très bêtes... Non ! c'est une mauvaise idée !... Plus de fêtes, je l'ai décidé, plus de fêtes. » Et, pareil à un enfant, il entonnait brusquement un cake-walk dont il arrangeait les paroles et improvisait des pitreries en dansant :

« Plus de fêtes, plus de fêtes
Alansky l'a dit,
Plus de soupers, plus de parties
Vous n'êtes pas assez gentils
Et lui, pas si bête
Il préfère travailler
Et boire son champ' en Suisse
Plutôt que s'amuser, ho-hisse.

Ho-hisse est pour la rime ! »

Mais quelques semaines plus tard, ivre de joie d'avoir pu convaincre une banque de lui avancer le plus gros budget jamais consacré à un film, il surgissait à l'office et exultait :

« Chou, c'est gagné ! Chou, oh Chou ! Nous allons

donner un bal costumé à tout casser !... Le 8 juin, le jour de mon anniversaire. N'est-ce pas ? Je veux que ce soit un peu vulgaire : cocottes, orchestre nègre et vodka polaque à gogo. Un bal costumé sur le thème imposé de la Nuit... »

4.

Des étoiles et des quartiers de lune jonchaient le parquet du salon d'été et l'escalier à double révolution de la grande entrée. Des nébuleuses accumulées le long des plinthes et au pied des colonnes, des comètes tombées d'une Voie lactée qui s'était déchirée à un chandelier. Il était deux heures passées. Le bal s'achevait et déjà nombre d'invités s'en étaient allés, abandonnant sur le seuil leurs travestis... quand il a sonné à la porte :

le plus bel homme que j'aie jamais vu.

Apparu dans un nuage de fumée qui se dissipait à la lumière sourde de la lanterne vénitienne, un pied dans l'obscurité et l'autre dans le plein jour, il se balançait doucement — son écharpe, sa chemise de cérémonie, le catleya à sa boutonnière tantôt très blancs et tantôt très sombres —, puis retournait à la pénombre du porche avec les hésitations d'un insecte apeuré par l'éclat d'un réverbère. Il dansait, immobile. De lui, je distinguais tour à tour des cheveux noirs lustrés d'un bleu profond et divisés sur le front haut et lisse, des yeux dorés de chat, un nez très droit, un menton rond d'adolescent parfaitement imberbe, mais une mince moustache drue bien au-dessus de la lèvre charnue, et une longue main fine et blanche, aux ongles vernis, qui tenait négligemment un havane à demi-consumé. A l'autre main, il avait un chapeau huit-reflets qu'il faisait tourner autour de ses doigts en faisceau et dont la soie arasée crissait et jetait de pâles lueurs. Il était en habit à queue de pie — basques doublées de satin gris —, souliers vernis, cape à carrick de velours noir, longue écharpe blanche dénouée dont les franges balayaient la marche du porche. Le plus beau, mais aussi, dans sa nonchalance étudiée, l'homme le plus élégant que j'aie jamais rencontré...

Sauf que ce n'était pas un homme !

La voix, rauque pourtant, basse, était celle d'une femme. Sous la chemise, des seins pointaient qui pinçaient le plastron et en écaillaient l'amidon durci. La moustache avait été dessinée d'un trait de fusain gras ou de khôl à paupière... L'obscurité ne m'avait abusé qu'un instant : maintenant, elle... il était là, campé sur le seuil où, dans son étrange androgynie, il évoquait un sphynx, une chimère, une figure de la folie. La nuageuse fumée qui l'enveloppait semblait l'avoir apporté d'un rêve inachevé, d'un cauchemar peut-être, ici, dos tourné à la nuit. Il en était tout le mystère... et pourtant, la seule qui ne fût pas costumée en Nuit, précisément.

« Monsieur ? » fis-je en taisant une ironie qui me venait à l'esprit.

Elle lançait des coups d'œil furtifs au-dessus de mon épaule vers l'entrée et les salons éclairés où l'on dansait la valse. Elle se haussait sur la pointe des pieds, dans l'espoir, sans doute, d'apercevoir une tête connue d'elle ou de héler un inconnu qui viendrait l'inviter.

« Dites-moi, c'est bien ici le bal costumé de M. Hhhhumsky ? Je ne sais plus son nom, déjà. C'est bien ici, n'est-ce pas ?

— Que lui voulez-vous, monsieur ? répliquai-je durement, irrité d'un tel manque d'éducation.

— C'est bien ici, n'est-ce pas ? s'obstinait-elle à répéter.

— Etes-vous invité ?

— C'est-à-dire que... oui, bien sûr. Sinon, vous pensez bien !

— Pourtant, sur ma liste, tous les noms ont été rayés. Nous n'attendions plus personne...

— Oh... *Nous* fit-elle en riant. *Nous* n'attendions plus personne... A vrai dire, j'ai été invité verbalement...

— Par Monsieur ou un ami de Monsieur ? Pardonnez-moi de vous poser cette question, monsieur...

— Par Monsieur, bien entendu. »

Je n'en croyais rien : souvent, des parasites qui avaient eu vent d'une fête chez Alansky tentaient de s'y inviter de chic. Des pique-assiettes polonais au patriotisme ombrageux dès qu'on venait à les éconduire, de jeunes scénaristes qui pensaient à tort qu'il serait plus efficace de « raconter leur sujet » dans l'euphorie d'une soirée mondaine que dans un bureau, quelques actrices arrivistes qui avaient l'intention délibérée de s'offrir au Maître « quand tout le monde serait parti » et s'imaginaient « décrocher ainsi le grand rôle dans le prochain Alansky ». Mais tous étaient aisément identifiables à leur comportement : devant moi, ils affectaient une vieille familiarité avec « l'ami Tadeuz » ou « Tad chéri », « Tady darling », « mon petit Sky »... et tous connaissaient un luxe de détails sur la vie de leur hôte prétendu, détails que les invités authentiques et parfois, Tadeuz lui-même, ignoraient.

Elle était différente : elle ignorait le nom exact d'Alansky, semblait-il. Elle ne feignait pas d'être une habituée de la maison. Enfin, elle venait quand tout était déjà fini. Je ne sais pourquoi mais j'en fus assez intrigué pour ne pas refermer la porte. Au contraire, je lui fis remarquer, comme si elle eût été une intime :

« Vous venez bien tard, monsieur. » J'appuyais sur le *monsieur* sans me départir pour autant de mon impassibilité de Chinois de convention et de domestique. « Et puis... est-ce l'idée que vous vous faites de la nuit

— La nuit ? Eh bien, oui. C'est la nuit... Bien sûr, tout le monde le sait que c'est la nuit. Et je le sais, moi aussi. L'aube est dans une heure à peine.

— Ce n'est pas ce que j'ai voulu dire, monsieur. Mais : le thème du bal était *la Nuit*. Et, ajoutai-je, avec une fausse affabilité, je me demandais si un vêtement d'homme, fût-ce un habit à queue de pie, était l'idée que vous vous faisiez de la nuit... »

Elle haussa un sourcil hautain, décontenancée de ce que j'aie pu si vite découvrir la supercherie de son travesti.

« Aoh là là : " fût-ce ! " C'est que vous parlez bien l'allemand, dites-moi. Pour un Chinois ! Moi je n'ai jamais su employer ces mots-là. " Fût-ce " ! " Eussé-je " ! " Dussé-je " ! Les attributifs et les comparatifs, les substantifs et les subjonctifs, les stalactites et les stalagmites... Ai pas fait d'études, moi... Bah ! Tant pis. C'est comme ça. »

Ecrasant son cigare avec une moue molle de dégoût, elle roula des épaules et poursuivit sur le ton voyou :

« Allez, quoi, laissez-moi entrer. Soyez gentil, le Chinois.

— Je ne peux pas. D'ailleurs, qui vous a permis de... ? »

Elle avait reculé d'un pas, dépitée — brusquement on aurait dit une toute petite fille sur le point de pleurer. Elle suppliait.

« Non mais, regardez bien ! Je n'ai pas d'armes sur moi, je ne lui veux pas de mal. Vous ne croyez tout de même pas que je vais vous l'assassiner votre Polonsky, Aransky... Machinsky ? Quel est son nom, déjà ? Moi, je ne sais plus... Oh, quoi, soyez chic, le Chinois. Laissez-moi entrer. Et puis, d'abord je ne sais pas votre nom. C'est embêtant. Comment voulez-vous que nous nous aimions ?

— Je n'en vois pas la nécessité, répliquai-je, très pince-sans-rire. Je n'en vois pas la nécessité mais puisque vous voulez le savoir, mon nom est Chou.

— Chou ?

— Chou, oui.

— Chou ! Oh c'est Chou ça ! » pouffa-t-elle.

Pourquoi avais-je ainsi cédé ? Pourquoi, insoucieux de ma charge, m'attardais-je à la porte d'entrée au lieu de la lui claquer au nez ? Je l'ignore encore. Sans doute le poète contrarié qui sommeillait en moi éprouvait-il un sentiment d'intense curiosité, de fascination même, à l'égard de ce phénomène : en elle, la distinction et la vulgarité étaient si intimement mêlées qu'on ne parvenait pas à déterminer si elle avait de la classe et affectait la grossièreté ou si, au contraire, elle n'était qu'une aventurière s'efforçant de singer les gens bien élevés. Elle s'était recoiffée du haut-de-forme et l'avait basculé sur l'oreille. Les poings en boule au fond des poches, elle se déhanchait comme une fille qui racole mais continuait de baisser les paupières et de minauder... Et de nouveau son visage, troublant d'être si lisse, émergea de la pénombre pareil à un masque oriental. A l'éclat blafard de la lumière, son sourire canaille se changeait lentement en un baiser qu'elle ne fit qu'esquisser...

« Chou, chuchota-t-elle, Chou chéri, allez donc lui demander à votre Alansky... Ah, vous voyez, ce coup-ci je l'ai bien dit : A-lan-sky. »

Elle partit d'un rire irrépressible, entrecoupé de hoquets. (Plus tard, j'ai su qu'elle s'était un peu soûlée ce soir-là, afin de s'enhardir à venir.)

« Je vais voir.

— A-lan-sky, Tadeuz ! Vous croyiez que je ne savais pas son nom peut-être ? Mais je me suis moquée de vous, gros lard !

— Je ne suis pas le gros lard de mademoisclle... »

Elle pinça son nez pour nasiller comme il est convenu que les Chinois nasillent :

« Non, ze ne zuis pas le cros la' de Mad-Moi-Zel ! » Et hochant la tête comme un magot : « Mais ze vais quan' même plévenil Monsieur A-Lan-Ski !... Oui, Alansky ! Bien sûr que je connais Alansky ! Tout le monde connaît Alansky. Il faudrait être la dernière des godiches... Tout le monde sait qu'il est le plus grand de tous ! Le plus grand réalisateur !... Oh, Chou. Allez lui demander si je peux entrer ! Juste un moment !... Merde alors, je suis venue exprès de la Beethovenstrasse pour ça. Vous allez pas me laisser en plan. Déjà que le tour de chant n'a pas trop bien marché ce soir. Car je chante, figurez-vous...

> C'est moi Mina,
> Admirez-moi ! Je ne suis que désir
> Je sais tous les plaisirs
> Venez ! Venez ! Je suis Mina. »

Je dois à la vérité de dire qu'elle m'embrassa sur la dernière note, comme elle eût fait avec un client du cabaret où elle jouait. Je m'en trouvai tout emprunté. Elle en fut confuse, et, je crois, sincèrement navrée. Mais sans doute est-ce ce sourire de modestie vraie qui emporta ma décision :

« Chou, pardonnez-moi.

— Dois-je vous annoncer sous le nom de Mina ?

— Non pas. Vous lui direz qu'un homme l'attend en bas. On va bien rire.

— Je ne suis pas sûr que Monsieur goûte le travesti. Enfin, je ferai comme vous le désirez. »

Mais d'abord je refermai la porte.

*

Longtemps je cherchai Tadeuz parmi toutes ces figures un peu défraîchies du Rêve et de la Nuit, toutes ces pleines lunes hilares qui valsaient avec moins d'entrain maintenant que le jour venait. Je ne le retrouvai qu'en grimpant à la loggia où il s'était assis sur un petit canapé d'angle, étroitement serré entre un Pierrot et une Galaxie qui s'éventait lentement en jetant sur la salle en contrebas des poignées de comètes dorées. Lui était enveloppé dans un ample plumage roux de hibou ou de chouette et son beau masque aux grands yeux globuleux de verre teinté était remonté sur le front. Je vis à son air d'abandon et ses paupières rougies qu'il était ivre. Avec obstination il soutenait une conversation sans queue ni tête à laquelle ses voisines ne prêtaient qu'un intérêt modéré :

— Que dit-il, Misia ? Il doit être fou. Je ne comprends rien du tout. »

A tout instant, celle qu'on prénommait Misia — la Galaxie — partait d'un éclat de rire quasi hystérique :

« Moi non plus, que crois-tu ?... C'est encore cette vieille histoire de taverne ou de caverne qu'il essaye de nous raconter depuis le début de la soirée...

— Quelle histoire de caverne ?

— Mais si, tu sais bien : il y a des prisonniers au fond d'une grotte. Ça se passe dans l'Antiquité. Et puis, ensuite, je ne me souviens plus. Je crois qu'il y a d'autres hommes qui passent à contrejour...

— Les Idées, Misia, hoquetait Tadeuz. Pas les hommes, les Idées...

— Les Idées ?... A-t-on idée ?! Je te dis Carlotta, une véritable histoire de cinglés !

— Oh ! pouffait le Pierrot avec un sourire idiot, c'est que je n'y suis pas du tout. Que veut-il nous démontrer ? Hein, Tadeuz ? Que voulez-vous nous faire croire : que les Idées se baladent comme ça ?... Abracadabra !

— Oui. Et leur ombre se réfléchit sur le mur... Plus tard, on remonte au jour les prisonniers et le soleil les aveugle.

— Oh, bon sang ! C'est peut-être ce qui va nous arriver lorsque nous sortirons d'ici...

— Eh bien, on peut dire que tu as le tokay gai, Carlotta ! »

Un officier de cavalerie, le nez chaussé de petites lunettes cerclées d'or, passait et repassait devant eux d'un pas mécanique :

« Vous avez vu, nota Tadeuz : il a l'alcool *rigide*... je veux dire... vous avez vu ? Plus il boit plus il se tient droit. On le croirait à la revue ou à l'exercice... Une-deux, une-deux, une-deux... (Les femmes se mordillaient les doigts pour ne pas rire trop fort devant la victime de cette charge burlesque.) Il faudra que je demande à Chou qui est cet oiseau-là... Une-deux, une-deux... C'est vrai, on voit de tout chez moi ! On se croirait au *Westens*. Est-ce que je l'ai seulement invité... Et vous ? fit-il, brusquement agressif, en se retournant vers le Pierrot Lunaire : est-ce que je vous ai invitée Carlotta ?

— Mais, Tadeuz... Vous êtes odieux !

— Où est Chou, où est Chou ? Je veux savoir... Où se cache-t-il l'animal ?

— Je suis là, Monsieur. Pour vous servir.

— Ah ! Voilà Chou !... Je lève mon verre à... euh ! excusez-moi si je vous ai pincé Misia... pas fait exprès... Où en étais-je ?... Ah, oui : l'officier ! Cet imbécile prétend que la guerre n'est plus qu'une question de mois. La guerre, je lui ai dit, quelle guerre ? Et contre qui ?... Eh bien, vous savez ?... Non, vous ne savez pas. Chou... Vous savez, au lieu de me répondre il s'est lancé dans une longue dissertation... N'est-ce pas ?... D'ailleurs ce n'était pas si bête. Il démontrait que nous serions forcément les vainqueurs. Parce que nous sommes la vitalité de la Culture… la virilité… contre l'avachissement démo-cra-ti-que des " civilisés "… les Anglais et les Français… les fameux " Prédicateurs de l'Egalité " dont parlait Nietzsche… eh bien, contre eux et avec les Russes, qui seront de notre côté, nous allons réinventer la fraternité guerrière de nos héros du Walhalla… Enfin, je ne sais pas pourquoi je dis *nous*. N'est-ce pas ?

— Mais, parce que nous sommes tous Allemands… Et fiers de l'être.

— Ah ! Voilà que je retrouve en ma petite Carlotta l'éternelle Walkyrie. L'ardente race ! Hoïotohau !

— C'est ça, Tadeuz. Moquez-vous de moi !

— Pas le moins du monde Carlotta. Seulement… savez-vous ce que j'ai répondu à notre redoutable colonel Scrogneugneu-Une-deux-Une-deux ?

— Quel nom à rallonge

— Je lui ai dit : il n'y aura pas la guerre. Et je le pense vraiment. La guerre n'est plus possible. Les armes sont devenues trop meurtrières. Personne ne serait assez fou pour vouloir s'en servir. Même contre le pire de ses ennemis… Mais, puisque nous évoquions un retour à l'ancienne chevalerie germanique, pourquoi ne pas organiser un combat singulier ? Un seul Allemand contre un seul Français, par exemple… Et que le meilleur gagne ! Moi, je filmerais le combat et je ferais ainsi le plus gros succès de l'année. " Venez voir le Français mordre la poussière. Ce soir au Taj Mahal ! Au Rex ! A l'Empire ! *L'Alsace est à nous* ! Un grand film Alansky ! "

— Mais vous délirez, Tadeuz chéri.

— C'est qu'après tout *votre* guerre je m'en soucie comme d'une guigne. Je suis polonais, moi. Polonais ! Comme David, comme Moïse ! Polonais ! Abraham était polonais, et Isaac était polonais, et Ruth et Sarah ! Toute la tribu !... Chou est polonais ! Vous ne le saviez pas ? Ça ne se dirait pas mais c'est comme ça... Que me voulez-vous, Chou ?

— Monsieur, il y a en bas... »

Il ne me laissa pas achever.

« Holà, non, par pitié ! Chou ! Je lève mon verre de vodka polonaise à votre santé ! » Et, se retournant vers Misia, il ajouta : « Savez-vous où je l'ai trouvé ? A Shanghaï ! Oui, oui, à Shanghaï !

— Mais Tadeuz, j'ignorais que vous connaissiez la Chine.

— Vous ne savez pas tout, Misia... Et vous ne devinerez jamais ce qu'il y faisait quand je l'ai engagé... Les Chinois sont des gens formidables... Je ne vous dis que ça : formidables !... Figurez-vous qu'il était éplucheur de riz... Dix millions de grains de riz à gratter par jour ! Un à un ! Avec une rappe en bambou et une petite brosse... »

Misia, ébahie, ignorant s'il se moquait d'elle ou pas, cessa de jeter des nébuleuses sur les danseurs. Lui s'était laissé glisser du canapé sur les genoux et il avait rampé jusqu'à la balustrade de la galerie. La tête passée entre deux barreaux qu'il secouait à les desceller, jetant un regard faussement effaré sur ses invités il les apostrophait :

« Qui c'est ceux-là ? Que sont-ils venus faire ? Danser ? Mais il y a des bals populaires pour ça... C'est le grand Alansky qui vous le dit !... Oh, je crois que le grand Alansky a bu plus qu'il n'aurait pas dû... non, ce n'est pas ainsi que l'on doit dire... Sais plus l'allemand, bon sang... C'est inquiétant ! » Et brusquement affable : « Allez, amusez-vous, faites les fous ! Ça ne durera pas toujours ! »

Quelques couples applaudirent du bout des doigts. Tadeuz retira sa tête du carcan :

« Mon Dieu, qu'y a-t-il de plus triste que la nuit ? Et qu'y a-t-il de plus sinistre que la musique nègre ? A part la musique chinoise peut-être. Tsing Tsang Tsing Tsong Tsing Tsing Tsang !... La femme de Chou était geïsha, savez-vous ? Elle frappait les gongs dans le Grand Orchestre Impérial, pas vrai Chou ?

— Mais oui, Monsieur, assurai-je, plein de cette bonne volonté qu'on affecte avec les gens soûls.

— Oh, racontez-nous, s'écria Carlotta, toute excitée.

— Certainement pas. Ce garçon ne sait pas raconter. Moi je vais vous le dire. La femme de Chou était prisonnière de l'Empereur. Enfermée à la Cité Interdite... Et c'est moi qui l'ai libérée. Elle avait les pieds dans des petites boîtes... Pouvait pas courir. Alors, je lui ai confectionné des roulettes. C'étaient les premiers patins à roulettes chinois. En bois laqué et nacre, s'il vous plaît !... »

Essoufflé d'avoir tant parlé et tant bu il revint au canapé, s'y glisser entre les deux femmes, et je mis à profit un instant de lucidité, dont l'effet s'observait dans son regard, pour dire enfin :

« Monsieur, il y a un homme qui vous demande en bas. »

Comme tous ceux qui ont à cacher quelque chose de leur passé Tadeuz éprouvait une peur extrême des intrus et des inconnus. A plus forte raison s'ils sonnaient à la porte au milieu de la nuit : l'intrus n'était-il pas un ancien associé qui venait réclamer des comptes ou le faire chanter ? L'inconnu n'était-il pas envoyé par un commanditaire, un créancier oublié ? Curieusement, s'il venait à le manifester devant des tiers, ce pressant sentiment d'insécurité provoquait souvent en eux un étrange attrait. Le parfum de roman noir et d'histoires louches qui s'en dégageait semblait les entêter. Ainsi, quand il me répondit d'un ton tranchant qu'il fallait « renvoyer le visiteur im-mé-dia-te-ment ! » Tadeuz fut interrompu par Misia :

Oh, dites-nous, Tadeuz... vous devez le connaître ! Qui est-ce ? Un tueur à gages peut-être. C'est cela : un tueur à gages payé pour vous assassiner et qui vient à la fin d'un bal costumé. Très romantique, n'est-ce pas ?

— Quelle idée ! s'exclama Tadeuz qui dissimulait mal une nervosité grandissante. Quelle idée ! Vous allez trop au cinéma.

— Et ce n'est pas un voleur, non plus ?

— Misia, tu n'y es pas du tout, fit Carlotta : c'est un frère jumeau qu'il a dépouillé de ses biens et qui vient les lui réclamer... »

Ils rirent. Moi, je retournai à la porte d'entrée pour signifier à l'inconnue en travesti le refus d'Alansky de la laisser entrer.

Elle n'était plus là. Elle aura renoncé, pensai-je. Et, intérieurement, je l'en remerciai. Pour calmer les inquiétudes de mon maître, je revins à la loggia lui dire qu'elle... qu'il était parti. Mais il ne nota pas l'hésitation que j'avais eue. Sans doute était-il si ivre qu'il avait déjà oublié. L'incident était clos.

En bas, le brouhaha mourait lentement : l'orchestre, épuisé par un long rag-time, avait cessé de jouer ; la batterie et la basse ne soutenaient plus les conversations languissantes qui languissaient un peu plus encore. C'était cet instant tiède et gris où il est trop tard pour rester mais trop tôt pour partir — car partir alors serait lâchement abandonner. « Il fallait se décider plus tôt », constatait un jeune homme maigre que sa femme, costumée d'oreiller de dentelle, pour suggérer le Sommeil de la Nuit, tentait de convaincre une nouvelle fois :

« Jean, quel est ce sens absurde du devoir et de l'honneur ? Allons-nous-en !

— Il n'en est pas question... Et d'ailleurs, regarde, quel étrange personnage... Il se passe toujours des choses étonnantes chez Alansky !... Qui est-ce, à ton avis ? »

Sous la loggia, sans que nous puissions les voir ni savoir pourquoi, des gens riaient et la gaieté semblait vouloir insensiblement se ranimer.

« Oh, qu'il est mignon le petit monsieur, s'étranglait de rire un Bavarois à la voix avinée.

— Hello le boy ! Vous ne saviez pas que c'était en Nuit qu'il fallait se dégriser... pardon, se dé-gui-ser. C'est moi qui devrais me dégriser !

— Qui est-ce ?

— Mais enfin vous le voyez bien, c'est une femme.

— Oui mais qui ?

— Pas vue de la soirée...

— Une amie de Sky ?

— T'es chouette avec ta moustache, ma jolie !
— On peut embrasser ?
— Oh, rien qu'une aventurière sans doute...
— Une chanson ! Une chanson ! demandaient deux femmes sur l'air des lampions.
— C'est une putain, non ? ricanait une autre. Pour s'habiller ainsi !
— Révoltant, n'est-ce pas ?
— Ou bien une... enfin, une disciple de Sapho.
— Que cela est joliment dit !
— Une chanson, une chanson !
— Je me demande à quoi peut bien penser Tadeuz : faire venir chez lui des gens pareils. C'est dégoûtant. »

Le ton montait, et la férocité des propos.

« Maintenant, hurlait méchamment le jeune homme que sa femme avait appelé Jean, maintenant, mon vilain coco, il va falloir chanter !
— Sinon, c'est la fessée.
— Sais-tu ce que l'on inflige aux pédérastes dans l'armée ?... Cent coups de fouet !
— Cinquante seulement en Bavière.
— Aussi l'armée prussienne est-elle plus forte !
— Allez... chante maintenant ! »

Comment était-elle parvenue à s'introduire ? J'étais bien sûr d'avoir fermé la porte. S'était-elle fait ouvrir de l'intérieur ? Etait-elle passée par les fenêtres ouvertes sur le jardin ? Je me pliais en deux par-dessus la rambarde et, la tête en bas, je la vis — Mina ! A l'envers : son visage si lisse et blanc, ses yeux baignés de larmes, ses lèvres qui tremblaient d'étouffer un cri. Une bête traquée. Pressée de toutes parts par ces hommes et ces femmes qui la hissaient sur le piano et l'y maintenaient fermement tandis qu'elle se débattait en suppliant :

« Non ! non ! Vous me faites mal ! »

Mais le jeune homme lui tordait le poignet en lui criant au visage :

« Allez, chante ! »

Chacun s'excitait sans retenue. C'était à qui serait le plus cruel. Une femme tentait de lui enfoncer son huit-reflets jusqu'au cou, comme pour l'étouffer. Et le Bavarois obèse s'oubliait au point de la gifler :

« Alors, le petit garçon ! Ça vient cette chanson... ? »

Indifférent au tumulte, le pianiste noir s'était réinstallé au clavier et grappillait quelques accords.

« Non, non ! » continuait d'implorer Mina.

L'officier aux lunettes cerclées d'or lui tendait un verre de champagne qu'un autre invité la força à boire d'un trait. Enfin, n'y tenant plus et pensant sans doute trouver un peu de répit ou apaiser ainsi cette férocité, elle entonna d'une voix mal assurée :

« Shanghaï ! Shanghaï !
Ville des voluptés !
Ah, fais-moi connaître encore
Tous tes plaisirs opiacés... »

Le piano improvisait les accords du contre-chant. Elle, oublieuse de l'horrible humiliation qu'elle venait d'endurer, s'enhardissait. Sa voix basse et rauque avait des accents d'étrange gaieté :

Tes baisers pervers m'ont ensorcelée !
Shanghaï ! Shangaï !
Vite des voluptés !
Offre-toi à moi encore une... »

mais le dernier mot se changea en sanglot. Elle pleurait.

Tadeuz s'était levé en bousculant la Galaxie, comme frappé d'effroi. Il avait marché jusqu'à la balustrade, l'avait enjambée vivement et s'était laissé glisser comme un gymnaste de ses agrès... tomber souplement, sans bruit, dans le grand silence qu'observaient les invités maintenant.

Tous reculèrent d'un pas ou deux, soudainement gênés.

Il alla à elle, lui prit la main et murmura :

« Venez ! »

Rugit à ses hôtes :

« Quant à vous, vous ai assez vus. Foutez-moi le camp !... Et n'y revenez plus ! »

Il se fit un grand envol d'astres et d'oiseaux de nuit.

5.

Alors, ils furent dans l'éblouissement de l'aube, seuls à marcher au-devant de ses secrets, vers le haut d'Argentinische Allee que le soleil incendiait ; seuls à partager le romantisme de cet instant où, dans l'air transparent, tout semblait en suspens : le vent dans les arbres et les haies, l'envol des oiseaux... Et il leur sembla qu'en allant ainsi, sans se presser, c'était au-devant de la vie qu'ils se rendaient, au-devant des triomphes de la vie, de ses mystères et des bonheurs qu'ils croyaient pressentir sans oser le dire. Ils avançaient au hasard. Mais ce n'était pas au hasard non plus : sous leurs yeux la vie future brillait de tous ses ors et dressait un décor fabuleux. Ils y seraient heureux, ils s'aimeraient, ici ils habiteraient — la chouette ébouriffée et titubante, le dandy déhanché à la démarche dansante... Leurs pas crissaient sur le gravier. Lui ne disait rien. Gris, un peu décomposé et les yeux bordés de sang papillotant à la lumière, comme étonné. Avec, dans les mollets et les cuisses le souvenir cadencé des valses et des polkas piquées, une légère crispation... Elle, séchait ses larmes qui en délayant le trait noir de sa moustache lui avaient maculé une bouche de charbonnier.

Ensemble ils remontèrent ainsi tout Grünewald.

Enfin, il lui demanda comment elle s'appelait — c'était à l'orée du Kurfürstendamm.

« Mina, chuchota-t-elle. Mina Heide. »

Mais elle se mordit les lèvres comme si elle venait de mentir ou comme si elle se reprochait d'en avoir déjà trop dit.

« Mina ? » fit-il. On eût pensé à son air qu'il en doutait lui aussi. « Mina ? »

N'avait-il pas été pris au piège d'un rêve ? Dans son orgueilleuse fête il avait provoqué la Nuit, la Nuit ne venait-elle pas se venger de lui en le flanquant de cette chimère, de cette femme trop belle et maquillée de suie qui fouillait dans la poche de sa jaquette pour y chercher un gros cigare qu'elle allumait avec l'autorité d'un homme âgé ?

Mais la fumée le fit tousser et croire en la réalité de cette présence quasi surnaturelle. Elle éclata d'un rire léger, amusée de le voir si ému, pareil à un oiseau aux ailes brisées, embarrassé dans son costume de plumes rousses et de duvet sous lequel il se sentait étouffer mais avec une sorte de volupté. A glisser sa main entre deux boutons de la poitrine, il se rappela une sensation de son enfance, un jour qu'il avait ramassé un moineau blessé au détour d'un chemin en forêt. Il en fut bouleversé : le temps passé revenait par bouffées colorées. Devant ses yeux fatigués dansaient des souvenirs fragmentaires qui, bientôt, se mêlèrent en une seule scène, absurde comme est absurde un rêve : au milieu de la forêt était une synagogue éclairée où, juchée sur un cercueil, un oiseau à la main, Lola chantait...

Mais quelle était cette chanson oubliée ?

« Une chanson ! » fit-il à voix haute sans être conscient qu'il parlait.

« Une simple chanson » répéta-t-elle après lui.

A son tour, il se mit à rire et, soulevant le chapeau haut de forme, lui souffla à l'oreille, avec gentillesse :

« Qui êtes-vous ? Dites-moi, Mina. Pourquoi êtes-vous venue ?

— Je ne sais pas, répondit-elle après un temps d'hésitation.

— Quelqu'un vous avait donné mon nom, quelqu'un vous avait dit qu'il y avait un bal costumé chez moi...

— Oui.

— Sans vous dire que c'était sur le thème de la Nuit.

— C'est cela. »

Il se tut tout le temps qu'ils remontèrent Charlottenstrasse. Son laconisme le déroutait. Son énigme... Enfin il reprit :

« Qui ?

— Je ne vous le dirai pas.

— Vous vouliez me connaître, n'est-ce pas ? Vous vouliez connaître " le fameux Alansky " ?

— Non.

— Comment non ?

— Non.

— Je ne comprends pas.

— Ne cherchez pas à comprendre.

— On aurait dit qu'il s'agissait d'un pari ou de quelque chose de semblable : Et si on entrait chez Alansky à deux heures du matin ? Enfin, vous voyez ce que je veux dire.

— Eh bien soit ! C'était un pari.

— Je vous trouve amusante Mina. J'aimerais vous

connaître un peu mieux. Dites-moi, vous êtes actrice, n'est-ce pas ? Ou bien vous chantez peut-être ? »

Elle éclata de rire.

« Bien sûr, vous ne l'aviez donc pas compris ? Tenez :

Shanghaï ! Shanghaï !
Ville des voluptés !
Ah fais-moi connaître encore
Tous tes plaisirs opiacés...

— Et ensuite n'est-ce pas ? tes baisers pervers m'ont...

— Ensorcelée !

— Olé ! »

Des ouvriers qui passaient à vélo la sifflèrent. Elle lui saisit le bras, frappée d'une peur irraisonnée :

« Vous avez entendu ? »

De la sentir si vulnérable il eut envie de l'embrasser, mais se retint. Elle était si changeante aussi ! Un instant plus tard, sur le pont de la Sprée, avec un cri de joie folle, elle jetait son haut-de-forme dans les eaux boueuses.

« Salut Berlin ! Salut nous ! Salut l'été qui vient ! »

Ils suivirent des yeux le curieux esquif qui filait aval, ballotté par le courant. Ensuite, ils croisèrent des cuirassiers à l'exercice dont les épées et les casques miroitaient sous le soleil déjà haut.

« Pas mal la pédale ! » grommela l'un des soldats. Et un autre :

« Moi, je préfère le zoziau. Vous avez vu le zoziau ? »

Ils ne se souciaient pas de leur ridicule : l'épreuve de ces remarques humiliantes cimentait entre eux une complicité qu'ils goûtaient comme une invitation à s'aimer.

C'est dans une petite rue adossée à Charlottenburg qu'elle lui dit :

« J'habite ici. Maintenant, Tadeuz, souhaitez-moi bonne nuit… ou plutôt, bonjour. Et puis, allez-vous-en ! »

La maison où elle pénétra sentait la lessive et l'encaustique. C'était une de ces anciennes demeures patriciennes divisées en petits appartements au siècle dernier, comme il y en avait alors tant à Berlin. Les vitraux à sujets religieux de l'entrée, l'éclairage au gaz des escaliers, les tapis bon marché, le papier à fleurs — tout suggérait à Tadeuz une vie simple et sereine dont le romantisme l'attendrit à la manière d'une nostalgie. Il s'enhardit à balbutier :

« Mina, je voudrais monter.

— Mais c'est que je ne veux pas moi.

— Mina !

— Non, n'insistez pas. Et puis, la propriétaire me mettrait à la porte. C'est une maison honorable ici ! Et elle, se ravisa-t-elle avec une pointe d'ironie, une vieille chipie ! »

Ce détail l'enchanta plus encore. Il lui évoquait des interdits qu'il faudrait braver bientôt, des secrets, des fâcheries et ce vague sentiment de culpabilité qui donne tant de saveur à un amour naissant. Il se promettait déjà de ne jamais la voir chez lui mais ici ! lui qui avait si longtemps cru aux pouvoirs magiques du luxe dès qu'il s'agissait de séduire.

Mina s'était assise sur la quatrième marche de l'escalier. Tadeuz deux marches plus bas, adossé à ses jambes. Dans le miroir de l'entrée il pouvait voir, comme dans quelque baroque *portrait de fantaisie,* l'étrange couple qu'ils formaient : l'homme-femelle et le grand oiseau de nuit.

Puis il la vit bâiller, se pencher sur lui et baiser furtivement le masque de plume qu'il avait relevé sur le front, doucement, entre les deux grands yeux ronds aux prunelles de chair.

« Mina ! » dit-il encore une fois...

Mais déjà elle grimpait deux à deux les marches de la première volée et, disparaissait dans l'ombre, en chantonnant :

« Bonsoir Tadeuz ! Bonjour Tadeuz ! Bonsoir Tadeuz ! Bonjour ! »

Il ressortit sans bruit, hébété. Il tremblait d'épuisement et titubait sur le trottoir. Mais, intérieurement, il se répétait à lui-même : « Je l'aime ! je l'aime ! » Et il avait des petits rires irrépressibles qui étonnaient les passants.

Sans qu'il l'ait vraiment voulu ses pas le menèrent au bordel français de Moabit où il avait ses habitudes.

Comme chaque fois, dans le grand salon Louis XV dont le sol fraîchement lavé réfléchissait sa silhouette en raccourci, les filles déjà levées et celles qui ne s'étaient pas couchées encore, vinrent accueillir le plus généreux et le plus charmeur de leurs clients avec des cris de joie. Son déguisement les mit au comble de la gaieté.

« Hou, le vilain hibou ! »

C'était à qui le plumerait la première. Brouillard de duvet, agitation crissante de linge frais... Avant qu'il ait pu protester elles l'avaient déjà déshabillé et se disputaient ses dépouilles. Enfin Madame vint qui, par jeu, se para du masque et du bec et, frappant dans ses mains, annonça :

« Monsieur Alansky, le défilé ! »

Les yeux mi-clos, assis à califourchon sur la chaise « caresseuse » et tandis que Petite-Main, la naine, manipulait doucement ses bourses et sa verge, il vit aller et venir Jacqueline, Odile, Françoise la négresse, Félicie, Valentine et Laure qu'il choisit.

Mais pour la première fois depuis longtemps il ne put parvenir à ses fins.

Et plus tard, il pleura entre les bras d'Odile.

*

« Mina ! » Il aimait déjà tout en elle. Et d'abord, son nom qui lui suggérait une caresse, une chatterie, un baiser dérobé. « Mina ! » Il aimait son visage ovale et lisse, son corps parfait, sa beauté. Il aimait son regard lointain, son rire grave et dur, sa voix profonde et, plus encore, l'énigme qu'elle lui était.

Il l'aimait.

Qui eût pu en douter le voyant à midi de la même journée s'habiller en hâte et bondir dans l'escalier, tourner vite la manivelle de la Benz, démarrer en manquant de renverser son mécanicien au moment où celui-ci lui ouvrait la porte du garage ?

Qui eût pu en douter le voyant revenir une heure plus tard, bouleversé, les traits défaits ?

Mina lui avait menti : non, elle n'habitait pas cette maison où, quelques heures auparavant, elle lui avait pourtant souhaité le bonjour et le bonsoir. Cela semblait fou à raconter, et en le racontant il en balbutiait, cela semblait tiré d'un affreux conte fantastique du siècle dernier et, cependant, c'était vrai. Il ne s'était pas trompé de maison. Il avait demandé Mina Heide et le vieux portier lui avait répondu qu'aucune des locataires ne portait ce nom. Il l'avait décrite et ajouté qu'elle était chanteuse mais la soupçonneuse propriétaire, surgie alors sur le palier, lui avait dit qu'elle « n'acceptait pas de filles chez elle », menaçant d'appeler la police s'il insistait.

Il était ressorti, désemparé. Il avait tenté sa chance dans d'autres maisons du quartier qui ressemblaient à celle-ci... mais pour s'assurer qu'il n'avait point fait erreur : Mina l'avait abusé.

Il ne comprenait pas pourquoi.

Son bouquet jeté au caniveau, il était revenu à Argentinische Allee, ivre de colère, dépassant le soixante à l'heure au risque de casser sa boîte de vitesse, et doutant soudain de sa raison. Dans son esprit fébrile la nuit blanche passée mêlait ses différents moments et le déroulement s'en altérait. Quand était-il allé au bordel ? Quand avait-il dansé ? Quand s'était-il promené avec une femme déguisée en homme dont des cuirassiers s'étaient moqués ? Où ? N'était-ce pas dans un rêve ? N'avait-il pas simplement rêvé d'elle en s'endormant pendant le bal costumé ? Peut-être n'avait-elle jamais existé...

« Chou... Chou, bafouillait-il, tu l'as bien vue n'est-ce pas ? Tu l'as vue comme moi...

— Certainement Monsieur.

— Et elle s'appelait bien Mina Heide ?

— C'est cela. C'est sous ce nom qu'elle s'est présentée à moi.

— A n'y rien comprendre !

— Et elle m'a dit qu'elle chantait. Dans un cabaret... ou un caf' conc'.

— Un cabaret ? Où ça ? Quel cabaret ? Te l'a-t-elle dit ?

— Non, je ne sais pas... Ou plutôt si : elle m'a parlé de la Beethovenstrasse.

— Beethovenstrasse ? Allons-y ! Je veux savoir.

— Je me permets de faire remarquer à Monsieur qu'il n'est qu'une heure de l'après-midi. Le cabaret sera sûrement fermé. »

Alors, dans un état de nervosité morbide il avait dû patienter sept mortelles heures passées à tenter de travailler sur l'*Alexandre,* mais en vain, et à tempêter au téléphone contre ses comptables, son opérateur et son chef décorateur — Tadeuz, qui avait été un des premiers Berlinois à utiliser le téléphone dans les affaires fut aussi un des premiers à s'en servir comme exutoire à la colère. Et puis, fébrile, il s'était habillé, avait glissé une rose thé dans sa boutonnière et, plus exalté qu'un écolier à son premier rendez-vous, il était reparti dans le soir triomphal, sous les déluges de feu qui éclaboussèrent les chromes de sa Rolls lorsqu'elle démarra doucement.

« Willie ! Vite, Beethovenstrasse ! »

Il n'y avait pas de cabaret, Beethovenstrasse.

Non !... Et non plus dans les rues avoisinantes. Un cabaret ? Personne ne connaissait rien de tel dans le quartier.

Il crut que sa raison vacillait tout à fait. Et il eut peur de l'avoir perdue à jamais, peur à en éprouver des nausées. Oh, se pouvait-il qu'il n'entende plus son rire ? Se pouvait-il que, de la vie, il ne puisse plus caresser ses lèvres, interroger ses yeux d'or ? Dans la douce et terrible agonie de l'heure bleue tombée sur Berlin, des larmes lui venaient. Il s'était adossé au garde-boue de la limousine et regardait sans les voir les passants qui se pressaient, les boutiques qui baissaient leurs rideaux de fer les unes après les autres — *raaan ! raaan ! raaan !*

Il était seul.

Plus tard l'idée lui vint de se faire conduire à l'Adlon. Peut-être Herbert, le terrible maître d'hôtel détenteur de tous les secrets de la ville, saurait-il ?

Mais non !... Il fallait que cette Mina Heide fût une bien petite personne ! « Jamais entendu parler, monsieur Alansky », grommelait le vieil entremetteur avec une pointe d'ironie dans la voix. Alors, tel fut son désespoir que Tadeuz osa se confier à lui :

« Herbert, je suis amoureux.

— Ah, dans ce cas... ! *Place à l'amour !* » répliqua Herbert en français. « Pourquoi n'iriez-vous pas chez Gründ ? C'est bien tombé là-bas depuis qu'ils n'ont plus Lorele Lola mais le père Gründ sait toujours tout sur les déplacement de ces... euh, artistes ! »

Il y alla. Demanda si l'on connaissait Mina.
« Mina ?
— Oui, Mina Heide.
— Mais c'est qu'elle n'a aucun talent cette petite-là », lui fut-il crûment répondu. « Quelle idée monsieur Alansky... Car vous la voulez pour un film sans doute... ? Mais cette môme elle est moche et godiche. Elle est passée une semaine ici et puis on a dû la renvoyer à coups de pied au cul... Non, vraiment, une très mauvaise idée !
— Où est-elle, maintenant ? hurla Tadeuz qui se retenait mal de gifler l'affreux tenancier.
— Essayez toujours au *Citylights*... si elle n'en a pas déjà été jetée ! »

Le Citylights !... Et bien sûr, les coulisses sentaient la poudre de riz, la poussière, la sueur et le parfum bon marché. Et bien sûr il avançait à tâtons, tantôt aveuglé par un projecteur et tantôt dans l'ombre bleue, entre deux grandes toiles de fond dont une représentait un ciel d'aube en été et l'autre les toits de Venise. Et bien sûr il entendait des rires trop forts et des vivats outrés. Et bien sûr un piano-punaise reprit le dernier refrain et, après une mesure pour rien, la chanteuse entonna sa java idiote, depuis longtemps passée de mode :

« En mangeant mon couscous
J'ai sucé sa banane
Ça m'a fait une secousse
J'me croyais sur un âne ! »

Et bien sûr, mais de cela il avait eu le pressentiment avant même d'entrer, la chanteuse n'était autre que Mina. Mina à califourchon sur une chaise de café, tout contre la rampe, Mina en bas résille, jarretières et foulard violet, maillot de velours écarlate et coiffée d'une casquette de mauvais garçon. Mina qui, jambe tendue par-dessus les projecteurs, donnait aux spectateurs son pied à baiser.

Plus tard, quand elle eut interprété successivement *Shanghaï!* — sa chanson fétiche —, *Mon cœur froufrou, C'est moi Mina, Mon p'tit Polonais* — qui attendrit tant Tadeuz —, et *Boum bada boum, voilà l'amour*! qu'elle bissa, retournant à sa loge misérable, elle le découvrit dans le miroir rayé. Il était entré sans bruit, par-derrière elle, et lui ajustait à l'oreille un pendant de diamant. Elle sut qu'il était venu pour l'enlever, comme on enlève dans les romans de quatre sous, et elle en conçut un bonheur fou. Ses yeux s'embuèrent de larmes.

Lui sut qu'il l'aimerait à jamais, mais aussi qu'il ferait d'elle sa prisonnière. Il avait eu trop peur de la perdre.

6.

Ils voyagèrent.

C'est qu'il lui avait paru que, loin de Berlin et de sa fièvre, leur amour saurait mieux s'armer contre les blessures et les humiliations que la vie ne cesse de vous infliger. Dans l'air plus pur et rare des montagnes de la Bavière, il s'aguerrirait... Et elle, à l'âge de vingt ans, n'avait encore jamais connu le plaisir de partir ni l'insouciance qui est l'inimaginable privilège des riches, leur seul privilège, sans doute — elle l'apprendrait plus tard.

Mina avait eu une enfance misérable et une adolescence gênée. Elle n'avait pas connu son père et sa mère avait été blanchisseuse à façon avant de devenir lingère dans une grande maison. Les seules et mélancoliques joies auxquelles elle eût jamais goûté avaient été de jouer du piano et d'apprendre à chanter avec un vieux répétiteur doux, alcoolique et catarrheux qui agonisait sans se plaindre de rien dans une chambre de ce même palier où logeaient les deux femmes. L'odeur fade de savon noir et de linge mouillé, la vapeur en suspension dans l'air confiné de la pièce unique, et qui en décollait le mauvais papier peint, le lit de fer qu'elle devait partager avec sa mère, laquelle soufflait si bruyamment que, souvent, l'enfant avait de longues insomnies à son côté, des nuits blanches passées à déchiffrer l'énigme que la lumière de la rue peignait au plafond à chaque passage de l'omnibus, et les frôlements dans l'escalier mal éclairé, l'horrible convoitise des ouvriers encore garçons qui occupaient les chambres mansardées : c'étaient là ses souvenirs. Ses nostalgies, parfois, quand elle se rappelait aussi les rêves de gloire qu'elle avait eus dans ce taudis, les vies imaginaires qu'elle s'y était inventées, faites de bals, de lointains voyages, de volupté. La gloire, elle la connut un soir que l'immeuble célébrait le mariage d'un des locataires. Sa mère l'avait encouragée à chanter au dessert. Mina avait d'abord refusé, pleuré, quitté le banquet, mais enfin, s'enhardissant, elle était revenue interpréter *l'Heure exquise.* On l'avait applaudie et l'une des convives, troisième rôle au café-concert Kreutzer, lui avait alors proposé de la présenter au gérant. C'était au début de l'automne 1911, elle venait d'avoir dix-huit ans et scellait sa destinée dans les bras d'un protecteur soi-disant « conseiller artistique des plus grands cabarets de Berlin » qui, de fait, l'avait achetée trente marks à sa mère mais ne put jamais obtenir d'elle fût-ce un baiser.

C'était tout cela que Tadeuz ignorait d'elle, autant dire tout. Et il voulait savoir : déjà il ressentait une espèce de jalousie à l'égard de ce temps qu'elle avait passé sans lui. Et puis une question ne cessait de lui tarauder l'esprit : pourquoi cette étrange mise en scène la nuit où elle vint sonner à sa porte, pourquoi ces secrets si fantasques ?

« Une fille du cabaret qui couche avec ton ami Karl. Il lui avait parlé de toi et elle, à son tour, m'avait rapporté ce qu'on savait sur ton compte. Alors j'ai voulu te connaître un peu mieux. On raconte tant de choses bizarres !

— Je n'aime pas cela. Je n'aime pas tous ces mystères que l'on fait autour de ma personne... Et puis cette histoire est un peu louche !

— Tadeuz, il s'est trouvé que Karl lui avait touché quelques mots de ce bal costumé que tu allais donner. Elle a voulu se faire inviter. Lui a refusé. Il la trouve sûrement un peu trop vulgaire. Et moi qui suis plus comme-il-faut, par défi, pour m'amuser et peut-être, aussi, pour me moquer d'elle, de Karl ou de toi, j'ai décidé de m'y rendre à ton fameux bal. Seulement, je ne savais pas qu'il fallait se déguiser en Nuit !

— Cela ne m'explique pas vraiment ta curiosité. Ni celle des gens en général d'ailleurs. Ils veulent tous savoir qui je suis " en vérité ", comme ils disent, et croient que je mène une double vie. Que je suis gangster, magicien ou Dieu sait quoi...

— Eh bien, tu ne l'es pas un peu ?

— Gangster ou magicien ?

— Les deux !

— Mais non enfin ! Pourquoi pas assassin, aussi bien ?! Tout cela est absurde ! Je suis Tadeuz Alansky, réalisateur. Un point c'est tout. Mina, je ne veux plus jamais entendre parler de ça. C'est ridicule : les gens attribuent au cinéma un pouvoir occulte qu'il n'a pas. Le cinéma n'est pas une religion primitive avec sectes, secrets, devins et grands prêtres... »

Comme tout cela lui semblait troublant !... Et ces mensonges qu'elle soutenait si bien : ainsi quand elle avait prétendu qu'elle habitait cette maison du quartier Charlottenburg, ainsi quand elle avait affirmé chanter dans un cabaret de la Beethovenstrasse... La vérité était seulement inverse : elle habitait la Beethovenstrasse et les coulisses du Citylights ouvraient sur la cour intérieure de cette maison de Charlottenburg. Mais pourquoi l'avoir travestie ?

Et pourquoi ce matin même avait-elle feint de ne pas vouloir se donner à lui ? Pourquoi avait-elle simulé l'effroi devant sa nudité puis ri aux larmes dans un véritable accès de folie ?

Bien qu'il sût aussi en goûter la sombre poésie, Tadeux s'alarmait de ce prodigieux don d'affabulation qu'elle manifestait en toute occasion. Un jour, elle ferait pire que tromper le monde : elle le tromperait lui ! Il fallait s'en aller : la solitude partagée serait l'épreuve amoureuse. Un couple n'est jamais si seul et ses liens si forts que dans l'errance et la vie de hasard. S'ils voyageaient, elle serait sienne. Sa captive... Mina aimait trop les fards, les masques, les parures, les déguisements, les histoires tellement alambiquées qu'on doutait aussitôt de leur authenticité, les professions de bonne volonté, les serments, les fausses confidences faites sur une fausse existence qu'elle s'inventait au fur et à mesure de sa rêverie et qu'elle ne tarderait pas de croire vraie, il en avait peur...

Il s'en réjouissait aussi : en tout cela elle montrait assez qu'elle n'était encore qu'une petite fille. A peine ébauchée de la glaise de l'enfance. Il saurait ainsi plus aisément la façonner selon son idéal, il en avait l'exaltant pressentiment. D'elle, il ferait cet être mystique et charnel, cette maîtresse des maîtresses — à la fois Vénus, Eve et Marie — dont nous avons tous confusément rêvé la venue dans notre vie pour qu'elle la transfigure à jamais. Oui, obscurément il le savait : les mythomanies de Mina seraient un jour, point trop lointain, celles qu'il voudrait qu'elle ait. Il lui aurait réinventé sa vie, sa mémoire, son passé et aussi, sans altérer pour autant la belle matière brute d'aujourd'hui, sa voix, son rire et jusqu'à sa démarche dont le balancement l'émouvait tant.

Encore fallait-il la soustraire au monde. « Voyager ! », une nouvelle fois. Telle était l'urgence du départ. Plus rien ne comptait que son amour neuf.

*

Ils partirent sans retard. Au premier soir de l'été. Après qu'il eut fait résilier le contrat qu'elle avait passé avec son cabaret et abandonné à un assistant le travail commencé sur *Alexandre le Grand*.

« Mais, je n'ai rien à me mettre, protestait Mina sur le chemin de la gare.

— Nous ferons venir des caisses entières de robes de chez Poiret, lui assurait-il avec un ton d'autorité amusée.

— Qui est ce Poireau ?

— Poi-ret. Un grand couturier parisien. Il faudra que tu apprennes tout ça, petite fille.

— Est-ce si nécessaire ?

— Non, en vérité, ça ne l'est plus. »

Elle ne comprit pas ce qu'il avait voulu dire par là, mais se tut. Sur le quai des grandes lignes nous remontions le long du train express vers les voitures de queue.

« Mais, nous ne voyagerons donc pas en première ? » s'étonna-t-elle, alors qu'après avoir passé à hauteur des secondes, nous abordions les vieilles voitures de bois des troisièmes classes.

« Eh non ! soupira Alansky en réprimant un sourire. Je n'ai plus d'argent. »

Elle s'arrêta stupéfaite.

« Comment ?

— Je n'ai plus d'argent !... Est-ce que tu m'abandonnerais déjà à cause de ça ?

— Oh, Tadeuz. Peux-tu l'imaginer ?... Simplement, je m'étonnais : est-ce qu'on peut se ruiner si vite ?

— Sans doute, puisque ça m'est arrivé dans la nuit. Tandis que tu dormais en travers de ma poitrine, une pointe de sein dans mon nombril...

— C'est vrai ? » pouffa-t-elle, excitée par cette confession impudique dans un tel lieu public.

« Ce qu'il y a de plus vrai... Et je n'osais pas bouger... Et pendant ce temps, tout l'Empire Alansky qui s'écroulait... ! Eh bien, en route, mauvaise troupe ! Nous allons voyager en compagnie des soldats et des ouvriers... Chou, voulez-vous courir devant nous retenir un... compartiment. »

Alors seulement elle comprit : après la dernière crasseuse voiture de troisième classe, un étonnant wagon était accroché au train. Peint de bleu azur à filet doré, la porte centrale marquée aux initiales de Tadeuz Alansky, pimpant, lavé de frais, il brillait sous le dernier rayon de soleil et devant, j'éprouvai personnellement ce sentiment de respect sacré que j'avais éprouvé en découvrant un soir, garé dans la lointaine banlieue où je vivais, le cabriolet Benz blanc.

La prenant par la taille, Tadeuz hissa Mina en haut du marchepied... C'était donc ça ! un wagon privé ! Elle ne savait même pas qu'un tel luxe fût possible. En somme, il était comme le Kaiser ou le Roi d'Angleterre...

« Oh, je ne crois pas que leurs wagons soient si bien agencés ! » répondit-il quand elle eut la naïveté de lui en faire la remarque.

A l'intérieur elle se crut transportée dans une de ces demeures imaginaires que l'on ne cesse de réaménager lorsqu'on est enfant : une vaste maison de poupée, une roulotte capitonnée, un lieu clos et matriciel où tout invite à la volupté. Elle n'osait avancer, poussait des piaillements ravis. Elle était dans un salon plaqué de palissandre et de miroir rosé, meublé de banquettes tendues de velours beige et de petites lampes juponnées de faille vieil or. A gauche s'ouvraient une salle à manger, une cuisine miniaturisée et les deux couchettes du service. A droite une petite bibliothèque, une chambre cabine et un luxueux cabinet de toilette aux parois de cuivre clayonnées de bois d'acajou. Des tapis indiens jonchaient le sol. Tout embaumait l'encaustique au citron et les fleurs rares, disposées dans des jardinières murales.

Sur la table de la salle à manger le couvert de vermeil était mis. Les consommés servis dans leurs tasses refroidies, les bougies allumées, le champagne frappé.

Tadeuz fit sauter le bouchon de la bouteille ruisselante :

« Mina ! A nous ! A toi ! »

Si douce était la suspension inventée par le jeune ingénieur Ferdinand Porsche que c'est à peine si les cristaux de Bohême tintèrent quand le convoi s'ébranla.

La vie n'était-elle pas un rêve? N'était-il pas miraculeux de voir le décor du monde se dilacérer en fins bandeaux lumineux et colorés — fabriques, murs de briques noircies, fumées, maisons de verre et d'acier coulées dans la suie, forge dont l'incendie embrasa un instant leur dîner servi dans une vaisselle dorée —, et les bandeaux s'effilocher peu à peu en une mousseuse obscurité? N'était-il pas d'un conte de fées, d'une vieille légende, de glisser ainsi enfermés dans ce mobile petit palais de verre, dans la plaine molle et douce? Et puis de s'enfoncer doucement dans la pénombre aqueuse de la nuit?

Au dessert Tadeuz avait fait baisser les stores, mais bien vite ils les avaient eux-mêmes relevés. Tous deux éprouvaient une jouissance un peu perverse à voir ainsi sans être vus. Et l'orage qui éclata aux abords de Wittenberg leur fut ce délicat plaisir du *suave mari magno* dont parlent les anciens : être à l'abri pour mieux apprécier le spectacle de l'intempérie.

C'est en gare de Leipzig, quand le train y entra à une heure du matin, que leur première dispute éclata. Pareils à des ombres surgies du monde des morts, sous une pluie battante, des cheminots, dont ils ne pouvaient que deviner les visages noircis de suie, vinrent resserrer les essieux et les tambours de frein. Tadeuz voulut baisser les stores, estimant que leur partie fine était une insulte à la condition de ces damnés. Mina, au contraire, avec une joie mauvaise qui le blessa sans qu'il osât se l'avouer, éclata d'un rire de nervosité et, devant sa coupe de champagne, lança :

« Non ! Qu'ils nous voient ! Je bois à leur santé ! »

Elle s'était vengée de sa misère : aujourd'hui, pour la première fois de sa vie, elle voyageait, mangeait du homard et découvrait qu'il y avait autre chose sur terre que des maisons grises. Il y avait des champs, des fleuves lents, des montagnes et, par-dessus tout ça, l'immense nuit que déchirait l'éclair. Pourquoi aurait-elle dû cacher son bonheur ? Parce que l'envie était dans le cœur de ces pauvres gens ?

« Parce que tu as été misérable toi aussi, répliqua Tadeuz. Parce que je l'ai été, moi aussi, n'est-ce pas ? Parce qu'Abraham Alansky, mon père, a dû voler pour payer l'enterrement de ma mère qu'il avait tuée. »

Mais non, elle ne comprenait pas cette ridicule pudeur. Elle ne supportait pas cette façon qu'il avait de toujours sembler s'excuser de sa fortune, de son génie, de sa beauté. Ni son tic de langage, ce sempiternel « n'est-ce pas ? » qui semblait concentrer en trois petits mots cet absurde sentiment d'incertitude qu'il éprouvait.

Un premier coin venait de s'enfoncer dans cette immense foi qu'il avait mise en elle. Mais il voulut s'aveugler : il saurait lui apprendre l'élégance du cœur ! Un jour, ses accès de vulgarité ne se manifesteraient plus que pour rehausser un inestimable tact, un savoir-vivre envié de tous.

*

Ils furent en Haute-Bavière dans ce vieux chalet de Grainau qu'il avait acheté par téléphone trois mois auparavant et fait transformer en cinq semaines, comme dans un conte de fées.

La vie n'était-elle pas un rêve ? Un rêve éveillé dans le romantisme de cet été sans fin...

Ils apprirent à distinguer les ranz, les sonnailles dans la vallée. Ils firent de longues promenades solitaires. Ils cueillirent gentianes et colchiques dont ils emplirent un grand herbier. Ils se nourrirent de framboises, de myrtilles et de lait frais. Ils nagèrent dans le petit lac transparent posé comme un tapis de prière devant la terrasse du chalet. Ils passèrent leurs soirées à écouter les trois mêmes disques sans cesse rejoués sur le gramophone : un lied de Schubert, un quatuor de Brahms,le *Chant de la Terre* de Mahler... leurs nuits à s'aimer devant l'étroite fenêtre qui ouvrait sur un ciel étoilé de miniature persane.

Et tous les huit jours, Tadeuz envoya un télégramme à Berlin pour annoncer que le tournage d'*Alexandre le Grand* était repoussé d'une semaine encore :

Amour a vaincu armées d'Alexandre stop lettre suit stop Alansky.

Ils revinrent quand une petite neige précoce blanchit la mousse des bois alentour. Au retour comme à l'aller ils sablèrent le champagne et portèrent des toasts loufoques à l'obscurité qui glissait vite derrière les vitres de leur salon de velours beige et de miroir rosé.

Mais quand, en gare de Ratisbonne, ce fut la fantaisie de Mina de montrer un de ses seins au chef de gare tandis que le train redémarrait, Tadeuz n'avait pas protesté. Il avait ri : la vie n'était-elle pas un rêve ? Qu'importait alors que ce soit Mina qui ait gagné et non lui ? Qu'importait si lui s'était « bien plus Heidisé » qu'elle ne s'était « Alanskysée » comme il le notait avec ironie ? Il l'aimait et cela seul comptait.

L'aube les surprit allongés sur le lit, nus et enlacés, à la vitrine d'un monde neuf, poli et rené du néant pour eux seuls. Eblouissements, éclats de lumière rouge, panaches de fumée blanche que le vent dissipait doucement... Ils n'eurent alors que le temps de s'habiller : le train entrait en gare de Berlin. Trois journalistes attendaient sur le quai qui voulaient connaître « la trouvaille d'Alansky » et savoir les raisons du retard, prolongé sans cesse, dans le tournage d'*Alexandre*.

*

Eh bien, il n'y aurait pas d'*Alexandre* ! Ainsi Tadeuz Alansky en avait-il décidé. A la place, en modifiant quelque peu les décors et les costumes, mais avec le même nombre de figurants et le même budget, il tournerait *Cléopâtre*.

« Cléopâtre ? »

Oui. Il y révélerait Mina Heide en lui donnant d'emblée le premier rôle. Elle serait Cléopâtre.

Certes, Mina Heide ne savait ni jouer, ni danser.

Elle n'était somme toute, disaient les journaux, qu'une chanteuse de cabaret de dernier ordre. Le rare public qui l'avait vue et pouvait encore se souvenir d'elle prétendait qu'elle ne savait pas se tenir en scène, qu'elle était raide et empruntée. Et quant à sa beauté, ils doutaient qu'elle soulevât jamais l'enthousiasme des foules...

Mais la vie n'était-elle pas un rêve ?

Tadeuz savait qu'il ferait de Mina la femme la plus adulée du cinéma, la divinité de l'écran devant laquelle le monde entier s'inclinerait. Elle ne serait pas une actrice mais une Idée !

Etait-il devenu fou ? Tout-Berlin se le demandait. Tout-Berlin se délectait d'anecdotes féroces et de rumeurs vraies ou inventées : en visionnant les premiers essais de Mina Heide les banquiers s'étaient récusés, Tadeuz avait dû tout hypothéquer pour tourner ce film, demain il serait ruiné. Les décors sacrifiés pour un seul plan, les armées de figurants prosternés au pied de « cette petite oie », les centaines de chevaux, de chameaux, d'éléphants, le nouveau procédé des trois caméras filmant chaque scène sous un angle différent, les caprices incessants de « cette dinde » avaient tout mangé.

Avec une joie malsaine, Tout-Berlin se pressait le soir de la première, le 5 janvier, pour venir jouir du désastre qu'il prédisait...

Et à minuit Tout-Berlin se levait pour applaudir et acclamer Mina Heide dans la plus longue ovation que vedette de cinéma ait jamais connue.

Une étoile était née.

*

La vie était un rêve, « n'est-ce pas ? »

Premières et soirées de gala se succédaient, toujours plus belles et fastueuses. Mina, radieuse, grimpait le grand escalier de l'*Empire* au bras de Tadeuz. Le plus beau couple qui se pût imaginer, ils le savaient. Lui était en habit de tussor gris, elle arborait une robe de dentelle qui serait copiée dès demain. La foule applaudissait comme au passage des altesses impériales et scandait : « Mina ! Mina ! »

Ils étaient au printemps de la vie et la fête semblait ne devoir jamais s'achever : *Cléopâtre* en janvier, *Voluptés* en mars, *la Tentatrice* en mai... Le public ne savait que demander plus encore. Toujours plus ! Il aimait l'énigmatique sourire de Mina — « son sourire de Mona Lisa » avait lancé un chroniqueur mondain dont le mot devint slogan publicitaire —, il aimait les yeux dorés de Mina — son regard d'argent sur l'écran —, il aimait les longues jambes fuselées de Mina, ses belles mains, ses cheveux noirs. Et sa démarche nonchalante, et son rire muet, et ses larmes si émouvantes sous le lent battement des cils. Il aimait Mina.

Tadeuz en conçut une jalousie grandissante. Cette femme dont il avait fait une divinité, cette Idée, des millions d'hommes la partageaient avec lui. Elle n'était plus sienne. D'une certaine façon il l'avait déjà perdue.

Alors, pour elle et pour lui seuls, il tourna *Shan-*

ghaï ! Shanghaï ! en cinq jours, au début de juillet. C'était un étrange film secret. Il ne ressemblait en rien aux spectacles qu'il avait produits jusqu'ici. Le scénario en était irracontable. C'était une sorte de poème à la gloire de Mina. Et Mina n'y était pas cet être séraphique au visage lisse que l'on avait connu et aimé, mais une femme de chair et de sang dont le cœur tout humain battait, et qui pouvait être laide, comme chacun de nous, quand elle pleurait.

Il le présenta au soir du 31 juillet 1914, devant une demi-salle houleuse ou consternée et plus préoccupée des pressants bruits de guerre que des états d'âme du « petit Juif polonais ».

Le souper qui devait suivre la projection fut annulé. Cette nuit-là, si tiède et claire, Tadeuz s'en revint à pied à la maison d'Argentinische Allee, soutenu par Mina d'un côté, moi de l'autre. Il était malade, pâle et tremblant, les traits défaits. Mais il voulait marcher un peu sous le ciel étoilé.

Il lui semblait que quelque chose venait de se fêler en lui, de se briser peut-être sans qu'il sût dire quoi ni pourquoi.

Et au matin, alors qu'il reposait sur un canapé de l'atelier, des cris le réveillèrent. Des jeunes gens passaient dans l'avenue qui scandaient :

« A Paris ! A Paris ! »

II

« 1923 »

1.

Je vais vous dire ce qui s'est passé ce jour-là — le 1er août 1923, à midi. Dans Séville où Tadeuz Alansky tournait la troisième série de cette déshonorante espagnolade que des cinéphiles avertis ont eu la délicatesse d'omettre de ses filmographies depuis et que d'autres, décadents invétérés, ont portée aux nues ces dernières années : *Olé* !

Je vais vous dire les circonstances de l'accident. J'y étais. Comme toujours et partout, attaché au moindre pas de mon maître. Son « ombre portée » disait-il si joliment. Son ombre chinoise.

Il était midi et l'ombre chinoise, à l'ombre sous un grand parapluie noir, apportait sur le plateau du tournage de *Olé* ! le déjeuner et les rafraîchissements à la glace contenus dans un ancien panier andalou.

Pour les besoins du plan, Tadeuz avait fait construire par ses décorateurs un vaste ciel de cinéma... mais aussi, je crois, pour nous protéger de ce terrible soleil de l'été sévillan.

C'était un ciel crépusculaire, d'un crépuscule de fantaisie. Tel qu'eût pu l'imaginer un Dieu devenu brusquement fou ou un météorologue épuisé nerveusement par de trop longues veilles. Imaginez un grand dôme confectionné en toile forte sur lequel était figuré le firmament rose du couchant et, staffés sur ce fond, tous les nuages de la Création : à l'est des stratus d'acier bleuté, effilés comme des sabres, plus haut de gros cumulus pommelés réalisés en plâtre, des nimbus aussi, un arc-en-ciel, quelques étoiles dispersées et un demi-soleil naïf aux rayons semblables à ceux d'une roue et taillés dans le cuivre, si mes souvenirs sont exacts.

S'ils le sont, je ne me trompe pas non plus en avançant que l'ensemble de la construction devait peser près de deux tonnes, mesurer trente mètres de diamètre et vingt à la voûte.

Et donc, dans le crépuscule de ce premier midi d'août, nimbé de cette lumière rose que tramait la pesante toile, un sombre hidalgo dépenaillé — mais dont on devinait déjà qu'il retrouverait en même temps que l'amour sa fortune à la dernière image du film —, un jeune premier à l'œil enténébré égrenait pour la cinquième, la sixième, la septième fois de la matinée, un accord de guitare sous la fenêtre grillagée de la maison où était recluse sa belle, laquelle, pour la cinquième, la sixième, la septième fois de la matinée, laissait choir une rose à ses pieds, mais toujours un temps trop tard. Alentour passaient de fiers toreros en habit de lumière et des gitanes en jupons pailletés qui buvaient du manzanilla et s'éventaient tout en dansant la séguedille.

« *Olé* ! 108. 8e prise. »

Et Tadeuz, d'une voix lasse, pour la huitième fois redisait :

« Maintenant la rose ! Maintenant ! La rose,

Mina… euh… Clara, excusez-moi. Je ne sais plus ce que je dis… ni où je suis ! »

Les filins avaient-ils été sabotés par des syndicalistes mécontents de cette concurrence des machinistes allemands, comme certains l'ont prétendu par la suite ? Ou bien y avait-il eu une négligence, un défaut dans les fixations, une malfaçon ? On ne le saura jamais. Mais aujourd'hui encore il me suffit de fermer les yeux pour reconstituer très précisément le déroulement de la catastrophe :

« Mina ! » venait de soupirer Tadeuz alors qu'il s'adressait à Clara Rowke. Et c'est sur ce lapsus pathétique, c'est à ce moment-là qu'un premier et lugubre craquement se fit entendre, suivi d'un second, plus long, presque aussitôt.

Chacun levait les yeux, surpris, cherchant à isoler l'origine de cet étrange bruit. Moi, j'ignore pourquoi, mais l'instinct me dit de fuir et je criai :

« En arrière, Monsieur Alansky, vite !… »

Il était déjà trop tard :

Un stratus venait de se détacher, rose et bleuté, léger, acéré comme un stylet, qui, en tombant, empala à terre une « gitane » dans une grande gerbe de sang. Puis les gros nimbus blancs se pulvérisèrent en dégageant une âcre poussière. Enfin, dans un assourdissant fracas, le ciel tout entier s'écroula.

Le châtiment cosmique était consommé. Un grand silence de fin du monde se fit d'abord. On ne doutait pas que tous fussent morts. Mais ensuite on avait entendu des râles, des appels au secours, des accès de toux déchirants et le hurlement ululé d'une femme, suraigu et unique parmi les plaintes sourdes et désespérées des autres victimes. Nous, que pouvions-nous faire, les quelques rescapés qui avions fui assez vite ? Comment dégager les blessés de ces massifs décombres sous quoi ils étouffaient ?

Nous étions horrifiés. Obscurément il me semblait que nous fussions humains, trop humains pour prétendre sauver ces hommes et ces femmes frappés par une catastrophe où se manifestait le divin, assurément.

Mais enfin les pompiers étaient venus sur les lieux, la police ensuite et un détachement de l'armée. Une armée et une police que je me rappelle exténuées par la semaine d'émeute que venait de vivre Séville et vêtues d'uniformes salis, déchirés et maculés de sang séché.

Tadeuz fut le premier qu'on retira des gravats. Tout raide et l'œil fixe mais un sourire figé sur les lèvres qui lui conférait quelque chose de vif encore. Pourtant, je ne doutais pas qu'il fût mort. Et comment aurais-je pu en douter en voyant plus tard les sœurs secouristes placer d'autorité son corps parmi ceux des tués qu'on avait alignés au bord d'un fossé ? Je me laissai glisser assis sur le talus opposé et là, sous mon vaste parapluie noir déployé, je pleurai et récitai intérieurement la vieille prière Tao des ancêtres, la seule dont je me souvinsse : « Celui qui meurt, éternellement revient car ainsi le veut la Voie. »

Après quoi je me relevai pour aller lui fermer les yeux et ôter de son orbite droite ce monocle dépoli qu'il portait depuis sa blessure reçue à la guerre, et dont le verre avait été cassé par la chute d'une étoile.

C'est alors que je vis sur son œil valide la paupière frémir. Les sœurs me crurent devenu fou en m'entendant exulter de joie. Puis elles se signèrent : Christ avait été miséricordieux ! Tadeuz Alansky respirait encore ! Il vivrait.

Au soir, quand un médecin l'eût estimé transportable enfin, on l'avait emporté. C'était sous un ciel bas et sanglant que du fond de la civière il voyait tanguer, plein de menaces. Mais ce ciel-ci ne se détacherait pas, hélas ! Et lui qui avait voulu mourir, s'anéantir dans cet azur rougi, devrait vivre dix autres années.

« Mina, Mina... » gémissait-il tout bas. Et aussi « Laissez-moi, oh ! laissez-moi » dans un souffle que nul ne pouvait entendre sinon moi qui lui tenais la main.

En route, deux ou trois fois il perdit connaissance.

Puis il fut sous un autre ciel, le ciel immobile et baroque d'un hôpital ancien. Il fut sous les crayeux nuages roses et bleus que chevauchaient des dieux et des chimères.

Alors seulement il sombra dans le coma.

*

La conscience ne lui fut rendue que dix jours plus tard, dix jours pendant lesquels j'étais au chevet de son lit de fer, l'attentive ombre chinoise portée sur le grand mur ripoliné. Dix jours pendant lesquels je scrutais comme un oracle son souffle ténu et sa respiration saccadée, quasi imperceptible sous les plâtres et les bandages qui faisaient de lui une momie.

L'intelligence revint et, avec, la douleur et l'étonnement. Quel était ce grand ciel peuplé de divinités armées et, dessous, ce monde méphitique où râlait tout un petit peuple d'infirmes et de diminués ? De quel cercle de l'Enfer venaient-ils ces visiteurs aux formes floues, aux voix lointaines et qui lui parvenaient feutrées encore par les pansements à ses oreilles ? Et lui, quel péché mortel avait-il commis pour qu'il fît si chaud ici, dans cette puanteur ?

Les voix étouffées lui suggéraient d'obscures réponses : son orgueil démesuré l'avait perdu. Il était bien tombé désormais. Ce caprice ridicule d'un ciel de fantaisie avait coûté une fortune qui eût pu être mieux employée. Maintenant, dans cette catastrophe, tout s'était envolé en fumée. Et la catastrophe n'était-elle pas due à une négligence de son fait ? Oui, il était bien fini ! On lui avait donné une chance encore, mais il n'avait pas su la saisir. Voici trois ans qu'il n'avait plus rien fait de bon... « Que de la merde », renchérissait une des voix. « C'est cela, du caca ! » Oh, où était-il le temps de *Cléopâtre* et de *Voluptés* ? Le temps plus lointain de *Tristan et Isolde* ou de *Femmes fatales* ? Que lui était-il arrivé ? Les choses avaient mal tourné au moment de *Shangaï ! Shanghaï !* « cet épouvantable navet philosophique dont Mina Heide avait failli ne pas se relever ». Ensuite ç'avait été la guerre. Il y avait eu quelques bons films encore. Mais déjà la lente chute s'amorçait. Le public ne voulait plus de ces œuvres prétentieuses qui traitaient de Dieu ou de la Beauté, ou de la Souffrance, il voulait oublier la guerre, la famine, les troubles sociaux et s'amuser un peu. Ou bien trembler de peur, « comme aux films de Fritz Lang ». Mais non, Tadeuz s'était obstiné et très vite il avait perdu à ce jeu ! Ce qu'on avait appelé l'Empire Alansky n'existait déjà plus. Pour survivre Tadeuz avait dû accepter des compromissions fatales, réaliser des serials de catégorie B : *les Amours de la Pompadour, Olé !...* Eh bien cet *Olé !* aussi allait lui être retiré. Les derniers épisodes ne seraient pas tournés. On confierait à quelqu'un d'autre le soin de remonter tout ce qui avait été déjà filmé, de façon à ce que le dénouement, quoique écourté, fût plausible.

Ainsi les voix venaient-elles de décider.

Moi, l'ombre négligeable, je tentais en vain de les faire taire. Je leur demandais de garder quelque dignité et d'avoir au moins le respect de la souffrance. Mais Tadeuz n'éprouvait qu'indifférence pour le sort qu'on lui prédisait alors. Jamais dans ce monde il n'avait su être autre chose qu'un spectateur un peu narquois. Un esthète, à la fois serein et ébahi quand il ne pensait plus à rien.

Quand il ne pensait plus à rien, quand il oubliait, seules le captivaient ces goyesques visions de la longue salle d'hôpital où il devait demeurer alité tout le mois d'août et les deux premières semaines de septembre : ces trois sœurs aux hautes cornettes empesées, ces trois sorcières édentées qui tous les soirs traînaient sur le carrelage le grand chaudron cabossé où elles feraient cuire la soupe. Ces jeunes manifestants sanglants que leurs camarades menaient ici après les batailles de rue de la journée — dans l'éclat vert des veilleuses, leurs torses nus et leurs visages blancs luisaient comme des poissons sous la mer.

Et une nuit, ce prêtre décharné qui s'était agenouillé au pied de son lit pour agoniser en prière : il était mort au matin, les yeux révulsés, en extase, tandis que les perles de son chapelet, qui s'était cassé au dernier sursaut de la convulsion, roulaient sans bruit sur le linoléum humide.

Mais parfois un cauchemar éveillait Tadeuz et il appelait, il pleurait, il tempêtait :

« Mina, je veux voir Mina. Où est-elle ? Pourquoi n'est-elle pas venue ce soir ? Mina ! Mina. »

Alors, une voix douce et cotonneuse, aux intonations orientales, s'approchait de son oreille pour lui apprendre que Mina n'était plus là. Qu'elle était partie le matin même de l'accident. Le 1er août. Sans doute à jamais.

Cette voix, c'était la mienne.

2.

Tadeuz Alansky à Mina Heide.
En gare de Port-Bou, le 16 septembre 1923.

Et maintenant, mon amour, me voici qui vais seul au-devant de la nuit qui tombe. Cette nuit qui fut nôtre jadis, qui n'est plus que mienne aujourd'hui. O, mon amour, t'en souviens-tu ? La nuit partagée était plus claire que le jour tandis que cette nuit de la solitude est si sombre que l'ombre à la pénombre s'y confond. C'est une immensité ténébreuse où il me semble agoniser sans bruit.

Mon amour, mon seul amour, me voici effaré et meurtri, semblable à celui qui relève d'une longue maladie mentale, semblable au dormeur qui s'éveille, étonné, dans l'obscurité, frotte ses yeux et soupire : l'ai-je rêvée ? Ai-je rêvé cette vie ?... Alors, Mina, il veut recompter ces heures que le cartel sur la cheminée vient de compter. Est-ce minuit qui vient, le terrible minuit, ou bien est-ce l'aube enfin ?

Mon amour, c'est la question que je me posais parfois dans ce vieux train de la Renfe qui fuyait en pleine nuit sur l'océan déchaîné de la campagne espagnole :

était-ce aujourd'hui ou demain ?

Et puis : « Quand cela a-t-il commencé ? » A quel moment précis ? Quel jour ? Quelle heure ? Mina, quand m'as-tu quitté vraiment ? Car, bien sûr, tu m'as quitté bien avant que tu m'abandonnes. Des années avant, peut-être !... Et que nous ayons continué de vivre ensemble ne changeait plus rien. Mina, était-ce en ce terrible soir de juillet 1914, la veille ou l'avant-veille de la mobilisation générale, je ne me rappelle plus ? à la première de *Shanghaï ! Shanghaï !* T'en souviens-tu ? Tu as eu cette lâcheté, que je te pardonne si c'est une lâcheté — mais parfois je doute que c'en ait été une, je veux croire de ta part à une sorte de courage extrême dont je ne peux pénétrer le sens — oui, voyant que personne ne défendait ce film, à ton tour tu as déclaré que ce n'était, au fond, qu'une « toute petite chose, à usage intime »... Ou bien, était-ce en ce jour d'armistice lorsque, t'entendant chanter à ta coiffeuse, je t'ai demandé d'avoir la pudeur de te taire ? Tu m'as répondu : « Tadeuz, tu n'es qu'un pauvre petit-bourgeois imbécile. Je t'ai toujours détesté. Toujours ! » Etait-ce à Berlin, à Grainau, dans notre wagon, à un gala, un dîner, quand je revenais du front, quand je t'ai fait monter dans mon avion pour la première fois ? Quand ? Où ? Le saurai-je jamais, Mina ?

Mais qu'importe le temps, n'est-ce pas ? Qu'importe puisque tu n'es plus là, mon amour.

Tu n'es plus, Mina. Dans ma mémoire tu n'es pas même ce tremblant reflet que j'ai été, moi, sur la vitre du wagon. De Séville à Cordou, de Cordou à Madrid, de Madrid à Saragosse et à Barcelone. Tout un jour, toute une nuit et tout un jour encore. Oh ! la désespérante lenteur des trains espagnols ! Pendant près de quarante heures je n'ai été que cette face fantomatique de momie aux yeux rougis ! Et qui se déformait sur les talus, les collines, les champs et les forêts. Et qui s'effaçait sous les tunnels ! Ce visage d'un étranger qui n'était autre que moi ! Eh bien, Mina, te l'avouerai-je ? en même temps que je m'effrayais de n'être plus que ce mort vivant, je cherchais, mais en vain, à me souvenir de toi. Je cherchais à reconstituer tes traits : tes yeux dorés, tes cheveux « d'un noir de jais », « ton sourire de sphynge » comme écrivent les échotiers et les agents de publicité. Mais précisément ces qualificatifs ne recouvrent plus le moindre sens pour moi. Ils ne m'évoquent plus rien. Ce sont des mots pour magazines illustrés, des slogans creux qui ne me suggèrent aucune réalité...

Et dans quelques jours, quelques semaines, quelques années, que me restera-t-il de toi ? C'est-à-dire : de moi aussi, de la part de poésie que tu étais en moi, de la part de rêve et de beauté ?

Si j'étais seul avant de te connaître, ma solitude désormais ne sera pas de même nature, tu le sais. Ce qui avait fait la force de mes vingt ans sera maintenant mon infirmité. Car tu ne pourras pas faire que les choses n'aient point été, Mina. Et moi, moins que toi encore.

Pourtant, il me suffisait parfois de fermer les yeux et aussitôt j'entrais à nouveau dans ces chambres merveilleuses où nous avons fait l'amour autrefois : la chambre tendue de velours gris d'Argentinische Allee, la petite chambre lambrissée de sapin à Grainau, la cabine du wagon bleu... J'étais heureux. En rêve, je t'embrassais, je caressais l'intérieur de tes cuisses. Tes seins. Tes cheveux. Je te pénétrais enfin — mais tu n'avais plus de chair soudain, plus d'être. Au moment où la jouissance te faisait crier, tu n'étais plus !

Alors, la sonnerie d'alarme d'un passage à niveau tintait lugubrement dans la nuit et je me retrouvais prisonnier de cet antique wagon capitonné. Face à mon bon Chou qui feignait de s'intéresser au gros roman que je lui avais acheté en gare de Cordoue et me lançait à la dérobée un regard apitoyé que j'étais censé ne pas remarquer...

Mina, je ravalais des larmes qui me venaient. J'essuyais la sueur à mon front.

Et puis, oserai-je te raconter ce trait de « sentimentalité ridicule » — c'est bien ainsi que tu disais, n'est-ce pas ? : dans la lancinante prière métallique des essieux du train, il me semblait t'entendre chanter *Shanghaï ! Shanghaï !*

Oui, à chaque éclisse des rails tu redisais avec cette intonation amoureuse qui t'est particulière : « Shanghaï ! Shanghaï ! Shanghaï ! Shanghaï ! Shanghaï ! » Doucement.

O, mon amour, se peut-il que tu aies oublié notre « hymne national » ? Se peut-il que tu le chantes encore, mais à un autre que moi ? Et se peut-il que tu n'aies plus le souvenir de nos tout derniers jours de bonheur, lorsque l'un et l'autre nous avons sincèrement tenté, au début de l'été, de « recommencer » : cette ferrade aux flambeaux où Salvador nous avait menés en calèche, cette nuit que nous avons passée à boire avec l'écrivain américain dans la taverne de Paco, et lorsque, au retour, je t'ai aimée, n'est-ce pas ? sur la banquette arrière de l'Hispano Suiza ?

Mina, aime-moi encore une fois.

T.A.

Mina Heide à Tadeuz Alansky,
Paris le 25 septembre.

Chanel
Haute Couture
5, rue Cambon
Paris

Tadeuz chéri,

excuse ce papier mais j'ai peu de temps pour te répondre. Si tu es à Berlin, peux-tu me faire envoyer par Chou les malles que je n'ai pas pu prendre avec moi ? J'aimerais également récupérer mon portrait par Picabia. Serais-tu assez gentil ?

Quant à ta lettre : words, words, words.

Je t'embrasse, Mina.

P.-S. Je suis sincèrement désolée de ton accident. J'espère que tu es tout à fait remis maintenant.

Câble. Béziers-gare. 16 septembre. 23 h 50.
Alansky à Heide Ritzotel Paris.

Mina aime-moi stop Tadeuz.

*

Damnación ! Tel était le nom d'un village sur la ligne des Trains de Castille. Mais il y avait eu aussi Desolación — un joli hameau blanc juché sur un rocher couleur de sang séché —, Caïda, qui veut dire « la chute », Tadeuz me l'apprit avec mélancolie, et puis, en sortie de Madrid, l'interminable mur de briques rouges d'une usine où trois fois était répété en lettres géantes : MINA, MINA, MINA.

Mais enfin nous étions parvenus à Port-Bou après cette passion de quarante heures d'une station à l'autre, d'une région à une autre région, et leurs noms, leurs pittoresques se confondaient déjà dans nos mémoires hébétées de lassitude et d'insomnie. Saurais-je redire jamais ces deux jours terribles et cette nuit passés dans la torpeur où tout semblait se déliter et fondre : les idées, les souvenirs, mais aussi les nostalgies, les souffrances, la vie, même ? La vie qui n'était plus qu'une sorte d'état second, une ivresse. Saurais-je redire cette chaleur moite et puante où tout semblait se pulvériser et se condenser à nouveau pour précipiter en nos âmes anesthésiées par la fatigue une seule pensée, horrible, et qui nous était commune à n'en pas douter : Mina était partie pour toujours, Tadeuz Alansky était un homme fini, ruiné peut-être… Damnación ! Desolación ! Deux jours et une nuit la poussive locomotive nous avait ressassé à l'oreille son incessant chuchotis : chute et déchéance, chute et déchéance, chute et déchéance…

L'écartement des voies du chemin de fer espagnol est plus large que celui des nôtres : pour cette raison,

Tadeuz n'avait pu utiliser de Séville à la frontière son wagon privé.

Mais à Cerbère la voiture bleue nous attendait et des cheminots s'affairaient à l'accrocher au wagon de queue de l'express Cerbère-Bâle.

Nous avions encore une nuit et un demi-jour de train à endurer. Et puis encore un demi-jour et une nuit, de Bâle à Berlin.

Du moins voyagerions-nous dans le confort.

Comme si le sentiment du confort pouvait atténuer la peine ! pensait Alansky avec quelque raison. Au contraire : c'était la souffrance qui l'avait distrait un peu sur le trajet espagnol. C'était le travail subtil de l'esprit et des nerfs pour déjouer une crispation, dénouer un muscle contusionné, éviter le frottement d'une plaie contre une induration... Maintenant, dans cet écrin capitonné où tout bruit s'étouffait, toute souffrance, dans cette châsse étincelante où chaque objet était lié à un douloureux souvenir de bonheur passé, entre ces miroirs qui lui renvoyaient l'évidence de sa solitude, il devrait affronter la faillite de sa destinée.

Quasi paralysé, le visage barré d'un bandeau noir, raide et hautain d'apparence mais intérieurement brisé et humilié, il était descendu du convoi espagnol tenant à la main une longue lettre qu'il avait confiée à la jeune marchande de sandwiches pour qu'elle la poste.

L'avant-veille, Primo de Rivera avait pris le pouvoir à Madrid et des dizaines d'Espagnols, sans nouvelles de leurs familles, se pressèrent autour de cet homme qui semblait, dans sa morgue, investi d'une haute autorité. Evidemment, il n'avait su que leur répondre. Et de cela aussi il était confus : l'Histoire n'avait pas prise sur lui. La seule chose qui lui importât était sa séparation d'avec Mina. La seule chose qui comptât pour lui depuis des années : « Mina ! » ainsi que ses lèvres l'articulaient sans que le moindre son s'entendît.

Puis il avait dû subir les hideuses vexations de la police et de la douane française :

« Tiens, un boche !

— C'est pas possible : ils en veulent encore ? Ils en ont pas assez pris sur la gueule ?

— C'est le type au wagon particulier ?

— Oui, c'est ça. Alansky Tadeuz. Tu parles d'un nom... »

Dans le bureau crasseux les rires redoublaient. Les employés parlaient de plus en plus haut, pensant sans doute que Tadeuz n'entendait pas leur langue.

« Combien de troufions t'as égorgés, eh salaud, pour te payer ce machin-là ?

— Et après ça ils viendront dire qu'ils peuvent pas payer... Merde alors, l'Allemagne paiera ! N'a qu'à commencer par lui confisquer son wagon-salon à cet enfoiré !

— Savez-vous que je comprends le français ? finit par intervenir Tadeuz d'un ton las.

— Ah ouais ? Faites excuses mon prince.

— Des fois, il était peut-être un espion.

— Où avez-vous été blessé ? La Marne, Verdun ?

— Non... le ciel qui m'est tombé dessus !

— Comprends pas ! Georges, tu devrais fouiller un peu mieux dans les valises du boche. M'a pas l'air régulier. Il dit que des conneries...

— Je ne suis pas boche, comme vous dites. Je suis

polonais. Polaque ! Né à Dantzig... Vous voyez, c'est indiqué ici sur mon passeport...

— Tiens donc ! Et pourquoi que vous y êtes pas retourné, en Pologne ? Pourquoi que vous avez pas la nationalité ?... »

Oui, pourquoi ?

Maintenant que le train s'ébranlait sans heurts et prenait de la vitesse tandis qu'au long des ballasts le reflet doré de la vitre glissait et se brisait sur le tablier des ponts pour reparaître ensuite sur un muret, une plage de sable blanc, ou la mer, Tadeuz, à l'abandon dans la pénombre bleutée, allongé sur un des canapés du salon, revoyait comme s'il le revivait ce jour pluvieux et froid d'octobre 19 où l'on avait décroché son wagon en gare de Dantzig — non, de Gdansk, puisque c'est ainsi qu'on devait désigner désormais la Ville libre.

La Ville libre ! Quel nom eût pu mieux évoquer ce monde merveilleux qu'il s'était proposé de retrouver ? Mais les yeux mi-clos et brûlés par l'insomnie, il se revoyait alors, descendant sous la pluie les escaliers de la gare, sanglé dans son trop élégant mackintosh, coiffé d'un feutre noir sur lequel les Gdanskois se retournaient, et puis allant seul, sans Mina — Mina avait refusé de l'accompagner —, à pas lents, étrangement ému, et par des rues qu'il reconnaissait à peine, au milieu d'une foule dont la prononciation de la langue n'était plus la sienne depuis tant d'années qu'elle lui semblait un parler étranger. D'abord, il avait lutté contre ce sentiment de découragement qui l'étreignait. Il avait voulu se persuader que ce malaise qu'il ressentait ne serait que passager : il fallait le temps de s'habituer, voilà tout. Et puis la bouderie de Mina ne durerait pas. Elle le rejoindrait bientôt et alors il verrait la ville sous un autre aspect, il la reverrait avec des yeux d'enfant, « n'est-ce pas ? » Par une sorte de défi puéril à ce qu'il appelait « mon snobisme berlinois », il n'avait pas voulu prendre une chambre dans un palace mais dormir aussi près que possible de l'endroit où il était né trente ans auparavant : dans cette ex-Shillerstrasse qui portait maintenant le nom d'un obscur enfant de Gdansk dont les poèmes, s'était-il en vain empêché de penser, dont les poèmes devaient être de « grotesques petites crottes patriotardes ». Et, justement, au-dessus de la plaque commémorant le courage de ce scribouillard, était l'enseigne d'un petit hôtel sordide : *Au Patriote.* « Oh, mon Dieu, c'est une conspiration ! » avait-il pensé. Oui, il s'en souvenait. Comme il se ressouvenait du corridor humide tapissé d'un papier gondolé et de la patronne des lieux. Une sorte de naine, plus fardée qu'une putain, plus fardée que Lola la chanteuse qu'il avait aimée, enfant, lorsqu'elle s'exhibait non loin de là dans un caf'-conc' dont il avait oublié le nom. La naine ne se le rappelait pas non plus. Et lorsque Tadeuz lui avait demandé où se trouvait la synagogue elle avait explosé en invectives contre les youpins !... Cela aussi Tadeuz l'avait oublié. Car en Allemagne il avait pu l'oublier : les Allemands étaient, certes, antisémites mais ni plus ni moins que les Suisses, les Américains ou les Français. Peut-être moins. Tandis que les Polonais surpassaient en férocité à l'égard des Juifs tout ce qui se pût imaginer. Les Russes eux-mêmes n'avaient pas fait pire... « La Ville libre ! » avait-il grommelé en parodiant l'accent yiddish. Et puis il s'était étendu sur le lit, la tête au pied, ses bottines boueuses posées sur l'oreiller et, plein de rage, il avait feuilleté un journal de la veille abandonné là par le client précédent. A la page des spectacles : rien ! Ou presque. Une publicité hypocrite pour ce qui devait être un lupanar, l'annonce d'une poussiéreuse opérette en tournée que la plus petite ville d'Allemagne aurait refusée dans ses murs, et un film, un unique film, vieux de sept ans : *la Revanche du Sheikh sanglant...* Mais Dantzig était une ville libre n'est-ce pas ? Qu'ont besoin de jeux et de spectacles les gens qui jouissent de la liberté ? Ce sont là occupations d'esclaves ou de princes dépravés ! « *Panem et circenses !* » avait-il ricané. « Dantzig est une ville libre : à peine de *panem* et pas de *circenses* ! Dantzig est libre ! Et moi je suis un homme enchaîné ! » Qui n'irait même pas revoir, comme il se l'était promis, la synagogue ni le veux cimetière juif ni l'emplacement de la maison de son père, aujourd'hui démolie. Et non plus le caf'-conc' où chantait Lola. Non ! Il avait jeté quelques billets de banque à l'endroit où ses bottines avaient maculé l'oreiller et, en hâte, les larmes aux yeux, il était retourné à la gare à onze heures du soir : y avait-il un train pour Berlin ? N'importe lequel ! Même un train de marchandises auquel on eût pu accrocher son wagon bleu.

« Pas avant demain, monsieur ! » lui avait répondu un employé. Mais, au moins, pouvait-il coucher dans son wagon, lequel stationnait sous la haute verrière d'un hangar parmi des sleepings-cars au nettoyage ?

« Certainement ! Si c'est votre désir. »

Alors, ressortant du bureau où on lui avait remis ses clefs, Tadeuz avait levé les yeux sur le panneau d'affichage des départs et lu : Munich 00-42

Etait-il encore temps ?

« Je le pense, monsieur. Mais les frais de mise sur voie et d'accrochage seront doublés, assurément. »

Qu'importait ? pourvu qu'il pût s'échapper de la Ville libre et rejoindre Garmisch-Partenkirchen puis Grainau !

« Est-il possible d'envoyer un télégramme à Berlin ?

— Oui, mais il ne sera transmis que demain matin. Cela convient-il ?

— Fort bien. Donnez-moi un formulaire. »

Tadeuz Alansky à Mina Heide.
Dantzig 8.10. 23.10

Tu avais raison stop retrouve-moi demain Grainau stop je t'aime stop je t'aime stop viens stop Tad

Oui, Mina viendrait le rejoindre au chalet *Shanghaï* ! Le cauchemar de cet impossible retour à Dantzig et au passé, il l'oublierait entre ses bras. Il l'oublierait parmi ces odeurs fraîches, ces bruissements de cascades et de vents dans les sapins dont il avait une vive nostalgie soudain. Tel Antée, il reprendrait foi en lui-même au contact de la terre, à l'ombre des montagnes altières... En lui-même et en leur amour qui était sorti si ébranlé et si fragile de l'épreuve de ces dernières semaines de fâcheries passées dans la fièvre de Berlin. Ils devaient quitter la capitale pour quelque temps : à Grainau ils retrouveraient cette force dont ils avaient connu les joies purement physiques pendant le merveilleux été 1913. Se pouvait-il que Mina eût oublié ce temps de leurs triomphes ? N'en ressentait-elle pas l'appel, elle aussi ?

Et c'était dans un sentiment vrai de soulagement, de bonheur même, que Tadeuz s'était affalé sur ce même canapé de velours beige où il était allongé aujourd'hui, quelque part entre Avignon et Lyon, nimbé des lueurs vertes du jour naissant.

Mais hélas, il se souvenait aussi du désespoir qui l'avait étreint peu après, quand, au premier coup de sifflet, l'express Dantzig-Munich de minuit quarante-deux avait lentement démarré. Alors la mélancolie des départs avait provoqué en lui la crise nerveuse qu'il avait voulu dominer dès son arrivée dans la matinée, quand il avait compris qu'il n'avait rien à faire ici, dans ce pays qui n'était plus le sien. Et, le front sur la saignée du bras, il avait éclaté en sanglots.

Ce voyage à Dantzig, il l'avait si intensément désiré ! Il en avait tant anticipé les plaisirs dans son imagination !... Pendant des semaines il n'avait prêté qu'une oreille distraite aux moqueries des mauvais augures qui ne cessaient de lui répéter que c'était là un rêve absurde : « On ne revit pas son enfance ! » ricanait Mina. Et Karl, qu'il appelait en manière de plaisanterie son « directeur de conscience », Karl lui prédisait la pire des déceptions. Mais il s'était entêté : Tadeuz Alansky avait-il jamais failli à la parole qu'il s'était donnée, fût-ce des années auparavant, fût-ce pendant la Grande Guerre, en 1915, comme c'était le cas s'agissant de ce « défi », disait-il. De cette « fantaisie d'enfant gâté », répliquait la raisonnable Mina ?

Mina qui, par un beau matin de juin, l'avait vu danser, sauter en l'air, exulter de joie et même marcher sur les mains quelques pas dans l'*Allee* :

le Traité de Versailles était signé ! L'humiliation était lavée ! Il n'y aurait plus de honte à porter un nom polonais ! Il la tenait sa revanche sur les officiers si pleins de morgue de l'*Escadrille Kronprinz* — ces hobereaux, ces noblions, ces junkers pétris de préjugés qui l'avaient tant méprisé. Il était vengé de leurs affronts et de cette méfiance indigne dont il avait si longtemps été l'objet.

Ainsi, au jour de la mobilisation : Tadeuz avait vu dans la guerre le moyen d'être enfin reconnu comme un « Allemand de premier choix » disait-il avec humour. Sa classe n'étant pas appelée en priorité, il avait demandé son incorporation immédiate. Chargé de recommandations, il avait couru les bureaux du ministère des Armées, renoué avec des militaires rencontrés dans des soirées mondaines ou des dîners en ville, frappé aux portes, intrigué. Mais précisément, son empressement à être engagé avait paru suspect : une circulaire secrète émanant de la Chancellerie n'indiquait-elle pas qu'il fallait éviter d'envoyer en première ligne les « récemment germanisés » et les « originaires de la Posnanie » ? On craignait en effet la renaissance d'un nationalisme polonais à la faveur du conflit. Des trahisons sur le front pouvaient être à redouter : les pays disparus sont toujours renés des guerres, les hommes politiques le savaient.

Tadeuz s'était obstiné. Après tout, il était Prussien lui aussi. Son père avait été germanisé. Sa mère et ses deux grands-mères pareillement. Et l'allemand était sa langue, sa culture, sa façon de penser, de se comporter, d'être... et même de respirer ! C'était par esthétisme, par goût de la provocation, ou bien par opportunisme dans certaines affaires un peu troubles, qu'il revendiquait si haut son identité de Polonais. Au fond, il le savait : il était allemand. Plus allemand que ses concitoyens puisqu'il irait lui, se battre avant que sa classe ne fût mobilisée.

Il n'eut guère à patienter.
Mais sa patrie ne sut faire de lui qu'un aigri.
Et un borgne.

En compagnie d'un de ses opérateurs, spécialiste des prises de vue aériennes, Tadeuz avait appris à piloter le biplan que la Société Alansky avait acquis au début dè l'année 1914. Aussi furent-ils versés dans l'aviation, lui et son Fokker réquisitionné. Quelle ne fut pas son émotion lorsqu'on l'admit dans l'escadrille de chasse jaune et noire, la *Kronprinz* !

C'était au printemps de cette terrible année 1915 où les deux armées ennemies s'enterraient dans les tranchées. Lui, haut dans le ciel, il avait connu ses plus grands bonheurs : voler au-dessus d'un tapis de brumes, au-devant d'un halo d'irisations qui reculait à l'infini. Voir l'hélice décomposer en une fine poussière prismatique l'éclat du soleil. Piquer dans le vide. Remonter. Redescendre en vrille, ruser avec une turbulence ou l'affronter au risque de rompre les haubans. Et soudain entendre le moteur caler. Glisser vers la terre en silence, gorge sèche, estomac noué. Dériver. Redémarrer après trois, quatre interminables embardées, remonter en prise enfin ! Plus haut encore. Plus haut. Là où le vent souffle si fort que votre corps vous paraît s'anéantir tandis que flotte votre esprit, ivre, immatériel, désincarné...

Hélas ! Bientôt il fallait atterrir.

Revenir à la base. Au mess, retrouver l'hostilité muette des officiers qui méprisaient en lui « le youtre, le polaque, le maque » — oui, « le maque », car, à leurs yeux, le mari d'une actrice ne pouvait être qu'un maquereau ! A l'atelier, où pourtant les rites de la caste des seigneurs n'avaient pas cours parmi les mécaniciens, endurer de leur part des allusions salaces à « la vamp aux yeux dorés, la Heide »...

« Le Heide, M. Heide, M. Mina » le surnommait-on parfois. Où était-elle cette fraternité des armes tant vantée dans la presse que lisait l'arrière ? Cette camaraderie virile à laquelle il avait rêvé et dont le désir, latent en lui, l'avait à son insu poussé à s'engager ?

Tadeuz, il est vrai, avait accumulé les maladresses. A trop vouloir se faire aimer il n'avait su que blesser les susceptibilités : il était trop riche, trop élégant, trop subtil, trop civilisé en un mot. Son dandysme scandalisait, qui s'était exacerbé au hideux spectacle des tranchées. A quelques kilomètres des hangars mobiles de la base commençait l'Enfer où tout n'était que boue, crasse, vermine et puanteur, mais Tadeuz pouvait perdre une heure à sa toilette, une autre heure à revêtir son rutilant uniforme qu'un grand faiseur de Berlin lui avait retaillé et sur lequel il nouait une molle écharpe de surah blanc ou piquait trois chétifs coquelicots cueillis au bord d'un cratère d'obus.

En raison de leur qualité de soldats d'élite les aviateurs avaient droit à quelque fantaisie vestimentaire. Tous se faisaient un point d'honneur d'être distingués pour leur chic et leur extravagance, chez Tadeuz cette affectation confinait à la frénésie. Ainsi, sa combinaison de vol était-elle fourrée de renard bleu. Pour mascotte, il avait Boy, un caniche nain qu'il emportait avec lui dans ses missions, niché dans la vaste poche de cuisse de ses culottes de cuir. Enfin, il avait peint un portrait de Mina à l'avers de l'aile du Fokker ; il lui suffisait de lever les yeux pour la voir ainsi glisser au fil des nuages !

Et puis, croyant se les concilier, il ne cessait d'inviter ces hommes à des parties fines ou des dîners et, au retour de chaque permission, les couvrait de cadeaux. Ils venaient dans sa carrée, buvaient son champagne interdit par le règlement « patriotique », mangeaient de ses primeurs parvenues ici on ne savait comment, goûtaient à ses insolents chocolats anglais et s'en repartaient, mortifiés dans leur orgueil d'hommes mieux nés mais moins riches, haïssant cet artiste parvenu dont la femme, si belle, avait été sacrée « petite fiancée des armées ».

Mais aux qualités « germaniques » qu'on exigeait du polaque et youpin, quel Allemand eût été digne de l'être ?

Tadeuz ne fut adopté que le jour du printemps 1916 — le 5 mai, je crois — où il abattit six avions français en un seul raid. Six.

Mais alors un revirement subit de l'opinion se fit en sa faveur. Cité à l'ordre de l'Empire, décoré de la croix de fer, il reçut l'accolade du Kronprinz, parrain de l'escadrille, et ses camarades le portèrent en triomphe jusqu'à une vieille auberge de campagne qui était demeurée ouverte à quelques kilomètres du front, en dépit des bombardements.

Ils y passèrent la nuit à boire et porter des toasts à ses victoires. Tadeuz était devenu la coqueluche de la compagnie.

Il s'en aperçut. En conçut une sombre amertume.

A l'aube de cette muffée il alla seul et titubant au hangar où était son biplan. Boy contre sa poitrine, sous la combinaison, et un bouquet sur les genoux, il s'envola. Quand il eut repéré sur terre la carcasse encore fumante de l'un des avions qu'il avait abattus la veille dans l'après-midi, il effectua un looping et, par défi, jeta son bouquet de bleuet sur les ailes cassées.

Des Français insensibles à la chevalerie le prirent en chasse. Le premier attaquant fut abattu d'une balle au front mais le second sut sectionner ses haubans d'une rafale de mitrailleuse.

Le Fokker chuta.

Dans l'accident qui eût pu lui coûter la vie, Tadeuz perdit l'œil droit.

3.

On le réforma.

De longues semaines il souffrit et délira sous les stucs et les ors rocaille d'un hôpital de l'arrière installé dans un palais baroque en Haute-Bavière, le *Mon Plaisir*. Au-dessus de sa tête, des nymphes nues dansaient une ronde et versaient sur lui les cascades de cristal d'un grand lustre où logeaient des oiseaux qu'on n'avait pas su déloger des bobèches dont ils avaient fait leurs nids. Au pied de son lit s'ouvrait une Galerie de Glaces imitée de celle de Versailles. Les miroirs vis-à-vis réfléchissaient à l'infini l'agonie de centaines d'infirmes et de grands blessés — armée de fantômes, à la nuit tombée, armée d'ombres qui souffraient et gémissaient dans l'obscurité argentée. Certains, faute de lit, couchaient à même le sol. On aurait dit des naufragés luttant sans espoir contre les lames qui bientôt les submergeraient.

Deux ans de guerre, déjà, deux ans d'indicible horreur et de misère... Quand Tadeuz eut quelque peu recouvré la santé, on craignit alors pour sa raison. Il regardait le vide, hébété et absent, puis murmurait doucement :

« Pourquoi ? »

C'était le milieu de l'été et Mina, harassée par ses tournées du Théâtre aux Armées, ne venait plus le voir. En vérité, elle s'effrayait des signes d'une folie naissante marquée dans les lettres incohérentes qu'il lui adressait. J'étais, moi, son seul réconfort. « Son seul fidèle », comme il me le confiait parfois dans un accès de lucidité amère. Mais il ne s'en plaignait pas. Il ne pleurait jamais. Il était frappé d'apathie profonde. « Apathie sans doute irréversible, le sujet étant très atteint », notait avec tristesse un célèbre psychiatre qui exerçait à l'hôpital.

La fille du docteur Eckart, qui n'avait pas seize ans, rendait chaque jour visite aux malades. Elle se prénommait Liza. Elle entrelaçait ses nattes de fleurs des champs qu'elle cueillait sur les pelouses à l'abandon du parc de *Mon Plaisir,* et sa voix était douce. La mort au front de ses deux frères aînés l'avait meurtrie à jamais. Tadeuz appréciait les délicatesses de la compassion immense qu'elle en avait conçue.

Elle s'attacha à lui et vint chaque matin un peu plus tôt s'asseoir à son chevet, au pied d'une grandiose statue de Minerve qui avançait, immobile, dans les plis de marbre blanc de sa robe. Liza ne faisait rien. Ou peu de choses. Elle lui prenait la main, murmurait des petites histoires insignifiantes, des comptines, parfois un poème d'Hölderlin qu'elle savait par cœur : « En bleu adorable... »

En-bleu-adorable, c'est ainsi qu'il la surnomma dans un moment de sérénité un jour qu'il l'écoutait réciter à voix basse.

« En-bleu-adorable, je vous aime. Je vous aime Liza. »

Il écrivit à Mina qu'il allait beaucoup mieux. Le père de Liza l'avait lui-même constaté. « Qui est

Liza ? » avait demandé Mina. « Une jolie jeune fille dont j'ai fait la connaissance », répondit Tadeuz. Mina revint le surlendemain, s'installa dans une auberge à proximité du palais et, de nouveau, lui rendit visite chaque jour.

Il connut une nouvelle crise d'apathie entrecoupée d'accès de folie... Alors, il se levait de son lit et hurlait, la bouche contre un grand miroir rococo qu'il ternissait de son haleine.

Etait-ce bien lui, était-ce le brillant Tadeuz Alansky, « le héros du ciel », cet être brisé, décharné, borgne et qui grimaçait ? Ce mort vivant, était-ce bien lui ?

Un matin où il hurlait sa peine plus fort que jamais, deux infirmières le transportèrent sur la terrasse, refermant la porte-fenêtre derrière son dos. Il pleura enfin, face à ce beau jardin à la française dévasté par le passage des ambulances, face au cirque des montagnes qui en fermait les perspectives de toute part.

Il s'apaisa... Soudain, il ne souffrait plus. Il se sentait renaître.

A quelque temps de là, Liza, les yeux embués de larmes, nous conduisit à la gare voisine dans la charrette du fermier de son père.

Le wagon privé avait été attelé à un petit train local qui faisait halte à Grainau en saison. C'était aujourd'hui le dernier jour de l'été. Une chaude lumière dorée éclaboussait la campagne alentour et les rails jusqu'à l'horizon. Tadeuz, penché à la fenêtre, fixa longtemps la silhouette légère vêtue de bleu qui s'amenuisait peu à peu et ne fut bientôt plus qu'un point indiscernable du ciel, tandis que le convoi fuyait dans la mélancolie de l'automne qui venait...

« En bleu adorable... ! »

*

Tadeuz avait tremblé pour leur amour mais Mina lui revenait maintenant. N'avait-elle pas montré de la jalousie à l'égard de Liza ? N'avait-elle pas marqué par là qu'elle l'aimait encore ?

Eh bien, il poursuivrait sa convalescence en leur chalet de Grainau. Ensemble, ils se retrouveraient.

Dans la petite chambre lambrissée de sapin vernis, sous les frondaisons rousses des chênes qui ombrageaient la terrasse devant le lac, au pied de la cascade, sur le dansant petit pont suspendu, à nouveau ils connurent le bonheur. Si loin des champs de batailles et de Berlin, si solitaires qu'ils en venaient à oublier que le pays était en guerre...

L'hiver vint.

Il neigea. La vallée fut isolée trois mois et le chalet *Shanghaï* cerné de formidables congères, pareilles à des blocs de cristal de roche irisé dont la haute muraille miroitante les retranchait du reste de l'univers. Ils étaient dans un monde propre, pur, transparent.

« Parfois, disait Tadeuz, parfois, parmi ces blocs

de neige gelée, il me semble que je me promène dans le vaste cerveau d'un amnésique. Ces tranchées blanches sont les circonvolutions cérébrales, vois-tu, Mina ?

— Tadeuz, tu es fou ! disait-elle en riant. Un cerveau !

— Oui. Mais un cerveau qui aurait tout oublié. »

Alors, elle lui jetait une boule de neige. Et, comme des enfants, ils se laissaient rouler jusqu'au bas du coteau.

Un jour, tandis que par jeu ils se battaient ainsi, Mina, dans un geste involontaire, arracha le bandeau noir et le pansement qui couvrait l'œil mort de Tadeuz. Avec un cri muet, elle recula d'horreur.

Jamais Tadeuz n'avait voulu lui montrer sa blessure. L'œil, en effet, n'avait pas disparu de l'orbite mais il était devenu monstrueux. Les mille éclats de la prunelle broyée avaient en quelque sorte cristallisé et bourgeonné. Le regard de cet iris à facettes était celui d'un saurien ou d'un batracien du début des temps.

Plus tard, Tadeuz le recouvrit d'un monocle de verre blanc dépoli cerclé d'un liséré transparent — il lui conférait un grand air de mystère qui apeurait un peu. Un matin que je lui portais un broc d'eau chaude à sa table de toilette, je le surpris à s'admirer dans le miroir devant lequel il s'entraînait chaque jour à mieux le coincer entre la pommette et l'arcade sourcilière. Content, au fond, de cette nouvelle élégance…

*

Les neiges fondirent. Le printemps revint. Et l'été.

Août 17 : on se battait pour la troisième année, pour la troisième année on mourait. Mina et Tadeuz pouvaient-ils l'ignorer maintenant qu'à Grainau même avait été improvisé un campement pour les grands brûlés et les gazés ? Pouvaient-ils l'ignorer alors que les rations alimentaires étaient tombées si bas dans les villes qu'ils apprenaient parfois qu'un de leurs vieux amis ou un employé de l'*Alansky* avait été retrouvé évanoui d'inanition chez lui ?

Dans le wagon bleu repeint en vert militaire, ils quittèrent la Bavière pour remonter vers le front. Mina participait à une tournée du Théâtre aux Armées. Tadeuz eut l'idée d'adjoindre aux tréteaux de fortune une grande tente sous laquelle on projetterait des films...

Alors, comme s'ils recouvraient leur esprit après une longue maladie de la mémoire, ils descendirent un à un les cercles de l'Enfer : ils découvrirent ces soldats hébétés, bêtes plus qu'hommes, ou hommes d'une nouvelle race dont la chair était boue, craie, vermine, plaies mal refermées, blessures purulentes... Ils pénétrèrent dans les boyaux obscurs et fétides où campaient ces damnés dont certains n'avaient pas dormi depuis des jours, pas aimé depuis plus d'une année. Ils remontèrent à l'air libre des tranchées, mais là le paysage était celui d'une apocalypse : de ce coin de terre toute vie avait disparu. On aurait dit qu'on foulait la poussière des cratères d'un quartier de lune tombé ici-bas.

Tadeuz voulut porter témoignage de cette folie. Il

filma. Il filma cet homme en guenilles qui convoyait dans un grand bidon un ragoût à demi pourri. Il filma cet arbre calciné sur lequel une main malhabile avait gravé des noms de soldats tués. Il filma le sommeil peuplé de cauchemars d'un fantassin qui dormait assis, tout habillé et casqué. Et puis un matin il eut le bonheur de filmer à la sauvette une scène de fraternisation avec l'ennemi.

D'abord une voix s'était élevée, à trente mètres de là, venue d'un trou d'obus tenu par les Français :

« Dites donc, là-bas, vous n'auriez pas du tabac par hasard ? »

Mais cette voix parlait allemand.

« Allemand ? avait crié aussitôt un guetteur stupéfait.

— Non, Français ! Mais j'ai longtemps vécu en Bavière avant la guerre...

— Ah, voilà pourquoi...

— J'étais à Bayreuth l'été 1912. Au Festival !

— Quel Festival ? Qu'est-ce que c'est qu'un festival ?

— Ça ne fait rien... Vous avez du tabac ?

— Oui, un peu. Comment je vous l'envoie ?

— Je n'ai pas pensé à ça...

— Il y a d'autres gars avec vous ?

— Oui, pourquoi ?

— Eh bien, je me disais que j'aurais pu venir... Ou vous... »

Alors, par la visée de sa caméra il avait assisté à cette scène si belle : des têtes avaient surgi du trou d'obus, trois, puis cinq, puis neuf. Et en même temps, devant lui, obstruant le champ en partie, la silhouette sombre de soldats qui enjambaient des barbelés. Les masses étaient lentes, hésitantes...

Mais du côté français, les hommes s'enhardissaient, se poussaient l'un l'autre... En lançant de grands cris d'amitié, ils tombaient dans les nids de poule, se relevaient, couraient encore, sautaient un fossé dans une dernière ruée. Déjà, ils s'embrassaient ! Allemands et Français unis, vociférant, échangeant leurs plaques d'immatriculation, un foulard ou une bague — la pellicule était à sa fin. Le noir se fit.

Plus tard dans la soirée, Tadeuz était retourné ivre de joie au wagon privé où déjà Mina se costumait pour son tour de chant.

« Oh Mina, Mina, la guerre est finie ! La guerre est finie ! » bafouillait-il en lissant sur le genou le bas doré dont Mina venait de gainer sa jambe.

— Que dis-tu ?

— La guerre est finie. Les hommes fraternisent !

— Comment ça ? frater... oh ! Attention, Tadeuz !... Attention ! A l'assassin, à l'assassin ! »

Surgi dans son dos, un inconnu venait de braquer sur sa nuque un pistolet dont l'acier noirci brillait dans l'ombre.

« N'ayez crainte, madame. Je ne veux que le film ! Le film. »

Les mains en l'air, Tadeuz s'était relevé lentement, désemparé, blême et tremblant de colère rentrée.

« Quel film ?

— Ne faites pas l'idiot, monsieur Alansky. Vous savez très bien de quoi je veux parler. Et il me déplairait que madame Heide soit veuve si tôt... »

Mina, folle d'effroi, balbutiait :

« Que se passe-t-il, Tadeuz ? Qu'as-tu fait ?

— Il y a, madame, lui répondit l'agent des services

secrets sans se départir d'un ton de courtoisie mondaine, il y a que M. Alansky a filmé cet après-midi une certaine scène que nous aurions préféré ne pas le voir filmer...

— Quoi donc ? »

Tadeuz s'était retourné, les traits figés par la haine, les mains jouant nerveusement avec le bas résille de Mina, le monocole dansant comme un pendule sur son ventre. Enfin, d'une voix blanche il avait craché :

« La fraternisation ! J'ai filmé la fraternisation...

— Ou si vous voulez mieux, madame, la trahison...

— Oui, c'est cela, la trahison ! La trahison des Allemands et des Français, la trahison de leurs généraux, de leurs dirigeants imbéciles, de leurs gouvernements de bouchers... Mina, oh, Mina ! J'ai filmé des Allemands et des Français qui s'embrassaient. Mina, je les ai filmés qui s'embrassaient... oui !

— Ainsi, vous avouez ! » s'exclama l'agent sur le ton du sarcasme.

Puis, plus menaçant :

« Monsieur Alansky, eu égard à votre talent et à celui de madame Heide, mes supérieurs ont consenti à s'en tenir là dans les poursuites contre vous... Mais à deux conditions : la restitution immédiate du film et votre départ du front sur l'heure. Cette mesure vous concerne également, madame. Rappelez-vous que vous n'aviez aucune autorisation de filmer. Rappelez-vous aussi qu'un tribunal pourrait vous accuser... disons, de haute trahison ? Ou bien, simplement, d'intelligence avec l'ennemi... ! La pellicule, monsieur Alansky ! Vite ! Avant que l'état-major ne revienne sur sa décision de clémence... »

Tadeuz s'était laissé choir sur un fauteuil. Et Mina assise sur l'accoudoir lui répétait à voix basse :

« Tadeuz, il le faut ! il le faut ! »

Alors, il échangea un signe d'intelligence avec moi : j'avais compris. Il fallait qu'en apportant la pesante caméra je trouve le moyen de l'ouvrir de façon à en saboter le précieux chargement : que les images, voilées par la lumière, ne puissent servir à des représailles ultérieures contre les « traîtres ».

Je m'acquittai avec succès de l'opération. A dire vrai, je crois que ce fut avec la complicité tacite de l'agent.

*

Nous partîmes à la nuit tombée.

Par ordre, le wagon privé avait été accroché à un train de marchandises qui retournait vers l'arrière. Oh ! la lenteur mortelle de ce convoi, les cahots incessants, les arrêts, la fumée âcre et jaune que nul vent ne venait dissiper...

Maintenant encore je revois Tadeuz allongé dans l'ombre sur une des banquettes et dans sa position favorite d'abandon. Je le revois, douloureux, mortifié et frappé de cette hébétude qui lui était particulière quand il avait souffert une humiliation — comme je le revoyais pendant ce voyage qui nous menait de Dantzig à Munich, comme je le revoyais aujourd'hui aux abords de la frontière suisse : en ce 17 septembre 1923. La mémoire fondait ensemble les souvenirs au creuset d'une mélancolie unique, éternelle eût-on dit : comme le jour avait sa nuit, si longue, la vie porterait-elle ainsi à jamais sa pesante part de mortification... ?

« *Addio, del passato, bei sogni ridenti...* »

Adieu aux beaux rêves riants du passé — Mina s'était retirée dans la petite bibliothèque contiguë au salon où elle écoutait des disques : l'*Addio* de la Traviata, la *Prière* de Tosca...

Dans la salle à manger je dressais la table du dîner. Vaisselle de porcelaine à dessin d'or, couverts de vermeil, cristaux de Bohême où je servirai cette soupe de feuilles d'ortie sur les deux tranches sèches de pain ersatz.

Mais ni l'un ni l'autre ne voulurent manger et je passai une partie de la nuit à contempler les bougies qui se liquéfiaient et coulaient en stalactites des branches du chandelier. Mina avait regagné la cabine et cédé au sommeil mais Tadeuz, composant avec l'insomnie, m'appela pour que je lui apporte quelques bouteilles de vieux bordeaux.

« Chou, asseyez-vous ici, et buvez avec moi. Je veux être soûl. Soûl à en mourir. Apportez un chandelier et éteignez la veilleuse du plafonnier... C'est cela, le Haut-Brion !... Soûl à en mourir ! »

Roulant au pas, nous allâmes ainsi dans la demi-obscurité, vers l'aube et l'ivresse, vers le néant heureux de l'inconscience, sans savoir sur quoi se dirigeait la locomotive, ni si le voyage prendrait fin jamais.

Le jour vint poindre enfin, bordant d'un liséré de lumière salie l'ourlet des stores gris. Les tambours de frein crissèrent, le train ralentit encore et cahota plus fort.

Tadeuz avait relevé l'un des stores de la hauteur d'une main. Sur la contre-voie de l'aire de triage défilait aussi lentement un long train de voyageurs où s'entassaient des soldats hâves et défaits, pour la plupart assoupis. Les voitures de seconde succédaient à des troisièmes à peu près vides, puis venait un wagon-restaurant dans lequel des religieuses et des bénévoles de la Croix-Rouge aidaient à boire leur café au lait des aveugles aux yeux bandés de pansements. Enfin, les deux rames s'immobilisèrent tout à fait et notre wagon se trouva vis-à-vis une voiture de troisième classe où étaient des enfants en uniforme, les « recrues de 17 », les « seize ans ». Gauches, et comme déguisés dans des capotes trop grandes pour la plupart, ils chantaient en chœur et se passaient à la volée un cruchon d'eau-de-vie.

« Oh, mon Dieu, non... ce n'est pas vrai ! » murmurait Tadeuz, fasciné.

Certains, qui l'avaient remarqué, prenaient des postures obscènes, feignaient de pisser sur lui ou de se masturber. L'un d'eux, même, avait baissé culotte et collé ses fesses nues contre le carreau. Tadeuz leur adressait de la main des petits signes d'amitié.

C'est alors que nous les vîmes s'assembler tous devant la vitre, se pousser du coude, applaudir et clamer leur joie. Au même moment nous perçûmes le grincement de la manivelle du phonographe qui était dans la bibliothèque et, sitôt, les premières mesures de *Shanghaï ! Shanghaï !*

Reflet transparent sur la vitre d'en face, Mina dansait, vêtue de sa guimpe noire, coiffée d'un haut-de-forme pailleté. Mina levait une badine qu'elle faisait tournoyer entre ses doigts. Mina se déhanchait et chantait en chorus avec sa voix enregistrée :

« Shanghaï ! Shanghaï !
Ville des voluptés... »

Les enfants-soldats sautaient en l'air, riaient, lui envoyaient des baisers et l'on pouvait lire sur leurs lèvres qu'ils scandaient son nom, en manière d'ovation : « Hei-de-Hei-de-Hei-de ! »

Tadeuz, lui, s'était levé en titubant, et entrait dans la bibliothèque reprenant à son compte le slogan :

« Hei-de-Hei-de-Hei-de !

— Eh bien quoi ? Heide ?... Que veux-tu dire ? Ces garçons ont bien droit à un peu de plaisir, n'est-ce pas ? Demain peut-être ils seront morts, tous autant qu'ils sont... »

Il l'avait prise dans ses bras.

« Mina, Mina, je t'aime... Je ne voulais rien te dire d'autre.

— Ce n'est pas une raison pour interrompre mon tour de chant... Je me dois à mon public... Allons, laisse-moi ! Remonte plutôt le phonographe...

Shanghaï ! Shanghaï !
Ville des voluptés !
Ah ! fais-moi connaître encore... »

Notre train s'ébranla dans une grinçante secousse. Déséquilibrés, Tadeuz et Mina tombèrent, unis l'un à l'autre, enlacés, l'un et l'autre bouleversés et luttant contre les sanglots qui leur venaient.

« Oh, pourquoi... pourquoi ? » balbutiait-elle.

Et lui, étranglé par l'émotion, ne savait que lui caresser le visage en répétant :

« Ils ne mourront pas, non, non, ils ne mourront pas, non, ils ne mourront pas, non, non, je ne le veux pas, je ne veux pas, ils ne mourront pas, Mina, non, ils ne mourront pas... »

Je crois que c'est la dernière fois de leur vie que je les vis si amoureux l'un de l'autre. Juste après, l'obscurité se fit : le train venait de pénétrer sous un tunnel...

*

Tadeuz Alansky à Mina Heide.
En gare de Bâle. 1 heure du matin.
Le 18 septembre 1923.

Mon amour, mon seul amour,

parfois dans ce train qui me ramène à Berlin — Berlin où tu n'es pas, Mina, c'est-à-dire, j'en ai peur, une ville que je ne reconnaîtrai pas, une ville qui me sera étrangère et hostile désormais — parfois, alors que j'ai les yeux fermés, cherchant un sommeil dont je sais pourtant qu'il ne viendra pas, oui, parfois je me mets à douter de mon existence même. Je ne sais plus qui je suis et pire : si je suis.

Le train continue de fuir dans la nuit sans lune. J'entends le roulement des essieux sur les boggies. Autour de moi, je reconnais ces meubles, ces miroirs. Je reconnais Chou. Rien qui devrait m'étonner, et cependant je ressens quelque chose d'étranger en moi, je me demande : qui a peur ? Qui pleure tout bas ? Et qui meurt ? Qui redit ton nom ainsi, au-dedans de moi : Mina, Mina, Mina... Je ne sais plus ! Telle est ma peine, Mina, que pendant un bref instant je ne sais plus...

Mais alors, telle est ma joie aussi... Je ne souffre plus, soudain ! Je suis libéré ! Je renais, et c'est sans haine de toi.

C'est cela : je suis heureux brusquement parce que je ne te hais plus. Non, repensant à ce que fut notre vie ensemble je me dis que l'horrible faillite d'aujourd'hui fut malgré toi et malgré moi. Notre amour, notre bel amour, ne pouvait pas porter en lui cette chose monstrueuse. Il ne pouvait pas porter en lui sa perte. Cette sorte de cancer qui le rongeait... Mina, nous ne sommes pas coupables ! Ni toi, ni moi — non ! Ce ne fut ni ton fait ni le mien, ni le nôtre commun. Malgré nous, quelque chose est arrivé à cet amour et contre quoi nous ne pouvions rien...

Oh mon amour, ces instants d'indicible joie... Hélas, ces simples instants !... Car ils ne durent guère. Et la fièvre me reprend bientôt. Et la haine et la passion que j'ai de toi encore me submergent, me terrassent comme une subite maladie : de nouveau je suis seul, avec ma peine, à ressasser tous les griefs et tous les petits faits oubliés et tous ces moments enfuis, eux, à jamais : le jour où tu es entrée dans ma vie, habillée en homme, te souviens-tu ? Ton haut-de-forme, ta queue-de-pie... Pendant la guerre, le jour où j'ai trouvé ce beau traîneau baroque, à Grainau... te souviens-tu ? Notre promenade au clair de lune dans la forêt enneigée... Et cette autre fois...

Mais non, à quoi bon ? A quoi bon se torturer ainsi ?

Mina, je voudrais tant t'oublier. Ecoute mon cri d'amour : je voudrais tant t'oublier !

Je t'aime, Mina.

Tadeuz

4.

Mina Heide à Tadeuz Alansky.
Le 12 octobre 1919. Berlin.

Tadeuz,

je ne viendrai pas à Grainau. Je veux être un peu seule quelque temps. Me retrouver. Parfois, je me pose la question : qui suis-je maintenant ? Que suis-je devenue ? Qu'est-il resté de moi qui ne soit pas *toi,* venu de *toi,* voulu par *toi* ? Tadeuz, je veux savoir qui est *Mina.* Je veux savoir si elle n'est plus rien d'autre que ce que tu as fait d'elle : « des yeux dorés, une démarche de Déesse, le Regard — avec un grand R, s.v.p. —, des cheveux de jais, des bras de Vénus, le sourire qui ensorcelle, la Tentatrice, les Jambes — avec un grand J. » Et Dieu sait quoi encore. Reportez-vous à votre quotidien habituel comme on dit, n'est-ce pas ?

Oui, parfois je me regarde dans la glace de ma coiffeuse et je crois être à l'étal d'une boucherie : des morceaux de viande...

« Et pour Monsieur, ce sera ?

— Donnez-moi donc un peu de ce sourire qui

ensorcelle ! Ou bien un de ces bras de Vénus ! » (Sais-tu que Bach, le chroniqueur de la *B-Zeitung,* a trouvé que j'avais les bras de la Vénus de Milo — sic — ?)

Tadeuz, tu m'écriras sans doute que cela tu ne l'as pas voulu. Tu m'écriras qu'à toi aussi ces poncifs te sont odieux. Tu me l'as dit tant de fois ! Et tant de fois tu m'as menti et tu t'es menti : tu sais très bien, au fond de toi, que tu aimes l'idée que tu t'es faite de Mina Heide, mais pas Mina... Non, ce n'est pas moi que tu aimes...

Tadeuz, Tadeuz, tu as voulu retourner à Dantzig et tu t'es trompé. Ne doutes-tu jamais ? Ne te demandes-tu pas quelquefois : et si nous nous étions trompés, nous aussi ? Si nous faisions fausse route aujourd'hui ? S'il était temps encore de réparer, Tadeuz ?

Et si nous nous quittions ?

Peut-être le faut-il avant qu'il soit trop tard. Et ne garder que de bons souvenirs.

Tadeuz, réfléchis-y.

Je t'embrasse.

Minotchka.

C'est ce qu'elle lui avait répondu, oui, c'est la réponse qu'il avait reçue d'elle enfin ! alors que depuis cinq jours déjà il l'attendait, fou d'impatience et inquiet qu'il ne lui soit arrivé malheur, descendant deux ou trois fois par matinée du chalet *Shanghaï* jusqu'au village voisin de Grainau où il télégraphiait à Argentinische Allee — mais en vain ! Que faisait-elle, où était-elle ?

Et maintenant, cette lettre absurde, ces mots dont il ne comprenait pas le sens d'abord, et moins encore s'il les relisait, cette écriture large et fantastique dont les fioritures dansaient devant ses yeux brouillés de larmes. Oh, mon Dieu ! était-elle devenue folle… Ou bien lui…

Mais non il avait bien lu : « Je ne viendrai pas… »

Alors, il avait bondi dans la cuisine, trébuché sur une marche et lancé à la cantonade :

« Chou, les valises, nous rentrons…

— Mais, Monsieur, par quel moyen ? Il n'y a pas de train avant ce soir onze heures, vous le savez. Et je doute que nous puissions y faire accrocher le wagon.

— C'est bien du wagon qu'il s'agit ! Je m'en fiche du wagon. Je peux voyager autrement…

— Certainement. Cependant…

— A quelle heure est l'express Munich-Berlin ?

— A cinq heures de l'après-midi, je pense.

— Eh bien, à Munich ! Tout de suite.

— Comment rejoindrez-vous Munich, Monsieur ?

— Mais, je ne sais pas moi ! s'irritait-il… Je ne sais pas… je veux être à Berlin demain, voilà tout ! »

Et, après un instant passé à fatiguer sa rage contre un gâteau qu'il broyait dans son poing :

« Mais si ! Je sais comment ! Le traîneau ! »

Il s'agissait d'un grand traîneau baroque découvert un jour dans une grange encombrée d'outils et d'instruments aratoires abandonnés à la rouille. Tadeuz l'avait acheté quelques dizaines de marks à un paysan puis fait nettoyer, retapisser et redorer. C'était maintenant un très beau véhicule et qui semblait surgi d'un conte de fées avec ses anachroniques angelots, ses girandoles vénitiennes et sa flèche surmontée d'une couronne ducale d'où tombait un voile de bois sculpté. Un véhicule d'un autre âge, certes, mais le romantisme de Tadeuz ne l'était-il pas aussi ? Sa passion pouvait-elle se mouvoir ailleurs que dans la féerie ? N'était-elle pas un luxe désuet dans un monde devenu dur et sans pitié ?

On attela des chevaux ferrés à glace empruntés au village. Sur le marchepied où jadis se tenaient les laquais j'entassai les valises vite refaites. Le fouet siffla dans l'air vif. Nous étions partis... De Garmisch, une voiture de louage nous conduirait à Munich.

*

« Vite ! avait-il crié. Vite ! Plus vite ! »

Mais, au fil des heures, sa hâte était tombée et son impatience d'arriver. Il appréhendait de revoir Berlin, l'Allee, la chambre de Mina, enfin. Et de la découvrir vide ! Il avait peur.

C'est que maintenant il lui fallait vivre avec cette idée : leur amour, leur pauvre amour, était mortel. Il mourrait. Il mourait déjà...

Mais, oh ! les reproches et les regrets ressassés dans le silence douloureux de l'âme... Quand cela avait-il commencé ? Et pourquoi ? Que s'était-il donc passé ? Mina !

« Mina ! » avait-il appelé sur le seuil du portail. « Mina ! »

Mais en son for il le savait : elle n'était plus là.

Et dans ce train qui nous conduisait de Bâle à la frontière avec l'Allemagne, se frottant les yeux comme celui qui s'éveille d'un cauchemar et s'apitoie : Que m'est-il arrivé, oh, que m'est-il arrivé ?... se mordillant les lèvres dans un irrépressible tic nerveux s'attablant négligemment devant un petit déjeuner d'œufs, de bacon et de café auquel il ne toucherait pas, il se revoyait, égaré par l'angoisse, aller, solitaire, à sa recherche, dans Berlin où tombait la nuit et la pluie. Berlin, ville d'épouvante, ville d'horreur en cet hiver 19 ! — il s'y revoyait déambuler sans but.

Nul ami, nulle de leurs connaissances n'avaient su lui dire où se trouvait Mina, où elle se cachait, ni avec qui. « Avec qui ? » interrogeait-il, car pouvait-il douter que ce fût avec un autre homme qu'elle était partie ? Et peut-être les amants avaient-ils déjà quitté la ville. Peut-être étaient-ils à la campagne. Ou à l'étranger. A Londres ! A Paris ! A Vienne ! Comment savoir ? Si fantasque était Mina !... Et peut-être étaient-ils ici même, logés à l'hôtel ! Mais lequel ?

De la cabine du Kempinski, Tadeuz avait alors appelé au téléphone les six ou sept palaces où Mina pouvait être descendue. En vain ! « Pas de Mme Heide, monsieur. Croyez bien que nous le regrettons. » Et les réceptionnistes lui proposaient ensuite qui un dîner avec des cadavres, qui une demi-livre d'opium en provenance de Bangkok — « très bon, monsieur » —, qui une « petite séance extra où l'on verrait des chimpanzés violer des vierges enchaînées », et qui « un jeune soldat français faisant l'amour habillé en poilu si on le lui demandait, oui monsieur, sans supplément de prix, très excitant, monsieur, prenez votre revanche ! »

« Votre revanche ! » avait ricané Tadeuz en ressortant de la cabine téléphonique. « Votre revanche ! » avait-il répété, amer. Dans chaque femme qui descendait le grand escalier au bras d'un homme, il croyait voir Mina...

« Mina ! » — mais non, ce n'était pas elle ! Et il était reparti dans le brouillard jaune et la pluie. Et longtemps il avait longé un grand mur aveugle sur lequel l'Organisation Consul avait chaulé en lettres géantes :

Byzance, tu périras !

Partout, sur les socles des monuments, les palissades, les statues, les trottoirs, la chaussée même, de grands sigles *O.C.* avaient été tracés dans la nuit par des mains anonymes. Des affiches, collées à la hâte, et qui apeuraient : un poing velu se refermait sur Berlin et broyait ses maisons en flammes ; un squelette grimaçant étreignait une croix de David tandis que la Mort armée de sa faux lui criait :

Dehors les juifs !

Tadeuz releva son col et noua mieux son écharpe. Ses pas et l'attrait qu'exerçait sur lui la lumière blême et mouillée qu'il voyait là-bas le menèrent à Unter den Linden. Il fut dans l'haleine chaude de la foule qui le pressait de toute part. Maquillées comme des clownesses, des femmes qui frissonnaient dans leurs robes de dentelles et leurs légers châles détrempés de pluie, l'abordaient en sifflant entre leurs dents :

« Tu viens, chéri ? »

Et comme il se dégageait de leur étreinte parfumée il s'apercevait alors que c'étaient des hommes travestis. Mais plus loin, il croisa deux dandys en habit à queue de pie et chapeau claque qui se révélèrent être, eux, des femmes. Il se retourna sur elles : elles lui rappelaient Mina chantant *Shanghaï! Shanghaï!* juchée sur le piano au bal costumé de la Nuit... Oui ! la nuit qu'ils se connurent ! L'aube où ils marchèrent côte à côte enlacés... Et alors, ne leur avait-il pas semblé qu'ils marcheraient ainsi à jamais, au-devant d'un jour triomphal, dans la belle lumière des matins d'été ? L'émotion le fit tressaillir. Un instant il s'adossa à l'un des tilleuls centenaires, contre le fouillis de graffitis obscènes et de *O.C.* qui en mutilaient l'écorce.

« Un petit cordial, l'ami ? » lui soufflait au visage un hideux gommeux dont les dents dorées et la mèche collée sur le front luisaient sous le halo du réverbère. « Un peu de coco, quoi ? Ça te ferait du bien. Tiens, sens-moi ça ! Du premier choix ! »

Au long des contre-allées passaient et repassaient des torpédos surchargées de noceurs qui brandissaient des bouteilles de vin, riaient fort, s'interpellaient d'une portière l'autre et faisaient bêler les avertisseurs en un assourdissant chorus — la tête lui tournait. Devant son œil il voyait danser des couleurs et des lumières en suspension dans l'atmosphère saturée d'eau. Les formes et les masses s'y liquéfiaient, mais parfois, ondoyant et glissant, venait émerger de la pénombre glauque un poulpe à forme humaine, une sirène peut-être, ou bien tout un banc de monstres subaquatiques : hommes-femmes à l'œil globuleux, à la peau lisse et violette ; femmes-hommes, ivres d'alcool et d'éther, coiffés de perruques bouclées orange ou bleues... Ils, elles se proclamaient : « les Amis de la Mort ! » en hoquetant. Et puis scandaient à la façon d'un slogan : « Nous sommes les Amis de la Mort ! » et disparaissaient dans l'obscurité aqueuse comme elles, ils en étaient venus.

Tadeuz s'en retourna sur ses pas vers la Porte de Brandebourg et le Kudamm. La fête y était plus folle encore. Devant chaque cabaret des couples se bousculaient, jouaient des coudes et soudoyaient le chasseur pour pouvoir pénétrer. Mais certains, qui avaient renoncé ou s'étaient lassés, buvaient et dansaient au milieu de la chaussée, sous la pluie qui continuait de tomber. La longue file des taxis déversait sur les trottoirs sa cargaison de mondains en habit et robe du soir, se disloquait vite en un ballet de demi-tours et repartait, reformée, dans le sens inverse, frôlant des ailes et des pare-chocs des fêtards qui organisaient une ronde. Devant le *Fin du Monde,* Tadeuz vit des joueurs qui disputaient une partie de poker sur le capot d'une limousine. A hauteur du *666,* c'étaient deux homosexuels qui se promenaient et tenaient en laisse deux autres jeunes gens habillés en jumeaux. Une femme couverte de bijoux et engoncée dans une pelisse de fourrure blanche clamait sur le ton d'un bateleur :

« Qui veut de moi ? Je suis à vendre ! Qui veut de moi ? L'homme au monocle dépoli... ! Viens ! Non ? Tu veux pas ?... Pourtant, merde, qu'est-ce que c'est chic un monocle comme ça !... Qui veut de moi, qui veut de moi ? Je suis à vendre ! »

Et c'est à ce moment-là, tandis qu'il se débattait pour lui retirer la main dont elle s'était emparée...

« Mina ! » C'est à ce moment-là qu'il la vit.

Qu'il crut la voir. Mina !

« Oh, bonsoir monsieur, vous me reconnaissez ? »

Celle qu'il avait confondue avec Mina n'était que Lotte, une obscure petite actrice qui lui servait de doublure pour les éclairages.

« Pardonnez-moi, Lotte, je..

— Mais vous êtes tout pardonné, monsieur », répondit-elle avec une obséquiosité de jeune arriviste. « Vous êtes tout pardonné ! Vous avez l'air si désemparé. Si seul. Voulez-vous que nous entrions ici à l'*Inferno,* prendre un verre ?

— C'est cela, un verre... Deux, trois... Dix ! Allons nous soûler, Lotte ! »

Elle le suivit, feignant la confusion et l'humilité. Dès l'entrée, qui était laquée d'un rouge de boucherie, ils furent saisis par la pesante odeur d'éther qui flottait partout et les cris perçants des filles bousculées dans la cohue. Un diable grimaçant leur frayait un passage en repoussant de sa fourche d'autres clients :

« Une table pour monsieur Alansky ! Vite ! »

Il les installa au bord de la piste de danse, contre une des cages où étaient enfermées des négresses et des jaunes à qui l'on jetait cacahuètes et bananes. A peine assis, Tadeuz décida de boire, boire, boire...

La narcose venait, nauséeuse et désirable à la fois : senteurs stagnantes d'éther et d'alcools divers, chaleur étouffante et odeur de sueur, torpeur, frissons glacés au contact d'un verre, d'un gant de satin, d'un décolleté bordé de strass et quand, sous son nez, passait la soupière d'argent emplie de cocaïne qui faisait le tour des tables. La réalité extérieure n'était plus qu'un brouhaha de mots dont le sens lui était hostile ou obscur :

« Tiens, Alansky, un revenant !... Alansky chéri, bonjour ! toi !... vois pas Heide ?... Oh, pardon... depuis quand ?... la doublure après la vraie... sacré Tadeuz !... Oh, *ciao amoretto !...* Coco, Morphine, Spécial Dynamite ?... ah, sens-moi ça Lotte ! non mais, sens-moi ça... allez ! Champagne *for everybody...* Vite ! Méphisto !... oh, quelle tête, Sky... c'est vrai ce qu'on dit : qu'il est à moitié ruiné ?... m'étonne pas, après toutes les saloperies qu'il... Mais Klaus *darling* ! ce n'est pas Belzébuth celui-là, c'est Méphisto !... Il les confond toujours !... oui, suicidée, le pauvre chou ! Enfin, que veux-tu... ! Un cocktail ? vraiment ?... non, raconte : qu'est-ce que c'est que ce suicide ?... vous êtes assommant avec vos histoires de suicides, tout le monde se suicide !... c'est la mode en ce moment... d'où ça vient ça ?... Made in Paris... *My love,* qu'est-ce que c'est qu'un Spécial Dynamite ?... Et vive la France ! Honneur aux vainqueurs ! Allons enfants de la Patrie-i-euh !... Oh ! *I'd like it* !... C'est vrai cette histoire de faillite ?... Voilà : tu prends un tiers de coco, un tiers de produit à récurer l'argenterie, du *Shiny,* c'est le meilleur, et un tiers de sels d'ammoniaque... il est fou, il ne dit que ça de la soirée... l'argent n'a pas d'odeur... oui mais : bien malansky ne profite jamais... oh, très drôle vraiment... déjà au dîner des morts l'autre soir... ah oui, à Moabit ?... mais les cadavres étaient bien mieux que la dernière fois, ils ne venaient pas d'un cimetière... Mina ne l'a jamais aimé, n'est-ce pas ?... non, ils venaient de la faculté de médecine... un rose, un manhattan, un nytro-eau de Seltz, tout ça.... il y avait une vieille toute verdâtre surtout, assise à côté de moi... et je lui ai dit : qu'y a-t-il de pire que le plaisir, madame ?... »

Alors il souhaita mourir, ne plus entendre ces rires, ces éclats de voix et ces cris des filles enchaînées. Mais une raideur mortelle l'empêchait précisément de se lever et de partir. Il se sentait agoniser mais il n'agonisait pas vraiment. Et il se fit suppliant :

« Lotte, oh Lotte, aidez-moi à sortir de là ! »

Elle, qui prêtait à ses paroles un sens figuré, répondait avec complaisance :

« Mina reviendra, monsieur, Mina reviendra... Et puis vous m'avez, moi ! Allons, vous n'allez pas vous laisser abattre pour si peu ! Mina reviendra.

— Il s'agit bien de Mina ! Aidez-moi à sortir ! Je veux sortir ! »

Dehors, sous la pluie glacée, sa fièvre tomba un peu. Mais aussi le sentiment atroce de sa solitude lui revint à l'esprit comme un souvenir inattendu. Il pleura. Il insulta sans raison des passants. Des poings, il martela le rideau de fer d'un magasin en criant : « Mina ! Mina ! » Il enfouit ses mains meurtries au fond des poches et marcha au hasard. Enfin, il héla un taxi.

« Où voulez-vous aller, monsieur ?

— Je ne sais pas. N'importe où. Roulez et je vous dirai.

— A l'Omnisport, peut-être ? Il y a casse-gueule ce soir.

— Quoi donc ?

— Des gens très chics qui viennent se faire défoncer par des boxeurs. Très amusant, vous savez ?

— Non, tout ça me dégoûte... Argentinische Allee à Zehlendorf ! Voilà où je veux aller.

— C'est une nouvelle boîte ?

— C'est ça, si vous voulez. Une nouvelle boîte. Une boîte vide...

— Vous avez dix marks, monsieur ?

— Pourquoi dix marks ?

— Il y a des types de la Consul, soi-disant, qui rançonnent les taxis, là, au bout de l'avenue... »

La limousine dut stopper devant une barrière volante et des adolescents vêtus de noir et bottés en ouvrirent les portières.

« Cent marks, aujourd'hui ! »

Des chaînes et des couteaux à cran d'arrêt étincelèrent dans l'obscurité.

« Deux cents passé minuit ! Aboule ! Fumier ! »

Tadeuz n'avait pas ouvert son portefeuille qu'il lui était déjà arraché des mains.

« Allez, descends et fous le camp ! Si tu veux pas d'ennuis ! A bas les ploutocrates cosmopolites ! »

*

Je l'ai retrouvé à l'aube, tas informe de vêtements gorgés de pluie et maculés de vomissures. Ses mains agrippées à un barreau de la grille, ses pieds déchaussés. Il était évanoui et ressemblait dans sa pâleur à un Christ.

Dans la nuit, les palissades vis-à-vis la villa avaient été paraphées d'un nouveau slogan en lettres géantes :

Mort à la deuxième Sodome ! mort à Gomorrhe !

*

Mina lui revint.

« Mais alors, mon amour, j'ai su ce que c'était d'être seul. Seul avec l'autre. Seul à ses côtés. Et seul du couple à se poser l'inépuisable et vaine question : sommes-nous sincères ? Ce baiser l'était-il ? Cette caresse dérobée, ce sourire à peine ébauché ?

Mina, il n'est pas de pire solitude. L'amer souvenir donne son goût de fer à toutes choses, et les larmes elles-mêmes en sont empoisonnées. Il ne nous est plus que la peur et les regrets... » (*d'une lettre de Tadeuz à Mina Heide. Non datée.*)

Mina lui revint au début du printemps 1920, mais alors commença en lui le lent, l'inexorable déclin des énergies. Partant : la déchéance. Et l'échec.

« C'est, disait-il parfois, comme un de ces cauchemars où l'on chute dans le néant. Un puits, une rampe sans fin, n'est-ce pas ?... où l'on chute sans rien rencontrer à quoi se retenir... non, aucune aspérité, aucune branche... En même temps l'on éprouve un immense repentir mais l'on ne sait de quoi... »

Déjà son destin devenait destinée. Renoncement à soi, oubli de ce qu'on se doit encore et toujours : il entrait dans la sombre forêt des cendres et le chemin le menait à cette mort amère de ceux qui ne surent pas être forts. Alors, il lui parut qu'il irait toujours plus vers l'obscurité désormais. Mina et lui avaient marché dans la lumière, maintenant venait la noirceur de la nuit, les ténèbres.

Ténèbres fut le titre du film qu'il tourna à ce moment-là. C'était un beau film, mais dont le scénario sembla « ténébreux » à la critique qui trouvait dans le titre de quoi faire de l'esprit à peu de frais : un millionnaire, amoureux éconduit d'une femme du monde, paye une actrice ratée pour qu'elle joue son rôle, se conforme à elle, l'imite en tout point et, au contraire de son modèle, feigne de l'aimer ... l'aime vraiment, à la fin. Intrigue trop psychologique pour un film du temps du muet : les intertitres étaient longs de dix ou douze lignes : *Ténèbres* tomba. *L'Alansky-Kino-Gesellschaft* connut pour la première fois de son histoire un exercice déficitaire.

Par esprit de provocation, Tadeuz donna le titre de *Nébuleuses* à son film suivant. « Le très nébuleux récit d'un impossible amour entre un inventeur fou et sa créature, une poupée mécanique de chrome et d'acier. Mme Heide était, paraît-il, à l'intérieur de cette sorte d'armure. On se demande bien pourquoi : n'importe quel machiniste eût aussi bien fait l'affaire. » (*Berliner Zeitung*). A son tour *Nébuleuses* tomba.

Alors Mina, qui avait mal enduré le supplice d'être enfermée pendant des heures et des journées dans ce qu'elle appelait « la casserole », Mina qui lisait des articles où elle était traitée tantôt de « fer à repasser » et tantôt de « gazinière », Mina craignit que sa carrière ne sombrât avec ces œuvres suicidaires. Un matin elle lui annonça qu'elle venait d'accepter le grand rôle dans la prochaine production d'un jeune réalisateur à la mode que lui avait présenté son amie Thea von Harbou — « Tadeuz, ce sera juste une fois, pour essayer. »

Puis — « oh ! s'il te plaît, Tadeuz » — une *série vampirique* — « Mina, comment peux-tu ? » Enfin — « oh, non, Mina, pas ça ! » — le huitième ou neuvième remake de *Madame Sans-Gêne* — « Tadeuz, si ça ne te plaît pas, c'est la même chose ! tes états d'âme on s'en fout. » Oui, Mina le trahissait. Et, pire : chaque trahison était pour elle un succès !

Il voulut se venger d'elle. Il lui fit interpréter le rôle de Salomé dans *la Traîtresse*. « Quelle misère de voir une si grande vedette jouer dans un tel navet ! » clamait le *Kinospiegel*. Et *Signal* : « Madame Heide, quittez Alansky ! Vous avez mieux à faire que de tourner dans ces monuments d'ennui... » *La Traîtresse* fut retiré de l'affiche après cinq représentations...

La chute, la lente chute, longue chute, douce chute, horrible chute vers le néant si effroyable. Si désirable aussi, d'une certaine façon : oui, décliner avait sa secrète fascination.

*

Les temps étaient fous. A Berlin, la frénésie des plaisirs et la peur confinaient au délire. Et, comme autant d'épaves jonchant la mer après l'ouragan, chaque aube, les victimes de la nuit et de la misère étaient retrouvées sur la chaussée, les trottoirs des rues, les places, dans les sous-bois des parcs ou les eaux sales de la Sprée, au pied des statues ou des arbres d'Unter den Linden. Drogués, faillis, suicidés, chômeurs, vieillards, héros de la guerre, prostituées étranglées par des souteneurs rivaux, militants assassinés et marqués au front du hideux sigle de l'Organisation Consul — *O.C.* —, cadavres à demi putréfiés abandonnés là après une soirée de nécrophilie mondaine. La mort rôdait partout. Elle valsait avec une femme nue sur une affiche tirée à des milliers d'exemplaires dont les lettres de flammes proclamaient : « Berlin, la Mort est ta cavalière ! » La Mort était lasse aussi : une aube où il retournait chez lui après une nuit de beuveries désespérées, Tadeuz avait découvert, collées sur les affiches périmées de *la Traîtresse,* celle du nouveau film de Fritz Lang : *La Mort lasse.*

On y voyait un jeune homme fauché à la fleur de l'âge et qui lui ressemblait. Il le dévisagea comme s'il se fût regardé dans un miroir. Puis il pressa le pas, épouvanté. Mais rebroussa chemin, aussitôt. En épigraphe, était une citation sibylline qu'il lut et relut :

« La Mort, je la vois très humaine. Avec une sorte de douceur étrange, un peu désespérée, sur ses traits creusés par la fatigue. »

Longtemps, les mots et leur halo de mystère persistèrent dans sa mémoire à la façon d'une nostalgie — presque un regret de ne pas les comprendre tout à fait et d'avoir pourtant ce sentiment qu'ils étaient adressés à lui seul. « La Mort, je la vois très humaine... »

Oh ! se réveillerait-il du cauchemar un jour ?

Et Berlin, de son agonie ?

« Tu es malade du monde », lui avait dit Mina. Mais souvent lui se surprenait à être presque indifférent au spectacle de la décadence. Que la vie, le bonheur, la moralité, l'amour, la justice n'eussent pas plus de valeur que le misérable mark de papier ne l'affectait pas. Et non plus qu'il y eût sept millions de chômeurs et, à la périphérie des villes, la plus effroyable misère que l'Allemagne eût jamais connue. Tout se passait comme si l'horreur de la réalité extérieure était tant intériorisée en lui qu'il n'avait plus la force de compatir. Le cancer qui rongeait l'Allemagne était dans sa chair : à lui seul Tadeuz incarnait toute la décadence.

Ainsi la banqueroute vers où Weimar courait avec une manière de fascination voluptueuse se profilait pareillement à l'horizon de l'*Alansky-Kino-Gesellschaft*, mais que lui importait l'A.K.G. ? Sa vie à lui n'était-elle pas, elle aussi, une banqueroute inexorable ?

Oh, que disait donc la jolie citation sur l'affiche ? « La Mort, je la vois très humaine », n'est-ce pas ? Oui. C'était ainsi qu'il la voyait : très humaine.

*

Il connut des rémissions.

Il connut à nouveau, le plaisir de voler.

Avec ce goût de la qualité qu'il avait eu dans le choix des automobiles, des caméras, des équipements techniques, il se fit construire un bimoteur perfectionné qu'il améliora encore au fil du temps et sur lequel il pilota des heures et des heures, oubliant son malheur loin de la terre, dans l'ivresse des grands vents. Il établit quelques records qui firent sa fierté.

Il revit Liza aussi — la jeune fille qui lui avait prodigué son amitié pendant sa convalescence en Bavière. Il la rencontra à l'Opéra un soir où l'on jouait *le Chevalier à la Rose.* En profil perdu, adossée à la rampe du grand escalier elle donnait le bras à son père. Quand elle se retourna dans un froissement mousseux de plumes de cygne et de renard bleu, ses lèvres murmurèrent amoureusement :

« En bleu adorable... »

Elle était femme maintenant. Elle avait vingt ans. Elle éduquait des enfants difficiles dans un grand atelier encombré de plantes vertes et de fleurs. Tadeuz passa des heures délicieuses parmi ces cris et ces rires, au milieu de ces dessins naïfs et de ces bizarres statues de pâte à modeler. Il lui confiait avec un peu d'impudeur et beaucoup d'attendrissement qu'il s'y sentait comme « un de ses enfants ».

« Sans doute, répliquait-elle en riant, mais le plus difficile de tous ! Le plus sombre, le plus renfermé... Et je parie que vous ne sauriez même pas me dessiner un arbre ou me modeler un petit train... »

Tadeuz alors s'asseyait dans un coin obscur de l'atelier et ne disait plus rien : il la regardait amuser les enfants d'une histoire de gros ours grincheux qui s'appelait Tady l'ours. Tady avait un grand avion qui volait haut, haut, haut dans le ciel. Tady avait un train à lui qui toussait teuf-teuf-teuf quand il entrait dans les tunnels. Tady avait même un traîneau que tiraient de gros angelots — ho-hisse-ho-hisse ! Mais Tady pourtant était malheureux...

« Très malheureux ! soupirait Tadeuz d'un air complice.

— Pourquoi ? demandait un petit garçon ou une petite fille. Pourquoi ? raconte-nous, monsieur !

— Eh bien, enchaînait Liza, il était très malheureux parce qu'il était très seul... »

Par-dessus les jolis visages attentifs leurs regards se croisaient. Tadeuz aimait Liza. Elle lui était l'inaccessible rêve de pureté. La promesse d'une autre vie s'il le voulait.

Mais, précisément, il eut la délicatesse de ne pas le vouloir : le risque lui semblait trop grand que ce fût lui qui l'entraînât dans sa chute et non elle qui le ramenât sur les hauteurs où s'était mue sa vie, jadis. Il en conçut une indicible mélancolie.

Ainsi que dans le cours d'une maladie, les rémissions n'eurent pour effet certain que d'aggraver le mal et d'en précipiter l'issue : l'amour qu'il éprouvait pour Liza, cet amour dont il lui refusait et se refusait l'aveu, cette passion muette l'aigrit et envenima ses rapports avec Mina, l'éloignant d'elle un peu plus encore, le condamnant à plus de solitude...

Il acheva d'engloutir les restes de sa fragile fortune dans l'aviation. Son goût grandissant des records de vitesse ou d'altitude porta le coup de grâce à la prospérité de l'A.K.G. qui finançait ses essais. « Ce goût parfaitement puéril des exploits imbéciles ! » lui reprochait amèrement Mina.

Et comme dans un de ces affreux rêves où la culpabilité donne vie à des monstres persécuteurs, reparurent les mauvaises fées qui s'étaient penchées sur son berceau au début de ses succès. Escrocs, hommes d'affaires véreux, maîtres chanteurs, chevaliers d'industrie, créanciers éconduits naguère, ils vinrent tous à la curée, assiégeant d'abord son antichambre, puis son bureau, son atelier et enfin fouillant sans plus de façon dans ses meubles à secrets et ses papiers.

Pour préserver à Mina ces quelques luxes de la vie auxquels il était devenu, lui, indifférent, Tadeuz fut contraint de leur céder l'A.K.G. Le couple gardait le wagon, l'avion, les villas, les automobiles, les œuvres d'art mais lui ne serait plus qu'un salarié de sa propre maison. Il accepta. Il accepta tout avec une sorte de délectation morbide dans l'échec. Loin de le remercier, Mina lui infligea une nouvelle humiliation : elle s'allia avec eux de façon à « sauvegarder sa carrière », prétendit-elle. Par amour pour l'un d'eux, en fait, Tadeuz en eut peur. Et le lui dit.

Mais quelle importance, maintenant que l'affront était consommé ?

Les nouveaux maîtres de l'A.K.G. firent tourner Mina avec d'autres réalisateurs. Ils contraignirent Tadeuz à diriger des séries dites « populaires » : *les Amours de la Pompadour.* Et pire encore : *Olé !*

La chute, la lente chute, longue chute, douce chute, horrible chute vers le néant si effroyable. Si désirable aussi...

Et, à la sortie du tunnel, un sifflement sinistre, un crissement infini des freins, un cri :

« L'Allemagne ! L'Allemagne ! »

Dans les nuages de vapeur jaune qui retombaient mollement sur les ballasts, le poste frontière apparut comme une tour de guet devant le matin gris et immobile. En haut d'un mur aveugle le regard d'un géant colérique dont le reste du visage avait été délavé par les intempéries. A l'état de pastel, son doigt vengeur tendu vers les convois et, dessous, ces mots dont les lettres s'effaçaient aussi :

Fais ton devoir ! Bats-toi !

Tadeuz vit un humain minuscule qui passait et repassait devant en poussant une petite voiture :

« Café ! Lait ! Sandwiches ! »

Il se pencha à la fenêtre :

« Un café, s'il vous plaît.

— Voilà monsieur. C'est deux cent mille marks !

— Deux cent mille marks, mais vous êtes fou !

— Deux cent mille marks, monsieur.

— Deux cent mille marks, un café ?

— Oui monsieur.

— Mais, c'est la fin du Monde ! Deux cent mille marks... C'est la fin du Monde !

— On le dit, monsieur. »

5.

« Oh, Chou ! Mon bon Chou ! Chou c'est trop affreux ! »

Argentinische Allee, assis sur ses valises de galuchat beige, devant la grille de la villa, il se laissait aller aux larmes.

« Monsieur, ne restez donc pas ici. Entrez !

— Chou, aide-moi ! Tu vois bien que...

— Seriez-vous blessé, monsieur ?

— Chou, aide-moi ! »

Je n'étais plus un domestique à ses yeux, mais un ami, un frère. Il s'agrippait à mes bras, m'implorait du regard. Et ses lèvres tremblaient comme tétanisées.

« Levez-vous donc, Monsieur. Que se passe-t-il ? Mademoiselle Liza aurait-elle...

— Chou, je me suis trompé. Je n'aimais pas Liza. Non, je ne l'aimais pas !... Une illusion. Un beau rêve... » D'une voix brisée il ajouta : « Je croyais sincèrement l'aimer pourtant. Et elle... Elle... Oh, Chou ! C'est horrible ! C'est trop horrible ! Maintenant j'ai blessé cette enfant à jamais… Car c'était une enfant, n'est-ce pas… Oh, Chou !

— Allons, Monsieur, remettez-vous… » balbutiai-je, un peu honteux de la banalité de mes propos. « Monsieur, il ne faut pas demeurer ici…

— Mais à quoi bon bouger, aussi ? A quoi bon… »

Alors je dus appeler le chauffeur pour qu'il vînt m'aider à le porter dans sa chambre. Il était prostré maintenant et son regard borgne fixait le néant. Moi, une tristesse infinie m'étreignait : je le revoyais tel que je l'avais surpris trois semaines auparavant, plein d'une gaieté juvénile qui m'étonnait, allant et venant dans la salle de bains où il se rasait, se tailladant la joue dans son entrain un peu fou et me demandant soudain :

« Dites-moi, Chou, depuis combien de temps n'avez-vous pas pris de congé ?

— Depuis que je suis à votre service, Monsieur. C'est-à-dire depuis dix ans…

— Dix ans ! Mais je suis un tyran !…

— Je dirai plutôt que je suis, moi, très négligent. Je ne doute pas que Monsieur m'aurait accordé un congé chaque fois que j'eusse pensé à le lui demander.

— Ah, Chou ! Quel tact merveilleux vous avez ! Chou, je ne sais pas ce que je deviendrais sans vous. Mais j'ai décidé pourtant d'être fort, quelques jours… » ajouta-t-il en riant. « Je vous donne deux semaines et un milliard de trillions. J'espère que ça suffira. Moi, je quitte Berlin avec Mlle Eckart… Vous vous souvenez d'elle, Liza ?

— Parfaitement bien, Monsieur. En-bleu-adorable...

— Nous serons seuls. Nous passerons une semaine ou deux à Baden-Baden — n'est-ce pas ?... Je veux oublier un peu les horreurs de ces derniers jours, les émeutes. Et puis, Chou, je ne sais pas pourquoi... mais il me semble qu'une vie nouvelle s'ouvre devant moi. Chou, je suis heureux. Oui, et j'en ai même un peu peur parfois. Ce bonheur m'effraie. Chou, pardonnez-moi cette impudeur. J'ignore pourquoi je vous fais cette confidence dont assurément vous vous fichez comme d'une guigne... Et avec raison !

— Monsieur se trompe. Les serviteurs aiment à voir leur maître heureux.

— Taratatata, tu es bien sentencieux soudain. Que fais-tu de la lutte des classes ?

— C'est que Monsieur voit de la philanthropie de notre part là où il n'y a qu'égoïsme. Il est de notre intérêt bien compris d'avoir des maîtres heureux. Ils sont moins exigeants !

— Chou, vous êtes merveilleux ! »

Le lendemain, le Chinois merveilleux conduisit à la gare le Prince et sa bergère. Il passa par des rues jonchées d'épaves et de dépouilles de la récente manifestation : voitures incendiées, banderoles déchirées, bâtons brisés, chevaux tués qui commençaient à se putréfier, débris de verre, grilles descellées, pavés en tas... A l'arrière de la Rolls-Royce décapotée les amants plaisantaient insouciants. Liza, vêtue de bleu — « en bleu adorable » —, douce, amoureuse, intimidée, et Tadeuz, triomphal, qui faisait tournoyer comme un lasso d'or son monocle entre ses doigts.

« Adieu Berlin, adieu ville maudite ! Adieu les corps-francs et les bolcheviques, les hitlériens et les flics, adieu les putes, adieu les travestis ! Adieu les assassins ! Liza, peut-être ne reviendrons-nous plus jamais ! »

Mais il revint en ce matin de novembre où je le découvris assis sur ses valises, devant la villa. Seul, blême, désemparé, un chapeau cabossé sur le haut du front, l'œil vague, le visage bouffi, une barbe naissante au menton — dans les plis amples de son imperméable sali il avait tout d'un exilé politique, d'un émigré sur le pont d'un navire.

Mais au loin, hélas !, nul Battery Park, nulle statue de la Liberté qui apparût dans les brumes : c'était des rivages de la vie qu'il émigrait, de la vie qu'il s'exilait. Oui, on aurait dit qu'il mourait. Et, tandis que je le portais dans sa chambre avec l'aide du chauffeur, j'avais le sentiment fugitif que je le portais en terre, à la façon dont on mit au tombeau le Christ mort.

Dans un ultime défi, Tadeuz avait voulu croire au bonheur, une fois encore.

Il avait voulu croire qu'il serait assez fort pour dédaigner cette lente et insinuante mortification de la vie. Il avait voulu croire qu'il pourrait revivre avec Liza cet amour qu'il avait vécu avec Mina. Tel était son « incurable romantisme » dont il plaisantait tant, telle était la secrète maladie de son imagination ! Il avait joué avec ses souvenirs et il avait perdu.

Pouvait-il se cacher qu'il avait tout perdu désormais ?

Et Mina, et l'amour qu'il avait pensé éprouver pour Liza, et sa dignité, maintenant qu'il venait de perdre aussi le droit de diriger des films, fût-ce des idioties comme *Olé !* « Olé ! » oui, « olé ! » soupirait-il amer. « Olé ! » Demain l'avion serait vendu. La Rolls-Royce et le cabriolet Bugatti. « Olé ! » les meubles, les œuvres d'art, la vaisselle, les tapis, l'argenterie. « Olé ! » le pavillon de chasse en Forêt-Noire. « Olé ! » enfin, « olé ! » Argentinische Allee évaluée deux mille trillions de trillions, une bouchée de pain demain, une miette après-demain...

Puis, quand l'empire se fut écroulé et que des financiers douteux se furent partagé les dernières dépouilles, comme dans un sursaut d'agonie, il voulut par caprice préserver les deux luxes les plus superflus qu'il ait jamais eus dans sa vie : le chalet *Shanghaï* et le wagon azur.

« Un dandysme crépusculaire », murmura-t-il.

*

Ainsi c'est dans le wagon azur qu'il retournerait au chalet *Shanghaï,* en Bavière. Ce serait sur les coussins de velours beige de son canapé favori qu'il tenterait de s'assoupir entre Leipzig et Munich — mais en vain.

« Leipzig ! »

Le train venait d'entrer en gare. Au fronton de la salle d'attente l'horloge électrique indiquait minuit trente.

Fumées doucement dissipées. Jets de vapeur sifflants devant des heurtois fleuris. Sourd halètement d'une tractrice qui manœuvrait sur la contre-voie. Martèlement métallique des essieux. Au plafond du salon, de dansants miroitements dorés tandis qu'un train voisin s'ébranlait en direction du nord. C'était la poésie nocturne des gares. Sur les quais, la rumeur de la foule semblait la dire. Mais de temps à autre, Tadeuz s'amusait du glapissement hystérique d'une marchande de café :

« Un p'tit Rentenmark, un p'tit mark nouveau mon café ! Un mark. »

L'arrêt se prolongeait inexplicablement et Tadeuz cédait au sommeil à son insu.

Moi, je remontai sur son ventre une fourrure tombée au pied du divan. J'éteignis les veilleuses bleues du plafonnier...

Quand brusquement : des coups de feu dans le lointain, les bruits d'une lutte, des cris.

« A l'assassin ! A l'assassin !

— Arrêtez-le !

— Là, un communiste !... »

Tadeuz réveillé en sursaut était descendu sur le quai. Pyjama de soie noire, robe de chambre assortie et pelisse de loup des steppes sur les épaules. Aussi affolés qu'ils fussent, les voyageurs couchés à plat ventre sur le quai n'en jetaient pas moins des regards étonnés sur cet élégant au sourire las, cet homme en noir qui semblait surgi d'un rêve bizarre.

Chacun donnait son avis mais, dans la confusion, les mêmes mots revenaient sans cesse. « C'est un communiste ! » disait une femme au milieu du groupe de curieux qui s'était relevé, le premier moment de peur passé. « Une bombe qui a explosé », affirmait un autre. « Pas une bombe, un coup de couteau... Oui, vlan ! » « Un flic a été tué ! » « Un jeune type. » « Une mare de sang. » « Affreux à voir. » « Un flic tué. » « Un jeune type. » « Du sang, beaucoup de sang », ne cessait de chevroter un vieillard.

« Même en panoramique, ça ne ferait pas un bon plan », pensa Tadeuz à qui il arrivait souvent d'évaluer ainsi, suivant des critères cinématographiques, les menus événements de la vie quotidienne. Se désintéressant d'un incident si peu photogénique, il regrimpa dans son wagon...

C'est alors qu'il vit une silhouette tituber dans l'obscurité de la contre-voie. Pouvait-il douter que ce fût là l'homme que les policiers et les chiens recherchaient ?

« L'assassin, sans doute », me murmura-t-il en m'indiquant du menton la portière opposée au quai.

En me retournant j'aperçus d'abord deux mains gluantes de sang qui glissaient contre la vitre. Puis, entre les deux traînées rouges le beau visage implorant d'un adolescent blond... d'un enfant encore, dont le regard était celui d'une bête traquée.

Il n'appelait pas à l'aide mais ses yeux bleu pâle exorbités parlaient pour lui...

Alors, sans plus hésiter, Tadeuz vint lui ouvrir la portière et le hisser sur le tapis où il tomba.

« Oh, mon Dieu ! que vous ont-ils fait ? »

Le garçon avait le bras profondément entaillé et le muscle apparaissait à nu, comme en écorché sur une planche d'anatomie. Il tenta d'articuler un mot et s'évanouit aussitôt.

On l'aurait dit mort.

« Chou, vite, la pharmacie ! Le cognac ! Et, surtout, baisse les stores ! Qu'on ne nous voie pas ! »

Mais, tandis qu'il s'assurait que personne sur le quai ne l'avait vu porter secours au fugitif, deux policiers s'étaient approchés du marchepied, pistolet au poing.

« Vous demande pardon. N'auriez pas vu un anar qui passait des fois ? Il a descendu un collègue à nous...

— Un anar ? » répondit Tadeuz en simulant un dédain de réactionnaire. « Un anarchiste, voulez-vous dire ? Mon Dieu ! Mais à quoi les reconnaît-on ?

— Il est blessé. Pisse le sang partout.

— Eh bien, suivez-le à la trace mes amis ! Allons, exterminez-nous cette racaille !

— Ça ! y fera pas long feu. Mais on l'a perdue, la trace... Et ce wagon, c'est quoi ? Un sleeping ou un restaurant ? Il serait pas caché là des fois ?

— Vous plaisantez ! C'est mon wagon privé. Peut-être voulez-vous le fouiller ? Je vous en prie ! ajouta Tadeuz en étouffant un bâillement ennuyé.

— Ernst, tu penses bien que monsieur est pas du genre à cacher un anar, n'est-ce pas ?

— Ma foi, mes amis, tout s'est vu !

— Ah, monsieur plaisante... Bon, allez faites excuses !... Evidemment, si vous avez un wagon à vous, évidemment !... Mais merde, où il peut bien se planquer ce bougre ? »

*

Le train, enfin, était reparti à deux heures du matin.

Aidé de Tadeuz j'avais entrepris de soigner la plaie ouverte du jeune inconnu. Il délirait, ruisselait de sueur, reprenait connaissance de brefs instants, hurlait, retombait évanoui, rouvrait les yeux en bégayant :

« Je l'ai... Je l'ai... »

Et puis un immense abattement succédait aux balbutiements. Tadeuz lui tendait la main et il s'y agrippait comme un noyé.

« Je sais. Taisez-vous, je vous en prie. Calmez-vous. Je sais !

— Je l'ai... Je l'ai...

— Taisez-vous », répétait inlassablement Tadeuz d'une voix douce.

Il avait des délicatesses de père pour un fils malade. Je m'étonnais de voir cet éternel indifférent tamponner avec amour la déchirure, la caresser d'un coton imbibé de désinfectant tandis que moi je la bridais selon une vieille méthode chinoise dont je me souvenais vaguement.

Enfin, quand les premiers soins furent achevés, je le vis déshabiller entièrement ce corps très blanc et gracile de la façon dont il eût déshabillé une femme avant de l'aimer. Il le nettoya à l'alcool, l'enveloppa dans une couverture et le porta à son lit dans le berceau de ses bras.

« Je crois qu'il dort, maintenant » me dit-il en revenant de la cabine.

Le soleil se levait sur la campagne en mouvement et dorait les parois de cuivre du cabinet de toilette. Dans le miroir triptyque devant lequel il se rasait, Tadeuz observait le torse découvert et l'angélique visage imberbe de son jeune hôte qui dormait en gémissant doucement. Il pourrait être mon fils, pensait-il. Un sentiment étrange et neuf poignait en lui, un bonheur qu'il ne s'expliquait pas — « mon fils ! »

Il lui posa doucement la main sur l'épaule :

« Gustav, Gustav ! Nous serons à Munich dans une heure. »

Le blessé s'éveilla en sursaut.

« Gustav !

— Où suis-je ?... Qui êtes-vous ?... Qui ?

— Là. Là. N'ayez crainte, Gustav. Je vous ai... recueilli. Allons, ne vous agitez pas tant, bon sang. Vous avez de la fièvre.

— Mais qui... vous... qu'est-ce que... je...

— Gustav, je vous en prie. »

Il sursauta effrayé.

« Gustav ? Comment... comment savez-vous ?

— Une lettre dans votre poche de pantalon. Pardonnez-moi d'avoir fouillé...

— Mais... mais qui êtes-vous ? Un flic ?

— Pas très malin, entre nous soit dit ! Pas très malin de garder des lettres avec le nom de ses copains quand on pose des bombes. Vous n'avez jamais lu de romans d'aventures...

— Un flic... un flic, n'est-ce pas ? ne cessait de bafouiller Gustav en proie à une peur panique.

— Ai-je l'air d'un flic ? Gustav ! Ce wagon ressemble-t-il à une prison ?

— Mais, je n'ai pas posé de bombes ! C'est faux ! Je n'ai pas fait dérailler de trains ! Non !

— Ah bon ? Et le cordeau Bickford que j'ai retrouvé dans votre veste, était-ce pour en faire des lacets ou des bretelles ? Quel âge avez-vous, Gustav ?

— Vous voulez me donner, c'est ça ! Me donner ! »

Il était tour à tour suppliant et agressif et Tadeuz ironisait avec gentillesse :

« Si j'avais voulu vous... donner, comme vous dites, eh bien ce serait déjà fait... »

Soudain, Gustav poussa un cri de douleur en déplaçant du coussin son bras blessé.

« Ne bougez donc pas ! Gustav, c'est sérieux ! Je pense qu'il faudra vous opérer à Munich. Nous devons nous préparer à...

— Non ! Non ! Vous n'allez pas me... Non ! Non ! Je ne veux pas ! Les flics ont donné mon signalement à l'heure qu'il est !

— A vous d'estimer le risque. Si vous préférez perdre l'usage du bras droit !

— Non ! Non ! » répétait-il obstinément en semblant insulter un ennemi invisible situé au plafond du wagon. « Non ! Je ne veux pas, je ne veux pas...

— Mais, Gustav,... puisque vous n'avez pas posé de bombes, que craignez-vous donc ?

— Je... eh bien j'ai... j'ai tué », avoua Gustav.

Si blanche était sa voix que c'est à peine si Tadeuz l'entendit.

« Tué ? »

Il se fit un grand silence et brusquement l'enfant éclata en sanglots.

*

« Tué », se répétait Tadeuz, avec une sorte d'hébétude. « Tué. »

Tentant d'apaiser cette crise nerveuse, il avait employé toutes les ressources d'une patience et d'une tendresse que je ne lui avais pas connues depuis longtemps. Et maintenant que Gustav retrouvait son souffle, il le tenait paternellement par la nuque et l'interrogeait à voix basse en scrutant son regard égaré :

« Gustav, Gustav... Quel âge avez-vous ?

— Vingt ans », répondit Gustav après un temps de silence. « Vingt ans », répéta-t-il d'une voix brisée.

« C'est-à-dire : quinze..., seize au plus, n'est-ce pas ?

— Seize. Vous êtes diabolique, monsieur. On ne peut rien vous cacher.

— Rien, en effet.

— Ce que... ce que je ne saisis pas c'est la raison pour laquelle vous me cachez et me protégez. C'est à vous ce wagon ?

— A moi.

— Oh, merde ! Vous êtes ministre ou quelque chose comme ça ?

— Non, quelle idée ! Je suis Tadeuz Alansky...

— Tadeuz Alan... ah oui, le mari de Mina Heide.

— L'ex.

— L'ex ?... Oh, vous savez, ça ne m'intéresse pas plus que ça, le cinéma...

— Pourquoi ? Spectacle bourgeois, n'est-ce pas ?

— Oui. C'est ça ! A part Eisenstein.

— Vous avez donc déjà vu des films de Sergueï ?

— Non.

— Oh, je vois ! » soupira Tadeuz en souriant. « J'ai bien peur que nous ayons à pâtir de votre révolution, le jour où vous serez au pouvoir ! Intolérance, obscurantisme, barbarie !

— Comment ça : barbarie ? Nous voulons une nouvelle culture !

— Quelle idée !... Et pourtant, profondément vous avez raison ! Les artistes ne sont que les croque-morts du Vieux Monde... Tandis que vous, entre la vie et l'art vous n'avez pas hésité : vous avez choisi la vie ! Celle qui s'écrit avec un grand V ! » fit Tadeuz, faussement sentencieux.

Et Gustav, qui n'avait pas compris le sarcasme :

« Eh bien, oui... C'est ça, quoi ! La vie plutôt que l'art ! L'humanité avant tout !

— Oh, mon Dieu ! la vie ! l'art ! L'humanité !...

Comme il est étrange d'entendre toujours les mêmes poncifs usés dans la bouche des jeunes gens les plus ardents à se révolter ! Pourquoi faut-il que vous nous resserviez cette vieille soupe réchauffée : " La vie plutôt que l'art ! L'humanité ! " ? Quelle idiotie !... Et moi, Gustav, qu'ai-je donc fait en vous recueillant ?

— Vous m'avez sauvé la vie. Je vous en remercie », répondit Gustav, agacé des subtilités de cette intelligence. « Je suppose que je vous dois une reconnaissance éternelle...

— Mais non ! Justement pas ! Je n'ai pas agi par souci d'humanité, figurez-vous. C'était de ma part un acte esthétique ! »

Tadeuz éclata de rire.

« Bon sang, vous êtes trop compliqué pour moi, monsieur Alansky !

— C'est que les choses ne sont pas aussi simples, camarade ! Vous prétendez refaire le monde, mais vous vous battez contre les moulins. Et encore... une fois que vous les avez conquis ces fameux moulins, vous en enfoncez les portes ouvertes !... La vie ! l'art ! l'humanité !... Des mots, de simples mots, Gustav ! Rien n'est aussi certain dans la réalité. Par exemple il y a des dizaines de raisons pour lesquelles j'ai pu vouloir vous aider : par jeu, n'est-ce pas ?... Par goût du risque... Parce que je vous ai trouvé beau... Par pitié...

— Parce que vous m'avez... Vous êtes pédéraste, peut-être ?

— Non. Mais voilà bien encore de vos idées reçues ! J'ai pu vous trouver beau sans être pour autant homosexuel. Gustav, vous avez seize ans...

— Oui, j'ai seize ans ! Vous n'allez tout de même pas me le reprocher ?

— Vous avez seize ans, alors vous voyez tout en noir ou blanc... ou rouge, plutôt ! Quelle absurdité ! J'admire l'idéalisme, mais il est tellement inélégant de... de s'entêter ! Comprenez-vous ?... Mais voilà que moi aussi je pontifie comme si j'avais seize ans ! Comme s'il n'y avait pas plus pressé !... Gustav, nous serons à Munich d'ici une demi-heure. Il nous faut prendre une décision...

— Nous, dites-vous ?

— Eh bien, oui : nous...

— Alansky, je vous ai dit... Je vous ai dit que j'ai tué ! J'ai tué un homme ! » l'interrompit Gustav, devenu grave soudain. « Tué ! »

Il baissa les paupières. Essuya la sueur qui perlait à son front. Tadeuz avait laissé retomber son monocle sur sa poitrine. Le verre tintait contre un bouton, l'œil mort pleurait un peu de pus. L'instant avait quelque chose de religieux.

Enfin, Tadeuz esquissa un sourire fataliste et, haussant les épaules :

« Soit ! dit-il posément, je serai donc votre complice. »

Entre eux deux, l'émotion fut telle que je n'osai avancer ni me retirer de peur de la troubler. Puis Gustav rompit le charme en murmurant :

« Tadeuz, vous êtes un type bien ! »

*

Nous arrivâmes à Garmisch à la nuit tombée.

Une belle neige neuve nacrait la neige salie de l'après-midi. Et le pâle clair de lune plaquait d'argent mat les murailles de congères. Devant la gare, sous le halo de l'unique réverbère le traîneau d'or attendait, ses girandoles éclairées et, pour cocher, un vieux paysan édenté de Grainau.

« Oh, nom de Dieu ! on se croirait dans une histoire de vampire ! s'exclama Gustav, ébloui. Le traîneau, le loup-garou qui le conduit...

— Et le comte sanglant, Dracula ! Dracula qui emporte sa victime vers un lointain château ! »

Gustav sourit timidement.

« Allons, montez ! Dracula l'ordonne ! »

Nous dûmes l'aider à se hisser sur le siège, si grande était sa faiblesse encore. Tadeuz s'assit à son tour et l'installa confortablement contre sa poitrine en remontant les fourrures jusqu'au menton. L'enfant s'endormit profondément.

« Oui, Dracula, le mort-vivant ! » soupira Tadeuz.

Nous glissions sans bruit à travers un petit bois de bouleaux dont les troncs dénudés semblaient autant de lances fichées en terre par des géants. Puis, au détour d'un remblai de neige, les géants surgissaient du miroitement sourd de l'obscurité — des monstres dessinés par le pinceau changeant d'un rayon de lune, des dragons qui cabraient, des ogres. Un sentiment de peur délicieuse nous étreignait à chaque hennissement des chevaux dont nous voyions les naseaux écumer un brouillard d'irisations bleutées.

« Broou-broou », ululait le cocher.

Et tandis qu'une chouette lui répondait dans le lointain, Tadeuz poursuivait à voix haute cette rêverie éveillée qu'il n'avait plus abandonnée depuis ce jour de l'été passé où le ciel lui était tombé dessus :

« Vois-tu, Chou » me confiait-il — et ses paroles sonnaient sèchement dans l'air transparent — « vois-tu, je me fais l'effet d'être un mort-vivant. Gustav ne croyait pas si bien dire ! Sauf que ce n'est pas mon corps qui réclame un sang neuf, mais mon âme. Ma pauvre âme exsangue. Je me sens depuis si longtemps vidé de toute vie... Et d'une certaine façon c'est ce que j'ai fait avec Liza : je l'ai vampirisée. Tout le temps que nous avons passé ensemble je lui buvais son sang, sa vitalité. Comprends-tu, Chou ?... Je dois être damné... Comprends-tu... Pauvre Liza ! J'étais Dracula. Oui, je ne cessais de lui boire son sang... son énergie. Chaque jour un peu plus... Et le vieux cadavre que je suis buvait sa tendresse, sa générosié !... Je vivais sur elle, n'est-ce pas ? Mais que lui donnais-je en échange ?... Oh, Chou ! Je dois être damné, j'en ai peur !

« Et j'ai peur aussi de meurtrir cet enfant. J'ai peur de m'abreuver à sa jeune vie. Chou, j'ai peur de moi. Quel étrange mort-vivant je fais, n'est-ce pas ? »

Mais plus tard, tandis que le clocher de l'église de Grainau apparut enfin, je le surpris à chantonner comme fait une mère pour endormir son enfant. Il enlaçait Gustav qui dormait toujours et lui ânonnait à l'oreille :

« Shanghaï ! Shanghaï !
Ville des voluptés
Ah ! fais-moi connaître encore,
Tous tes plaisirs opiacés... »

Il était heureux — je le savais.

*

Oh, ce bonheur fou et neuf et ineffable, ce bonheur dont il avait eu si peur !

Courir, rouler, bouler dans la neige, rire, se battre par jeu, se soûler un peu dans une vieille brasserie villageoise, danser avec des paysannes effarées, retourner au chalet en traîneau, et puis, légèrement haletant, regarder le soir tomber sur le lac gelé. S'étendre sur le grand divan à la turque, allumer une seule lampe près du vieux phonographe, écouter un lied de Schubert, fendre sur les chenets une bûche à moitié consumée — et la pluie de braise éclaire alors un visage apaisé, une main qui s'ouvre comme pour caresser —, dîner aux bougies ensuite, et rester éveillé toute une partie de la longue nuit dans l'espoir puéril d'en pénétrer les secrets.

« Gustav, as-tu regardé cette étoile au-dessus du sapin ? On dirait qu'elle vient d'exploser.

— Peut-être est-ce une de ces supernovae dont tu me parlais hier ?

— Peut-être. »

Non, Tadeuz n'avait plus peur et il lui semblait qu'il n'aurait plus jamais peur ! Pouvait-il mourir désormais ? Pouvait-il souffrir, pouvait-il faillir alors que chaque jour, chaque nuit renouvelait le miracle de cette profane eucharistie : l'amitié lui avait rendu la vie ?

« Gustav, as-tù entendu l'engoulevent qui chantait avant l'aube, derrière la remise ?

— Non. Je dormais. Je crois que je vais aller nager quelques brasses dans le lac pour m'éveiller tout à fait.

— Mais il est à moitié gelé ! Et ton bras, Gustav ? Est-ce prudent ?

— Tadeuz, je ne te force pas à venir avec moi !

— C'est bon. Je te suis... »

Tadeuz s'abreuvait à cette précieuse énergie — comme si c'était le sang de Gustav qui coulait dans ses veines. Mais cet amour viril et chaste n'avait rien d'égoïste pour autant : ce que le jeune poseur de bombes lui donnait en force et en gaieté, Tadeuz le lui rendait en sagesse, en expérience, en sérénité.

En cela, seulement en cela, Tadeuz avait conscience que leur amitié était comme imitée de la pédérastie antique.

De Gustav il voulait faire un homme qui lui ressemblât mais n'eût pas ses faiblesses. Il voulait faire de lui ce héros idéaliste auquel il avait toute sa vie durant tenté de se conformer. Il voulait lui apprendre à penser, à aimer. Il voulait qu'il abandonnât son fanatisme.

« Gustav, sais-tu ce que disait Platon ? Amour et connaissance sont une seule réalité, connaître c'est aimer.

— Foutaises ! Foutaises que tout ça ! Vive la haine entre les classes ! »

Au début le militant, le communiste se révoltait. Il se refusait à renier le dogme appris... « et mal appris », ironisait Tadeuz. Il vouait au mépris « tout ce qui n'est pas marxiste » avec une obstination de jeune converti.

« Mais Tadeuz !... Ce n'est même pas marxiste ce que tu dis ! La dictature du prolétariat...

— Ah, nous y voilà ! Mais Gustav, nous la vivons, nous la subissons tous les jours la dictature du prolétariat !

— Comment ça ?

— Notre morale est une morale d'esclaves. Tout sent le troupeau. Tout s'inspire des volontés du troupeau. C'est le troupeau qui gouverne de fait, même si en droit il n'a pas le pouvoir !

— Tadeuz, comment peux-tu dire ça ? Tu sais très bien que le... troupeau, comme tu l'appelles, tu sais très bien que le troupeau n'a pas de volonté... on le force à croire.

— Tiens donc ! Il n'a pas de volonté... On le force à croire... Et pourquoi ça ? Pourquoi lui dénies-tu le libre arbitre, ce libre arbitre que tu t'offres à toi-même ?... En somme les esclaves, les prolétaires sont des êtres inférieurs à tes yeux. Au fond de toi tu les méprises. Je n'en suis guère étonné d'ailleurs, j'ai toujours pensé qu'il n'y avait que les marxistes pour mépriser vraiment les prolétaires. Ils ne savent pas aimer les gens pour ce qu'ils sont... c'est-à-dire qu'ils ne savent pas aimer. »

Ainsi tombaient progressivement sous les coups de boutoir de cet esprit brillant les fragiles défenses des théories de Gustav. Ainsi les deux hommes apprenaient-ils à se connaître l'un l'autre. Et à s'aimer.

Parfois aussi, abandonnant ce jeu gratuit de la dispute, ils descendaient à Garmisch en traîneau ou à skis. Là, pareils à deux collégiens, ils cherchaient des filles. Et il n'était pas rare que, leur choix s'étant porté sur la même, ils lui fissent l'amour ensemble dans le grand lit à baldaquin d'une chambre que louait Tadeuz.

A la nuit tombée ils remontaient à Grainau, rayonnants d'insouciance et de gaieté. Ils se réchauffaient en buvant du schnaps et dévoraient le repas que j'avais préparé. Après le dîner je jouais aux échecs avec mon maître tandis que Gustav déclamait du Schiller ou écorchait, sans jamais se lasser, la *Lettre à Elise* sur le piano désaccordé. Les jours coulaient tranquilles. Dans nos mémoires ils se fondaient en une temporalité unique et lisse, une heureuse hébétude de même nature que celle que procure l'opium. « *Shanghaï ! Shanghaï !* » chantonnait Tadeuz en changeant un mot du refrain : « *Shanghaï ! Shanghaï !* Chalets des voluptés ! Ah fais-moi connaître encore tous tes plaisirs opiacés... »

Au début de février, Tadeuz fit livrer une caméra au chalet.

Il voulait maintenant initier Gustav au cinéma. Non pas filmer des histoires, mais lui apprendre à regarder. « Simplement regarder »... Les arbres. La terre. Le ciel. Le feu. Les nuages. L'éclair. Un cheval qui cabre à l'orée d'un bois.

Ils partaient en longues randonnées, poussaient parfois jusqu'aux châteaux de Louis II — Linderhof, Neuschwanstein dont ils rapportaient des images d'architecture ou de joyaux que Tadeuz mêlerait au montage.

Et parfois le maître filmait son disciple.

*

Un jour, tous ces petits instantanés collés à la suite firent un film de deux heures que Tadeuz voulut projeter à l'un des producteurs de l'A.K.G. qui lui marquait encore quelque intérêt, un certain Harndt.

« Chou et moi serons de retour avant la fin de la semaine », dit-il à Gustav qui nous accompagna en traîneau à la gare. « Je reviendrai avec des millions. Mais toi, ne fais pas l'idiot, ne te montre pas trop ! Je te rappelle que tu as tué un flic...

— Oui papa ! » bêtifiait Gustav en éclatant de rire à tout instant. « Oui mon papa !

— Allez, embrasse-moi, grand dadais ! »

A Berlin le printemps était là, dans l'air limpide et frais, dans l'odeur acide des tilleuls qui bourgeonnaient. Tadeuz avait baissé les vitres du taxi qui nous menait à l'hôtel Adlon et il humait avec ravissement :

« Chou ! Chou ! C'est Berlin ! C'est ma ville ! »

Le soir, il dîna avec Liza dans la vaisselle d'or de l'Adlon. Liza lui apprit qu'elle attendait un enfant de lui. Les larmes aux yeux il la raccompagna chez elle, lui dit qu'il reviendrait la voir le lendemain matin — ce qu'il ne fit pas.

Le lendemain matin il se rendit à l'A.K.G.

« Alansky », lui apprit Harndt sur le seuil de la salle de projection « nous avons une proposition d'Hollywood pour vous. Il s'agit de réorganiser la

Best Artists Company qui connaît quelques difficultés.

— Harndt, je ne suis pas un gestionnaire. Je suis un artiste. Un *best* artiste. Voyez plutôt ce que je vous apporte.

— Eh bien, nous allons visionner ! Asseyez-vous je vous en prie. »

Par courtoisie, Harndt regarda le film jusqu'au bout. Mais les lumières du plafonnier n'étaient pas encore rallumées qu'il murmura à l'oreille de Tadeuz :

« Alansky, croyez-moi. Acceptez la proposition de la *Best Artists*. »

Tadeuz ressortit en haussant des épaules. Après tout, que lui importait ? Là-bas, au chalet *Shanghaï*, Gustav l'attendait.

Demain, il le retrouverait.

*

Non.

Il n'était pas venu l'attendre à la gare.

Et Tadeuz, fou d'impatience, avait fait presser le taxi.

« Plus vite, allons... Plus vite ! »

Gustav avait-il été... arrêté ? s'empêchait-il en vain de penser.

« Plus vite ! »

La porte du chalet était grande ouverte.

« Gustav ! Gustav ! » répétait Tadeuz fou d'angoisse.

Mais à l'intérieur tout était éteint.

A tâtons j'allumai une lampe à pétrole, posée sur le piano. Et c'est alors que je découvris les trois lignes griffonnées sur un papier qu'il avait pincé dans le porte-partitions :

Tadeuz, Chou,

vous avez été très bien. Je vous remercie. Je m'en vais.

Salut. Gustav.

Plus tard dans la soirée, alors qu'il s'efforçait de ne pas pleurer devant moi, Tadeuz découvrit avec horreur qu'il n'avait jamais rien su de lui. Ni son nom, ni ce que faisaient ses parents, ni s'il avait des frères et sœurs, ni où il vivait, ni d'où il venait.

Il ne se rappellerait qu'un rire d'enfant, un grand corps gracile et nonchalant, des yeux bleu délavé, des cheveux très blonds qui dansaient sur son front lorsqu'il s'entêtait :

« Non, Tadeuz ! Tu ne peux pas dire ça ! Voyons Tadeuz ! Non ! Non ! Non ! »

*

Plus tard encore, Tadeuz émergea de l'état d'hébétude où il se trouvait et me dit avec un sourire désespéré :

« Chou, il faudra que vous descendiez demain à Garmisch pour télégraphier à Hollywood. Voici le message :

Best Artists. O.K. Alansky. »

III

« 1933 »

1.

C'était à Sakkarah, dans les palmeraies bleues de Toth qui bordent le Nil à l'Orient.

Sur l'autre rive, dans le lointain, on voyait, malgré l'heure tardive, des milliers d'esclaves enchaînés travailler à un grand sphynx de granit dont les griffes semblaient déchirer le soleil couchant. Au long du fleuve, boueux et lent, glissait doucement la barque des morts conduite par Anubis, le Dieu-Chacal. A chaque retombée des rames dans l'eau glauque, c'étaient des envols d'ibis et de hérons huppés rasant l'horizon rose. Parmi les roseaux coupants, des canards s'ébrouaient. Et plus près, à l'ombre pourpre des papyrus où l'avaient menée sur un palanquin d'or des géants de Nubie, une femme masquée et casquée de lapis-lazuli contemplait ce crépuscule serein. A ses pieds, des jeunes filles à demi nues l'éventaient en cadence de leurs flabelles de plumes d'autruche et de feuilles de lotus. D'autres, vouées à Isis, tiraient des accords tristes de leurs lyres et chantaient en chœur :

« Ne pleure pas,
Akha — Akha — Akhae !
Akhae, ne pleure pas... »

*

Ensuite s'ouvraient les portes de bronze d'un sombre palais de porphyre et de granit. Des escaliers bordés de rampes en pente douce menaient à de vastes salons de marbre éclairés par des torches croisées en faisceaux. Des palmiers nains dans des vases de pierre, des chaises et des canapés bas groupés autour de trépieds sur lesquels étaient posées des lampes d'albâtre constituaient tout le mobilier de ces pièces vouées, semblait-il, à l'apparat des réception et aux fêtes plus qu'à la vie de tous les jours. Mais leur enfilade était fermée par une galerie dont les murs étaient recouverts de mosaïque dorée et qui conduisait à des salles de proportions plus modestes quoique spacieuses encore. Il eût été malaisé de deviner leur fonction exacte. Dans l'une d'elles était une table de salle à manger mais point de sièges ; dans la suivante, une dizaine de tabourets disposés de façon géométrique sur le damier d'un carrelage noir et blanc : tabouret blanc sur fond noir, noir sur fond blanc — l'effet visuel suggérait un rituel inconnu. Après, venaient deux longues pièces meublées de vaisseliers et de crédences, des cuisines, des chaufferies et une office immense où s'entassaient sur des tréteaux de campan des pièces de bœuf, des pyramides de fruits et de légumes, des viviers en verre bleu et des paniers de gros crustacés où s'agitaient encore les carapaces vernissées des crabes et des homards pêchés le matin même. Alors, douze marches et un corridor, décoré de panoplies de flèches et de lances en bronze, menaient à un atrium circulaire ceinturé d'une double colonnade dont les pilastres étaient sculptés de feuilles de papyrus stylisées et de plumes de paon. L'atrium précédait la piscine : un bassin ovale bleu de nuit serti d'une pelouse vert cru. Contigus au péristyle : à droite, une sale de jeux ornée de fresques retraçant les exploits d'anciens lutteurs ; à gauche, un hammam carrelé de céramiques flammées. Ensuite une salle de massage : là, dans la pénombre, un homme nu était étendu sur un lit de cuir, le visage couvert d'un linge, le corps irisé de sueur. Deux nègres lui pétrissaient chacun une cuisse. On n'entendait que leur souffle et le froissement de la chair entre leurs doigts.

Derrière un palmier, vis-à-vis une porte en trompe l'œil, une porte dérobée, quasi indiscernable du mur dont elle se découpait, ouvrait sur un couloir et, au fond, une crypte voûtée où étaient le téléscripteur et les téléphones avec l'extérieur.

La sonnerie d'un poste ivoire résonna dans le silence, puis après un instant la voix d'une femme :

« Monsieur Sky, monsieur Sky, c'est cet écrivain à qui vous aviez accordé un rendez-vous... Harold Holgate... »

Sur le visage, le linge blanc se souleva légèrement comme une voile que gonfle le vent et feutra une réponse indistincte et lasse :

« Moi pas connaître... pas connaître d'écrivains... jamais entendu parler de ça... tous des ordures... veux pas le voir... »

Une jeune femme blonde venait de pénétrer par la porte à secret dans la salle obscure. La vapeur d'eau en suspension moussait autour de sa silhouette détourée du rayon de lumière.

« Monsieur Sky, insistait-elle doucement, monsieur Sky, souvenez-vous : c'est cet Holgate qui a écrit pour *Esquire* l'article sur... Mme Heide. Vous l'aviez aimé je crois et vous étiez...

— Heide ? Comment se permet-il ce fouille-merde... ?

— Oh, Monsieur, vous ne disiez pas ça de lui il y seulement trois jours...

— Ce que je disais il y a trois jours...

— Vous disiez que son article était admirable. Avez-vous oublié ?

— Dites donc, Burns... C'est un béguin à vous cet Harold Machin-Chose, pour que vous le poussiez ainsi ?

— Je ne le connais pas, monsieur Sky. Vous êtes injuste. Vous aviez dit oui après avoir lu dans *Esquire*...

— Est-ce que je lis seulement cette foutue revue... ?

— Je le crois, en effet.

— Ah bon ! Ah bon !... Si c'est vous qui le dites mademoiselle Burns... après tout, vous êtes plus au courant de ma propre vie que je ne le suis... le dis sans méchanceté, d'ailleurs... sais pas ce que je ferais sans vous : moi, j'oublie... Or donc, je lis un torche-cul qui s'appelle *Esquire*...

— Monsieur, c'est dans ce... torche-cul, pardonnez-moi, c'est dans cette revue que vous avez trouvé le scénario de *Toutes les femmes sont divines*...

— Eh bien... c'est tout à fait ce que je disais...

Toutes les femmes, comme navet c'est réussi !... Oui, bien ce que je disais... ! Du caca tout ça... *Toutes les femmes sont divines !...* Toutes les vaches sont divines ! Toutes les biques ! Toutes les bicyclettes, les pâquerettes, les crevettes, les chaufferettes... les savonnettes !... A propos de savonnettes que veut-il votre M. Colgate ?

— Holgate, Monsieur...

— Hhhhholgate ! Hents blanches, haleine haîche, huper hentifrice Holgate... avec Holgate, le journalisme ne sent plus de la bouche... »

Mlle Burns sourit timidement.

« Que me veut-il ?

— Vous interviewer. Vous lui aviez donné par lettre votre accord sur le principe. Et vous l'aviez autorisé à vous appeler aujourd'hui afin de...

— Mmmmh... Fait ça, moi ?... M'étonnerait !... Jamais donné d'interview à un fouille-merde, ni à personne d'autre d'ailleurs... A part la grosse !... Vous devez bien le savoir, Burns !

— Oui, Monsieur. Mais je sais aussi que vous aviez apprécié cet article sur Mme Heide et que vous aviez accepté... »

Tadeuz se redressa en ôtant de son visage la serviette qu'il jeta sur son sexe.

« Pardonnez-moi, Burns ! J'oubliais que vous étiez ici ! »

Dans le contre-jour elle devina ses traits accusés par la fatigue. Ses cheveux gris collés par la sueur sur le front où l'on distinguait quelques rides fines, et cet œil mort, cet œil de caméléon qui l'apeurait toujours un peu.

Les masseurs avaient suspendu le lent va-et-vient des mains sur les jambes. D'un hochement de tête Tadeuz les congédia. Alors il reprit plus posément :

« Mais d'abord, pourquoi avoir écrit sur la mère Heide ? Qui ça peut bien intéresser encore Heide ? Une has-been ! Il ne pouvait pas trouver mieux ? Je ne sais pas, moi... Gloria, Pola, Rudolf, Clara... ou même cette petite Danoise ou Suédoise, là ! la merveille de Moje...

— Monsieur, rappelez-vous ! Ce n'était pas à proprement parler un article sur elle. C'était plutôt une nouvelle...

— Oui, Burns, je sais... je me moquais de vous... C'était un foutument bon papier. Oui, une sacrée nouvelle ! *Nostalgies !* N'est-ce pas ainsi que ça s'appelait ? Il racontait cette soirée où nous nous sommes connus Heide et moi : le bal costumé de la Nuit... Elle était venue habillée en homme... Une queue-de-pie... Oh, bon sang... Moi en hibou... On aurait pu croire que Colgate était des invités tellement c'était bien décrit...

— Holgate...

— Oui. Holgate... Seulement pourquoi faut-il que les gens s'évertuent toujours à gâcher la bonne opinion que l'on avait d'eux. Il suffit qu'on complimente un journaliste pour qu'il se croie autorisé à venir vous casser les pieds. C'est assommant à la fin !... Et puis je n'ai rien à dire ! Rien ! Aucune révélation à faire sur le Pharaon !... D'ailleurs, si cet Holgate avait un peu de talent il devinerait qu'Alan Sky ne constitue pas un bon sujet pour un papier... Je veux dire par là que le public veut du mystère : “ le Pharaon tel qu'il est ”, “ le Pharaon en chair et en os ” il s'en fout ! C'est une loi de notre métier de ne jamais chercher à dévoiler le secret des gens secrets. Ce qu'il faut, au contraire, c'est en rajouter, comme on dit ! Vous entendez, Burns ?... Et pour ça, il suffit d'un peu d'imagination. Pas besoin de me rencontrer ! Ou bien si l'on n'a pas d'imagination, n'importe quel conte des *Mille et une Nuits* fera l'affaire. Vaguement remis au goût du jour... De toute façon, comme personne ne les a jamais lus... ! On ne risque rien ! Tiens, j'ai envie de proposer à Dents-Blanches-Haleine-Fraîche de le lui rédiger, moi, son article. S'il le veut, je lui donnerai le double de ce que lui donne *Esquire...* J'appellerai ça : “ Ma nuit chez le Pharaon ”. Superbe !... “ Sur le seuil de porphyre des odalisques enchaînées étaient venues m'accueillir et me prendre chapeau et manteau... ” Voyez, Burns, dès la première ligne, tout y est : l'exotisme, l'érotisme, le mystère, le luxe et le petit détail qui fait vrai...

— Certes, Monsieur. Mais c'est sans compter avec “ la vanité d'auteur ” dont vous parlez si souvent !

— Pearl, vous êtes délicieuse ! Comment pourrait-on vous résister ?... Eh bien soit ! je ferai mon devoir, conclut Tadeuz. Dites à Chou d'aller chercher ce Gibbs et son stylo vers midi et de me l'amener ici... Je ne voudrais pas qu'il se fasse dévorer tout cru par les chiens. Après tout ce qu'on a dit de moi, il ne manquerait plus que je sois traité d'assassin...

— Bugatti, Isotta ou Duesenberg, Monsieur ?

— Qu'en pensez-vous, Pearl ?

— Je n'ai pas d'opinion sur ce sujet. Quatre roues, quatre roues et quatre roues... Une bleue, une blanche, une noire...

— Croyez-vous qu'il soit snob ?
— C'est un journaliste...
— Alors : Isotta décapotée ! Qu'il puisse se faire admirer sur Sunset Boulevard.
— L'orage menace...
— Ah oui ? Je ne sais jamais ce qu'il se passe dehors. Je devrais regarder de temps en temps. Burns vous m'écrirez une note là-dessus : “ Pensez à regarder dehors le temps qu'il fait. ”
— Certainement... Ce matin la foudre a endommagé le Sphynx et l'Obélisque...
— Akha-Akha-Akhae... Est-ce qu'ils l'ont filmée au moins... la foudre qui tombait ?...
— Je ne pense pas.
— Les imbéciles !... Ne savent même pas profiter d'une catastrophe... ! Les imbéciles ! Mais on aurait modifié le scénario et on aurait inclus l'orage ! Ç'aurait été superbe...
— Monsieur, Billy disait au téléphone que l'Obélisque a brûlé...
— Eh bien ?
— Un obélisque qui brûle... »
Tadeuz était au comble de l'excitation :
« Encore mieux !... Sublime !... La vengeance divine... “ Alors le feu tomba du ciel et, pour punir les hommes de leur orgueil, Dieu incendia la pierre !... ” Non, mais à quels mollusques ai-je à faire ?... Qu'ils n'y aient pas pensé !... La meilleure équipe d'Hollywood, soi-disant ! C'est à pleurer... L'histoire devenait... cosmique ! Mystique !
— Cependant, Monsieur... pardonnez-moi d'intervenir...
— Non, dites, Burns ! Dites ! Je finirai par vous nommer productrice déléguée...

— Eh bien, il me semblait qu'*Akhae* était une comédie musicale. Ne pensez-vous pas que la vengeance divine a peu de chose à faire dans une comédie musicale ?

— C'est vrai ! J'oubliais !... Une comédie musicale !... “ Akhamon c'est un bon garçon ”... »

Pearl Burns enchaîna en chantonnant :

« “ Akhae, c'est son p'tit béguin ”

— “ Que va dire le Papa Pharaon ? ”

— “ Pa-pa-pa-pa-pa Pharaon ”

— Refrain !

— “ Dira-t-il oui ? ”

— Tsalam-Tsalam-Tsam.

— “ Dira-t-il non ? ”

— Pom-pom-pon.

— “ Que va dire le Papa-pa-pa-pa-pa Pharaon ? ”

— “ Ni oui ni... ” Non ! Non ! Non ! Non ! Et non ! Voilà ce que dit le Papa Pharaon !... Ce n'est pas possible Burns ! Ce n'est pas possible de trouver aussi bête ! Non !... Burns, vous allez me rédiger une note : vous écrirez... vous écrirez... oui, je sais ce que vous écrirez : *Assez !*

— Assez ?

— *Assez !* »

Il prit son élan vers la piscine et plongea, disparut sous les mailles d'argent de la vague, reparut dans le rectangle d'ombre sous le plongeoir, recracha une gorgée d'eau dans un hoquet désespéré :

« Assez ! »

Mais sa secrétaire ne put l'entendre, elle était déjà retournée vers les téléphones qui sonnaient tous trois à la fois.

*

« Maman, Maman, c'est un Chinois ! »

La petite fille me précédait en sautant à clochepied sur les lattes de bois de la véranda.

« Maman ! »

Accoudé à la rambarde je m'attardais un instant face au Pacifique dont les embruns me portaient un peu de fraîcheur et je voyais au loin sur l'océan déchaîné les lueurs violettes de l'orage qui s'avançait vers Malibu. Enfin la porte à claire-voie grinça :

« Eh bien quoi, Maman ? »

Je m'approchai :

« Etes-vous madame Holgate ?

— Oui.

— Je suis Chou, le chauffeur de monsieur Sky.

— Très bien, je vais prévenir mon mari », me répondit une petite femme décoiffée et visiblement épuisée par les tâches ménagères.

Elle me fit entrer dans le living-room, voulut me donner un siège, mais sur la première chaise séchaient des couches de bébé, sur la seconde étaient posés une assiette de spaghetti et un livre de philosophie indienne dont la page était marquée par un bas filé ; elle découvrit sur l'escabeau une flaque de pipi, et si elle entassait les jouets sur la table pour me dégager un coin du lit-cosy, où fallait-il qu'elle entrepose les cuvettes de la vaisselle ?

Je demeurai debout. Dans le miroir poussiéreux de l'armoire j'apercevais les trois petites filles qui, derrière mon dos, riaient, se bridaient les yeux en tirant sur la peau de leurs tempes et bafouillaient :

« Ning ! Niong ! Niang ! Niong ! Ning ! »

Enfin, la cage de l'escalier résonna comme la caisse d'un tambour que l'on frappe et un géant entra, jovial, athlétique, net, propre. Ce dont je m'étonnai.

Il jeta un regard las sur le cloaque, embrassa sa femme au front puis Rita, Shirley, Nancy et Baby Jennifer qui réclamait à grands cris son biberon.

« Que des filles, monsieur... soupira-t-il.

— Chou Tsé-tsin.

— Que des filles ! Pas de base-ballers dans la famille. Il faudra que j'en fasse mon deuil... Allez ! Au revoir tout le monde. »

Il laissa retomber le volet grillagé et me suivit jusqu'à l'Isotta dont je lui ouvris la portière arrière... Mais prétendant à un vrai tact de démocrate — faux tact et qui trahit, de fait, un vrai mépris du peuple — il ouvrit de sa propre autorité la portière avant et se carra sur la banquette.

La chaleur était torride, le ciel obscurci et bas, couleur d'absinthe. Dans les orangeraies de Cahuenga les oiseaux se taisaient. Tout semblait en suspens, attendant l'éclair.

C'est sur Hollywood Boulevard, au-dessus de la villa de Mildred Davis, puis entre les lauriers-roses qui bordaient le palais de Cecil B. De Mille qu'apparurent les premières flèches de feu.

« Chou, c'est la villa de Pearl, celle-ci, n'est-ce pas ?

— Vous voulez dire Pearl White ? En effet, je crois, monsieur. »

Harold Holgate avait cette détestable impolitesse commune aux journalistes de Los Angeles : il affectait de connaître personnellement les stars et les nommait par leur prénom quand ce n'était pas par le surnom ou le diminutif dont usaient leurs seuls intimes. Ainsi il parlait de Sky en l'appelant tantôt Alan, tantôt Al, ou encore « le Pharaon », ce que jamais ne se fût permis quelqu'un du métier. De la part d'un homme si grave d'apparence, si subtil et honnête, assurément, cette petitesse me déçut. Je fus plus déçu encore quand il tenta de me faire parler — de me « cuisiner » — tout comme un vulgaire reporter de journal à scandale.

« Vous êtes depuis longtemps au service du Pharaon ? C'est dur, non ? »

Je compris qu'il jouerait avec moi de cette « familiarité avec les larbins », de cette « complicité contre le boss » qui est sans doute une des méthodes les plus répugnantes de l'enquête. Aussi grommelai-je entre mes dents un « oui-non » très incivil et glacial. Il poursuivit cependant :

« C'est un tyran, Alan, n'est-ce pas ?... Il n'est pas Prussien pour rien... Un vrai Pharaon, Al, hein ? »

L'envie me prit de lui répondre insolemment que je ne situais pas l'Egypte au nord de la Bavière, mais je sus me taire.

« Oh... je vois ! Vous avez peur de parler. Mais aussi, je vous comprends... les représailles, n'est-ce pas ?... Pourtant, croyez bien que je saurai rester discret. »

Je tentai de ne pas me départir de mon calme quand je lui répliquai :

« Monsieur, de deux choses l'une : ou bien mon patron est, ainsi que vous l'imaginez, ainsi que l'imagine la presse en général, un tyran. Il est alors assez indélicat de votre part de me demander de vous confirmer le fait. Je pourrais avoir à en pâtir. Ou bien, au contraire, c'est un homme très bon, je le révère... mais là encore, il y a indélicatesse de votre part à me demander de trahir la confiance qu'il a mise en moi... »

Avec une mimique faussement amusée, il s'adossa à la portière et dévisagea mon plat profil de Chinois, il feignit enfin de prendre en considération ma modeste personne :

« Vous êtes un philosophe, Chou. Tous les Orientaux le sont, d'ailleurs.

— Monsieur fait beaucoup d'honneur à mes frères de race... et à moi plus encore.

— Vous vous foutez de moi, hein ? Mais j'aime ça en vous, les Chinois. Je vous trouve sympathiques. Pas lèche-bottes pour deux sous... La noblesse orientale, la délicatesse ! »

Je crois bien que j'oubliai alors mon devoir de réserve et de courtoisie. Je lui dis :

« Monsieur parle par poncifs et idées reçues. Je crains qu'il ne lasse M. Sky si telle doit être sa conversation avec lui... »

Il se mordit les lèvres, ébahi de tant d'audace.

« Vous avez raison, Chou. Je suis très mauvais ce matin.

— Sans doute monsieur est-il ému, quoiqu'il n'ose se l'avouer.

— Chou, comment avez-vous deviné ?

— C'est souvent ainsi avec les visiteurs de M. Sky. Ils ont peur. »

Je l'avais mortifié. Je ne l'entendis plus pendant le reste du trajet, jusqu'à ce que nous fussions parvenus au 2024 d'Upper Sunset Boulevard où j'arrêtai le moteur et donnai cinq coups d'avertisseur — trois longues, deux brèves.

Tandis que les grilles de bronze glissaient sans bruit sur leurs rails, la foudre vint frapper le sceptre de Toth, le Dieu-Ibis assis en majesté sur le toit du mastaba des vestiaires, devant le court de tennis couleur de sang séché. L'obscurité se fit, subite, violette, et le fracas du tonnerre couvrit les aboiements des bergers allemands qui hurlaient à la mort.

2.

« Je ne sais pas ce qui s'est passé, je ne sais pas… ni à quel moment cela a… commencé… je ne sais pas… Je ne parviens pas à me souvenir… et pourtant, n'est-ce pas ? pourtant j'aurais dû entendre l'orage, j'aurais dû voir la foudre qui menaçait et s'approchait sans cesse… Mais non, je ne bougeais pas… comme si j'avais trop peur… c'était, si vous voulez, un mauvais rêve… un de ces cauchemars dont on aimerait tant qu'il prenne fin… mais il ne finit pas… on ne se réveille pas. Sans le savoir on est entré dans la mort, doucement, en dormant — n'est-ce pas ?… Eh bien, parfois, je crois que je ne me suis pas éveillé… je doute de cette réalité qui m'entoure : elle est… onirique, n'est-ce pas ? Tout me paraît affreusement faux… ce palais, ces dieux, ces marbres, ces ors… et cet orage qui n'en finit pas… et vous, Harold… Harold, je peux vous le dire : tout est faux ici… tout ! Oh ! entendons-nous : tout est authentique, aussi… le porphyre est du porphyre, l'albâtre est de l'albâtre… et les lauriers-roses viennent d'Egypte… et les fresques ont été peintes selon les procédés de l'antiquité : les couleurs sont toutes naturelles… garance, cochenille, lotus… Dieu sait quoi... mais les proportions, l'usage des pièces... les éclairages, la disposition du mobilier... tout est rigoureusement... et je dirai... subtilement faussé. Oui, tout est truqué ! Un pastiche !... Ici la vie est... pastichée !... Si je puis dire... Mais je crois que vous comprenez... J'entends par là qu'il est fou de vouloir vivre en 1929 dans un palais de la onzième ou treizième dynastie... C'est une idée de faussaire... Je suis un faussaire, Harold ! Je l'ai toujours été. J'ai inventé une fausse beauté... regardez Mina... : sa démarche était... mensongère, n'est-ce pas ? Son sourire n'en était pas un... son jeu de cils... cette façon de regarder sans fixer... et lorsqu'elle dansait... lorsqu'elle danse... ni tango ni valse ni ballet classique ni rien de tout ça... un pastiche de danse... un ersatz ! Vous savez que c'est nous les Allemands qui avons inventé l'ersatz ! Ersatz de café, de pain, de caoutchouc, de soie... ersatz de religion — Wagner — ersatz de morale, de philosophie... ersatz de poème et d'épopée — les films de Fritz Lang — Ersatz d'hommes aussi, sans doute ! Et moi j'ai inventé pour ma part l'art-ersatz : mes films sont faux... les films que je produis maintenant : faux scénarios, faux talents, faux acteurs, faux chic... un cinéma-ersatz pour une civilisation-ersatz ! Akha... Akha... Akhae. N'est-ce pas ?... Voulez-vous connaître les paroles de la dernière comédie musicale en chantier ?... C'est l'histoire idiote d'un petit béguin entre le grand prêtre Akhamon et la fille du Pharaon... non, Harold ! je vous jure... attendez pour rire... ! Donc, Akhamon, qui a un vrai cœur d'artichaut, est parti à Louksor courir le guilledou — à Louksor les filles sont des trésors, des trésors sont les filles à Louksor ! : Et la pauvre Akhae se désole quand donc Akhamon reviendra-t-il ? Avec lui la vie est si facile ! Mais le chœur des suivantes vient la consoler et lui suggérer de demander à son père de faire jeter en prison le volage fiancé...

> Faut pas s'faire tant de mouron,
> Quand on a un papa... un papa Pharaon,
> Papa-pa-pa-pa-pa Pharaon !

Eh bien, Harold, je suis un faussaire... le grand Pharaon est un faussaire !... Et un jour, comme tous les faussaires... comme tous les tricheurs, j'ai été pris au piège... si vous voulez, c'était... oui, c'était pour moi comme de jouer aux dés avec le Diable... n'est-ce pas ?... C'était grisant au début... je ne savais pas que les dés étaient pipés... non, au début le ciel m'avait tout prodigué : la fortune, la gloire, le génie... enfin, pardonnez-moi cette prétention mais... je le crois, j'avais du talent, du génie peut-être, n'est-ce pas... et puis l'amour, enfin, et même la beauté, je pense... oui, la beauté... pourquoi cette fausse modestie ? J'étais beau. J'étais à Berlin une sorte de prince. Un prince comme on en voit dans les opérettes viennoises... N'est-ce pas ?... Un conte de fées ! Le petit youpin, le petit polaque de Dantzig, l'orphelin que j'avais été... oui, je me suis réveillé un matin et j'étais le Prince de Berlin !... Un joli titre pour un navet, vous ne trouvez pas, Harold ?... *Le Prince de Berlin* !... Il faudra que j'en parle à Irving ou à Jack !... Pauvre Prince de Berlin... J'aurais dû me méfier... la partie était trop belle... j'aurais dû voir que les dés étaient pipés... je veux dire par là que tout était truqué du début à la fin... par exemple : Mina... eh bien, vous le savez, vous l'avez raconté dans cette nouvelle d'*Esquire :* j'ai connu Mina habillée en homme... un travesti... Parfois, au plus noir de moi-même... Harold, pardonnez-moi de... me déboutonner ainsi devant vous... pardonnez-moi cette mauvaise psychanalyse... mais, parfois j'en viens à me dire que peut-être tout n'a tenu qu'à ce détail... comprenez-vous... je ne l'ai peut-être aimée, je n'ai aimé Mina qu'à cause de ce travesti ! Qui sait ?... Et s'il en est ainsi, notre amour était truqué... Et de même, la gloire, le génie, l'argent... La gloire m'avait été accordée en raison d'un malendendu : le public ne comprenait pas vraiment mes films d'alors... mais le cinéma était très différent du cinéma de maintenant... il suffisait qu'il y eût une foule, un incendie, une bagarre un peu réussie, une maison qui s'écroulait pour que les spectateurs délirent... Incroyable, n'est-ce pas ? Mais il y avait tout ça dans mes films... *Cléopâtre,* par exemple, *Salammbô, l'Enfer, Monte-Cristo...* et le public leur faisait des triomphes ! Parce qu'il n'y voyait que ça : la foule, l'incendie, la maison qui s'écroule... oui, c'était un succès de malentendu... J'étais en fait un incompris... oh ! Mon Dieu... voilà que je vais avoir le mauvais goût de me plaindre !... Alors que j'avais tout le succès... tout ce dont j'avais pu rêver, enfant... la gloire, l'argent. Seulement... je peux l'avouer maintenant : dès le début, ce jeu-là aussi était truqué ! J'ai trempé dans des affaires un peu louches... je plaide coupable... je plaide non coupable : j'avais vingt ans... je voulais jouir de tout... oublier la misère ! Et il me semblait que la morale n'avait rien à faire avec... Comprenez-vous, Holgate ? je ne savais pas que je jouais avec des dés pipés... : la fortune, le génie, la gloire... tout cela était... oui, pipé... et Mina Heide était habillée en homme... pouvez-vous l'imaginer?... en 1913! Les femmes n'avaient jeté leurs corsets aux orties que depuis deux... trois ans... A cause de Poiret, je crois!... Et les capelines, et les bottines... et, avant, les crinolines, les hennins, que sais-je?... Et elle était en habit à queue de pie... Mina!... Et moi en hibou! Un déguisement, aussi! Je me déguisais sans cesse à l'époque... je ne cessais de donner des bals costumés, des dîners de têtes... j'aurais dû me méfier... la partie était trop belle, n'est-ce pas?... C'est-à-dire que j'aurais dû me souvenir : je crois qu'on paye toujours ses oublis... ses... ses amnésies! Eh bien j'aurais dû me souvenir de ma race et de Dantzig et de la misère que j'avais si bien connue et aussi de... Savez-vous, Harold, savez-vous comment ma mère est morte? Mon père était fakir et tous les soirs il la sciait dans une boîte à secret — asa nisi nasa aharami aharama. Un soir à l'*Apollo* de Dantzig la machinerie du double fond n'a pas fonctionné... Voilà!... Regardez quelle nouvelle admirable...! Harold, vous en feriez cinquante pages... or, c'est justement ainsi que je me suis trompé de route : en ne voyant dans le passé qu'un recueil d'histoires, de récits, de nouvelles... et en oubliant que ces histoires, ces récits, ces nouvelles étaient plus que cela... ils avaient une morale... un enseignement que je n'ai pas su tirer... ou que j'ai voulu oublier... oui, tout s'est passé comme si j'avais perdu la mémoire... je n'avais plus mémoire de la misère, mais aussi je n'avais plus mémoire de la prière... de la religiosité qui avait bercé mon enfance... Je n'avais plus mémoire de ma race... plus rien! Plus rien! Je croyais être assez fort pour m'inventer chaque jour... mais la vie n'est pas une partie de dés, n'est-ce pas ? Excusez-moi d'être si banal... je veux dire par là... je veux dire... En bien ! un jour le ciel m'est tombé dessus... Ce qui devait arriver. Oui. Il m'est vraiment tombé dessus... c'était un ciel de cinéma, évidemment ! Un ersatz de ciel... lors du tournage de cette série inepte... *Olé !* Le vrai ciel ne tombe jamais... et pourtant cela revenait au même pour moi... je voyais dans cet accident une punition divine. Oui. Une manière de châtiment, n'est-ce pas ? J'avais péché par orgueil... par oubli aussi... j'étais condamné à la chute... La chute... Harold, c'était... c'est encore ce cauchemar... ce cauchemar dont je vous parlais tout à l'heure... : je vais dans un monde où tout est faux... je ne reconnais plus rien de tout ce que je connaissais si bien... Parfois lorsque je fume de l'opium je ressens cette impression... un malaise aigu : autour de moi tout est trompeur... Je dois être un peu fou. C'est ce que vous devez penser... Et je le pense de temps à autre — j'en ai peur ! C'est pourquoi je crois aussi qu'il faut jouer la comédie ! C'est cela : jouer sa vie... Etre aussi faux, aussi mensonger que le cauchemar, être son propre cauchemar ! Enfin... bricoler ! Vous comprenez : s'arranger avec l'horreur ! Mentir, puisque tout est mensonge... Je veux jouer la comédie de ma vie comme un mauvais acteur qui m'imiterait, une doublure de moi-même, en quelque sorte... C'est cela : jouer faux cette fausse vie — vous comprenez ?... Harold, c'est la raison pour laquelle je n'accorde jamais d'interview à de vrais journalistes : ces imbéciles croient encore à la réalité... Non, je n'aime que les échotiers à scandale... ceux qui inventent... ceux qui racontent n'importe quoi... ou les écrivains, comme vous. Harold, savez-vous que vous avez un immense talent ? Vous devriez travailler pour nous... Pour moi. Scénariste. Scénariste plutôt que dialoguiste : regardez donc ! je suis le seul à parler... Quel mauvais dialoguiste vous feriez ! »

Tadeuz s'était levé du tabouret noir placé sur un carreau blanc de cet étrange parloir qui évoquait assez bien un échiquier géant...

« Un grand jeu d'échec dont vous seriez le roi, remarqua à mi-voix l'écrivain.

— N'est-ce pas ?... J'aime cette pièce parce qu'elle n'a aucune fonction particulière... aucune signification. Elle ne ressemble à rien de connu. Et il est toujours très amusant de voir des visiteurs bien plus malins que moi... des visiteurs qui, eux ont compris... qui, eux, savent mon secret... croient savoir ! Tous très catégoriques !... Me regardent d'un air entendu : j'ai très bien pénétré le sens de cet échiquier !... C'est trop drôle... Mais vous aussi, vous vous trompez, Harold : je ne suis pas le Roi mais le Fou. Je sortirai de cette pièce en diagonale. C'est ainsi qu'avancent les fous sur l'échiquier, n'est-ce pas ? »

Riant de cette pitrerie inattendue, Harold Holgate suivit Tadeuz au-dehors.

Noire, la lumière d'orage. Mate. De même intensité que cet éclat sourd où baignent les scènes de fakirisme et de magie au théâtre. Devant le pan de ciel indigo, face au décor sans perspective de la villa égyptienne, Tadeuz « le Fou », Tadeuz l'illusionniste irradiait dans son complet de surah blanc électrique, plus blanc que le blanc, eût-on dit. Il allumait un cigare de la façon dont on accomplit un tour de prestidigitation. Il baissait la paupière sur son œil valide.

A quoi pensait-il donc ?

Harold Holgate eut l'étrange sentiment de le deviner. Il lui sembla qu'il pénétrait dans le cirque vide de sa rêverie : il revit, comme s'il l'eût jamais vue !, oui, il revit cette soirée de bienfaisance au cours de laquelle survint le tragique accident qui fit de Tadeuz un orphelin. Mme Alansky dans le cercueil à secret et le vieil Abraham avec son turban et ses babouches et ses moustaches postiches et son manteau rebordé de pierreries en toc, le vieil Abraham qui scintillait des pieds à la tête et sciait, sciait sans savoir que le mécanisme du double fond n'avait pas fonctionné...

Alors, un élan irrésistible de sympathie le poussa vers lui et, sans qu'il l'eût voulu vraiment, Harold Holgate se vit poser une main sur l'épaule de cet homme las et meurtri, plus âgé que lui, plus grave. Et il hocha la tête en souriant, comme pour s'excuser de cette expression de pitié.

Plus avant dans l'après-midi, l'un et l'autre se surprirent à goûter une complicité de vieux amis d'enfance qui se seraient retrouvés : ils burent... « comme des Polonais », ironisa Tadeuz, ils inventèrent des mots de passe cocasses, des jeux puérils... Quand je vins chercher mon maître pour le mener aux studios, je les découvris, sur le court détrempé, qui s'amusaient à mimer, sans raquettes ni balles, une partie de tennis.

« Voulez-vous m'accompagner aux studios, Harold ? demanda Tadeuz.

— C'est-à-dire que je devais...

— Non. Vous ne *deviez* pas... Vous viendrez aux studios avec moi !

— Je ne vous comprends pas, Alan. Je suis très honoré, certes... Cependant, on vous dit homme à mystères — pardonnez-moi encore une fois —, on vous appelle le Pharaon, mais c'est vous qui semblez vouloir me retenir. Avoir un témoin en quelque sorte... »

Tadeuz était implorant maintenant. Il me faisait penser à un enfant qui ne veut pas voir partir son compagnon de jeux.

« Oui, Harold. Restez encore un peu. Restez ! Après tout Shirley, Nancy, Rita et Baby Jennifer pourront bien se passer de vous un après-midi...

— Ah, ça ! C'est trop fort ! Comment savez-vous... ?

— Je sais tout Harold ! Je sais toujours tout ! Je suis renseigné ! Vous comprenez maintenant pourquoi on m'appelle " le Pharaon " ?

— Ma foi, oui. On pourrait croire que nous sommes tous vos humbles sujets... que nous devons tous nous prosterner à vos pieds, sous peine de mort si... C'est cela : un pharaon !

— N'est-ce pas ? »

*

ALAN T. SKY STUDIOS
« Artem et Circenses »
La première des compagnies majeures

Au-dessus de l'arc de triomphe un immense arc-en-ciel émergeait de nuages blancs sur lesquels se découpaient les lettres de flammes, les célèbres lettres incandescentes qu'on a vues tant de fois au générique des films *Sky*.

« Vous qui entrez, laissez là tout espoir... *Voi ch'entrate, lasciate ogni speranza !* plaisanta Harold Holgate.

— J'ai fait un film de *l'Enfer* de Dante ! Quand j'avais vingt ans. Je ne doutais de rien, alors. Oh ! bon sang... Je me souviens : c'était en mille neuf cent dix ou onze... un des premiers travellings circulaires. Le premier, peut-être bien. On entrait dans chaque cercle de l'Enfer par un long, long, long travelling circulaire !... Et puis je me rappelle Dité, la ville maudite : les remparts qui brûlent et au milieu les damnés ! Ce jour-là il y eut des dizaines de figurants asphyxiés par la fumée... C'était vraiment l'Enfer. Ils ont voulu me lyncher. J'ai dû me réfugier sur le plateau B, dans la forêt des suicidés. Vous savez, Harold : ces hommes qui se sont changés en arbres parce qu'ils ont attenté à leurs jours... Parce qu'ils ont repris la vie que Dieu leur avait donnée — suprême orgueil !... Non mais, regardez-moi, Harold, regardez-moi ces petites garces qui ont repéré à quelle heure j'arrivais et... Chou, accélérez ! On ne s'en sortira pas ! Accélérez ! Elles vont finir par casser les pare-chocs ou les ailes... »

Comme chaque jour, en effet, du plus loin qu'elles la reconnaissaient, des dizaines de jeunes filles se ruaient au-devant de la Duesenberg en criant : « Monsieur Sky ! Monsieur Sky ! » Les agents de la police des studios les repoussaient sans ménagements, mais les plus hardies se dressaient sur les garde-boue, s'accrochaient aux montants des portes et souriaient, souriaient, souriaient dans l'espoir que « le Pharaon » les distinguerait un jour.

« Des vierges sacrées qui se battent pour approcher la sanglante Khâli qui doit les sacrifier ! » ironisait Tadeuz.

Et c'était tout un art de dégager les grilles et de les entrouvrir juste assez pour laisser passer la limousine et repousser « les vierges sacrées » du Saint des Saints.

Je garai devant l'entrée des bureaux et, à peine les portières ouvertes, commença cette scène quotidienne appelée par Tadeuz : « la Cour du Roi-Soleil ». Dans une confusion extrême, les secrétaires, les scénaristes, les assistants, les metteurs en scène, les stars même, se pressaient autour de lui et l'assaillaient de questions :

« Monsieur Sky... le ballet du 106 est à refaire... Monsieur Sky, que dois-je répondre à Mme Brown qui veut... ? Monsieur Sky, les rushs sont prêts... accordez-moi un moment... Alan, s'il te plaît, un détail qu'on avait oublié : le policier à moustaches est déjà mort... Monsieur Sky, le syndicat des techniciens proteste pour l'affaire des... Al, c'est très important : si Marlène ne veut pas... Monsieur Sky, les costumes ne sont pas livrés, dois-je... ? Monsieur Sky, Cole

Porter vous attend… Al, tu ne m'écoutes pas : le plan-grue finit par la gauche, je ne peux pas… Vous ne m'oubliez pas, Sky… ? Attention, attention, place… La Mitchell, place, place… Ethel menace de se suicider, monsieur… Monsieur Sky, vous avez Cole sur la deux… Al, cette histoire est idiote… C'est un remake de… Monsieur Sky, nous n'aurons que trois mille soldats pour… Al chéri, tu ne m'écoutes pas… Ouh, qui c'est cet oiseau-là… ? Est-ce que je suis divine cet après-midi… ? Monsieur Sky, c'est la Bank of America, à propos des quatorze chèques… Mais que ferai-je si le syndicat des décorateurs… ? Le sphinx est détruit, que faut-il faire ?… »

Tadeuz se frayait un chemin à travers la petite foule et laissait tomber des ordres brefs :

« Le 204 en fondu enchaîné… je verrai les rushs ce soir… pas le temps, voyez Will… eh bien il nous reste la concierge : elle a vu le coup de revolver… voyez mes avocats… sais pas qui c'est ça… trop tarte… confondez la Régence et le Consulat !… qu'il attende !… pas de plan-grue… un cache entre… Attention, les gars !… la Mitchell, par là !… Ethel ? poison ou revolver ?… mettez-le en attente… refaites le début comme dans *Singin'*… fera un champ contre-champ… non, pas le temps… appelez-moi Walberg… le reconstruire ! »

Puis, se retournant devant la double porte de palissandre de son bureau :

« Je serai à Sakkarah dans dix minutes. Vous, Willy, retrouvez-moi là-bas ! Pour les autres : terminé !

— Le Roi-Soleil se retire dans ses appartements ! » nota Harold Holgate, ironiquement.

« Le Roi-Soleil va se soûler avec son ami Molière !
— Je serai donc Molière !
— Mais oui, mon bon ! répliquait Tadeuz en fouillant dans la bibliothèque. Abigail ! Abigail ! Où sont mes encriers ?
— Vos encriers ?
— Abigail !... Oui, Harold, mes encriers ! Je me soûle à l'encre que croyez-vous ?... Je me soûle à l'encre et j'écris au whisky. Ah, voilà ! »
La secrétaire entra avec un plateau couvert de petits flacons d'argent dont elle versa le contenu dans deux verres.
« Whisky-soda ! importation directe du Canada via la Maison-Blanche... ah ! ah ! Merci, président Hoover ! Merci ! »
Aussitôt, les trois téléphones résonnèrent simultanément sur le bureau. Tadeuz se leva en sursaut, simulant un effroi délirant dans une mimique appuyée d'acteur du muet dont la loufoquerie fit rire Harold Holgate aux éclats.
« Dehors, dehors ! » criait-il en poussant le journaliste et en lui enfonçant son chapeau sur le crâne... « Dehors ! Je ne veux pas entendre ça ! »

En bas, devant les bureaux, des machinistes poussaient une grue Mitchell qu'ils attelèrent ensuite à une voiturette électrique.
« Venez ! dit Tadeuz à Harold Holgate. Venez, je vais vous montrer l'univers. » Et, aux manutentionnaires : « Les gars, il y a de la place là-haut ?
— Oui, monsieur Sky. On peut tenir à trois.
— Jim conduira. Et toi, Alfie, tu manœuvres !
— Vous les connaissez tous ? » siffla Harold

Holgate, admiratif, tandis que la plate-forme mobile descendait doucement vers eux avec les grâces d'une girafe qui se penche pour boire ou brouter.

« Bien sûr. Je les connais tous. Que croyez-vous ? »

Ils s'installèrent sur le banc de métal et le bras télescopique remonta dans les airs... C'était une impression grisante : à dix mètres du sol on glissait, on tournait, on s'inclinait lentement vers les choses, comme à regret, et puis on remontait encore pour les survoler, les contourner plus haut : approche, rotation verticale, rotation horizontale, freinage, envolée de nouveau. De la nacelle, on découvrait une reine endormie dans la chambre à coucher au deuxième étage de son palais, on pénétrait par le toit dans l'antre enfumé d'un magicien, on montait à l'assaut d'un donjon gothique sans emprunter les escaliers ni les échelles, tel un pigeon on pouvait voleter au-dessus du dôme de Saint-Marc...

« Venise ! » annonça Tadeuz.

Venant du Grand-Canal — aujourd'hui comblé et asphalté —, la grue Mitchell s'avançait sur le Broglio et longeait le Palais Ducal en fête. Puis, par-dessus les guirlandes et les lampions, la plate-forme s'envolait dans un bruyant ébrouement de colombes apeurées, s'inclinait sans hâte et se stabilisait en surplomb du café Florian, devant la terrasse où des Arlequins masqués et des Colombines en bauta sirotaient du Coca-Cola pendant la pause.

« A droite, Alfie ! A droite maintenant !... Bulwer City. Le shérif a été tué ce matin... »

Contournant la façade sans fond du palais des Procuraties, ils survolèrent une rue de ville-frontière où des cow-boys se battaient dans la poussière. Une autre grue venait en sens inverse qui les accosta :

« Monsieur Sky. Monsieur...

— Tout va bien Irving ?

— Tout va bien, monsieur ! Mais il y a eu deux blessés sérieux.

— Des maladroits ? »

La réponse se perdit dans le bruit des moteurs. Au bout de la Grand-Rue, derrière le temple baptiste, le tracteur s'engagea sur un fragile pont de bambou. Sous leurs yeux s'étendait maintenant la cerisaie en fleur d'un camp de samouraïs.

« Vous voulez voir l'été, Harold ? demanda Tadeuz d'un ton énigmatique.

— Comment ça, l'été ?

— Attendez !... Eh là, Bernie !... Peux-tu donner l'été ? »

Et, sitôt, les fleurs tombèrent en pluie, enneigeant les pelouses. Harold poussa un cri au spectacle de cet enchantement.

« Les fruits maintenant ! »

Instantanément des centaines et des centaines de cerises apparurent au bout des branches mécaniques.

« Oh, Alan, c'est magnifique ! Alan, vous êtes... le maître du Monde en quelque sorte.

— Vous n'avez pas tout vu encore ! »

Ils furent à Sakkarah, au bord du Nil limoneux ; dans Babylone en flammes ; sur le champ de bataille de Roncevaux où ils s'assirent parmi les casques abandonnés et les épées maculées de sang ; et puis ils virent les derniers préparatifs de la fête que Barbe-Bleue donnerait le lendemain... A la fin, revenant vers l'immeuble des bureaux, ils traversèrent un petit bois dont les arbres étaient feuillus de sucettes géantes et de sucres d'orge, les rochers en chocolat et la chaumière de la Vilaine Fée construite tout en cake et nougatine. Ils s'attardèrent à écouter les voix de tête d'une ronde d'enfants qui chantaient devant la caméra :

« Fée Caramel laisse-nous entrer
Dans ton joli Palais Sucré ! »

« Oui, répéta Harold Holgate, le maître du Monde ! Regardez : le temps passé, l'espace, les saisons, les mythes aussi... Il ne vous manque plus que de maîtriser l'avenir pour être Dieu...

— Mais vous ne croyez pas si bien dire, Harold : je vais vous montrer le futur également ! »

Tadeuz précédait son hôte dans les coulisses du Studio 4 où clignotaient les signaux « *Silence* ». Tandis qu'ils avançaient vers les caméras, Harold Holgate constatait une fois encore de quelle vénération le patron était l'objet parmi ses employés. A son approche tous se faisaient déférents et montraient un visage attentif, vaguement inquiet — « il était redouté à l'égal d'un monarque absolu », devait écrire plus tard le journaliste d'*Esquire*, « et pourtant il était follement aimé ».

« Monsieur Sky, voulez-vous nous faire l'honneur de donner le clap de ce plan ? » s'empressa de lui demander un deuxième assistant.

Sous la lumière aveuglante des sunlights, Tadeuz fit trois pas et, saisissant la claquette, annonça :

« *Mille neuf cent soixante-treize*. Plan quatre-vingt-un. Première prise. Action. »

Alors, dans le talc d'une poussière sidérale, des voyageurs du cosmos vêtus de scaphandres en satin argenté et coiffés d'une bulle de verre, commencèrent à évoluer sur les tremplins élastiques dont le mouvement mou suggérait l'apesanteur.

*

Tadeuz était le maître d'un autre empire encore : il montra à Harold Holgate les gigantesques cuisines où l'on préparait les repas de sept mille employés. Il lui montra l'école de danse où, entre les miroirs vis-à-vis, une troupe innombrable de boys et de girls s'exerçaient aux claquettes et à l'acrobatie. Il lui montra les ateliers, les réserves, les garde-robes, l'arsenal, la police, les écuries, les meutes, les laboratoires et les chambres noires. Et puis il lui montra ce qu'il appelait par dérision : « la Question du Roi ». Ahans terribles, cris étouffés, coups sourds des poings sur les corps en sueur : là, sous la direction d'un entraîneur si féroce qu'on le surnommait « le Grand Inquisiteur », des gymnastes et des lutteurs s'exerçaient tout le jour à des presses, des poids, des poulies et des espaliers.

« Ils acceptent de souffrir ainsi ? » s'étonnait Harold Holgate tandis que, dans un sentiment grandissant de malaise, il passait en revue ces visages décomposés par la fatigue et la douleur, ces musculatures massives tétanisées par l'effort répétitif.

« Bien entendu ! Vous ne croyez tout de même pas que je les y oblige ?... Et je vous dirai plus : ce n'est pas non plus le salaire qui pourrait les y inciter : ces hommes sont de tous les employés de la *Sky* les plus mal payés. Ils sont plus mal payés que les balayeurs ou les plongeurs des cuisines ! Mais, voyez-vous, Harold, mon pouvoir est supérieur à celui des Pharaons auxquels on me compare : je n'ai pas même besoin d'user de la coercition... Non, pour la première fois dans l'histoire un pouvoir n'exerce pas la moindre violence à l'égard de ses esclaves. Ses esclaves sont consentants. Volontaires. Fiers de l'être. Pareils aux premiers chrétiens, ces hommes souffrent et endurent dans l'espoir d'apparaître un jour en gros plan ou en plan moyen dans une *super-production antique.* Harold, le cinéma est une religion. La seule religion vivante, peut-être...

— Et vous êtes le pape de ce peuple de fidèles ! »

Plaisantant ainsi les deux hommes se dirigeaient vers la salle de projection des rushes.

« Harold, puisque vous tenez absolument à me traiter en théocrate, je vais vous permettre d'assister au culte privé maintenant. Le service est à cinq heures. »

C'était en effet l'usage que tous les réalisateurs, les scénaristes, les gagmen et les premiers rôles de la *Sky* se retrouvassent chaque soir dans la crypte tendue de velours bleu où l'on projetait les prises filmées pendant la journée. Trois fois le même pochard s'écroulant entre les portes d'un saloon. Cinq fois le même baiser d'Armand sur les lèvres palpitantes de Marguerite. Et pas moins de onze fois cet officier sudiste qui chutait de cheval et se faisait piétiner...

Le grand prêtre était assis au dernier rang, sur le dernier fauteuil de la rangée. L'œil mi-clos, impénétrable comme la Sibylle derrière les bouffées de fumée bleuâtre qu'il expirait doucement, il laissait tomber de ses lèvres les décisions irrévocables :

« La sept... la deux... la trois... un *cut* de la un... à refaire... la six... la quatre... » Etc.

Jamais un instant d'hésitation, jamais de seconde vision : les script-girls pouvaient noter à l'encre, sachant qu'il ne reviendrait jamais sur son choix, que les metteurs en scène fussent ou non de son avis.

Ce soir-là, Harold Holgate vit ainsi Akhae éclater dix fois en sanglots. Il vit des shots de l'incendie de Babylone, il vit Arlequin et Colombine reprendre inlassablement le même troisième refrain d'une chanson idiote. Et puis, à la fin de la bobine, un homme qui émergeait de la nuit et tombait blessé à mort, en criant : « Je ne veux pas mourir ! je ne veux pas mourir ! Je l'aime encore ! » — il émergeait de la nuit et tombait blessé à mort, en criant : « Je ne veux pas mourir ! je ne veux pas mourir ; je l'aime encore ! » — il émergeait de la nuit et tombait blessé à mort, en criant : « Je ne veux pas mourir ! je ne veux pas mourir ! Je l'aime encore ! »

Alors quelques chiffres défilèrent, quelques mètres de pellicule aveuglante...

La salle se ralluma.

Tous les visages s'étaient retournés, inquiets, vers Tadeuz.

Il ne disait rien. Il se tenait le front entre les mains et son monocle se balançait comme un pendule de lumière à sa boutonnière fleurie d'une orchidée. L'intolérable silence perdurait.

Enfin il se leva pesamment et s'avança dans la travée en tremblant un peu.

« Ce n'est pas ainsi qu'il faut jouer mais... » — il se laissa tomber sur les genoux et, pressant son bas-ventre dans ses paumes de main, roula au bas des marches — : « Je ne veux pas mourir ! je ne veux pas mourir !... Je l'aime encore ! »

Harold Holgate s'était porté à son secours, craignant qu'il ne se fût blessé vraiment dans sa chute. Mais déjà Tadeuz se relevait en époussetant des ongles son complet blanc...

Il y eut quelques rires gênés dans l'assistance, quelques murmures complaisants — l'équipe des metteurs en scène et des scénaristes l'escortait à la porte...

Quand, sur le seuil, il se retourna et, comme par défi, se laissa tomber sur les genoux à nouveau, se laissa rouler jusqu'au bas des escaliers à nouveau et hurla, hurla à perdre haleine :

« Je ne veux pas mourir ! Je ne veux pas mourir ! Je l'aime encore ! »

*

Et maintenant la nuit était tombée sur Sakkarah et Babylone, sur Venise et Bulwer City, sur la forêt de Dame Tartine et sur la Voie lactée. La nuit unique, étouffée, déchirée au loin par l'éclair.

Du fond du canapé où il se tenait immobile, tel le muezzin à l'orée du désert, Harold Holgate l'avait vue tomber lentement : pourpre, bleue, bleue sombre, noire enfin mais parcourue de zébrures violacées qui zigzaguaient sans bruit devant l'horizon. Il avait vu les ténèbres emplir doucement le grand bureau directorial, comme une encre délayée à l'eau, et la fumée dessiner un halo autour de la seule lampe allumée sur la longue table des conseils d'administration. Il avait entendu la rumeur décroître dans les secrétariats ; à six heures les portes se fermer, la cavalcade dans les escaliers, les pétarades d'autos qui démarraient ; à sept heures d'autres claquements de portes plus proches, d'autres « bonsoir » sonores. La secrétaire particulière d'Alan Sky était venue annoncer son départ et lui dire à lui que Mme Holgate avait appelé trois fois, qu'elle s'inquiétait, que Rita avait renversé son chocolat sur *l'Encyclopédie des Sports*, que Shirley avait tiré les cheveux de Nancy... Il avait étouffé un soupir d'exaspération, s'était resservi à boire.

Minuit sonnait et ils étaient seuls, Tadeuz et lui, seuls dans l'empire que les fidèles avaient fui en exode — « le Pharaon » à demi dissimulé derrière un rampart de manuscrits et qui annotait un scénario ; lui, écoutant le crissement triste de la plume sur le papier et qui rédigeait dans sa tête les premières lignes de sa nouvelle pour *Esquire :*

« Le Pharaon écrivait et le scribe, désœuvré, le regardait faire. Les encriers étaient vides. Mais dans les anciennes flasques de whisky — des flasques d'avant le dix-huitième amendement — restait suffisamment d'encre pour qu'il écrivît jusqu'au jour... »

Mais non ! il ne savait pas exprimer cet intense moment de poésie. Il ne savait pas faire passer dans les mots la qualité surnaturelle de la lumière, le frémissement d'un rideau, et moins encore le frémissement de son cœur, aussi ému qu'il fût.

« Le Prince des Etoiles écrivait et son esquire, désœuvré, le regardait faire... »

Pire encore !

Alors il se leva et, tout à trac, se surprit à interrompre Tadeuz dans son travail :

« Alan, fit-il... Alan, êtes-vous heureux ? »

L'œil fatigué et le monocle dépoli apparurent au-dessus des piles de manuscrit.

« Ma parole, Harold, vous avez un don caché de divination. Savez-vous ce que je lisais à l'instant ?... Ecoutez plutôt : — *John, êtes-vous heureux ? — Hélas, Grizel, qu'en saurais-je ? Quand j'étais plus jeune, je croyais en des tas de choses, j'étais plein d'espoir mais je me sentais si peu sûr de moi, si vulnérable. Et maintenant que j'ai acquis la force, la sécurité... maintenant que j'ai le pouvoir, je me sens si insatisfait !...* C'est un dialogue qui sera dit demain ou vendredi. Voyez-vous, on ne trouve plus un seul bon dialoguiste pour... Oui, pour dire ce que l'on ressent. Ce que je ressens... Harold, quand j'étais plus jeune je ne croyais pas en un tas de choses. Je ne croyais qu'en moi. Je n'étais pas vulnérable, j'étais insatisfait. C'est maintenant que je suis vulnérable. Maintenant que j'ai reconstruit en cinq petites années mon empire détruit, maintenant que je suis le septième contribuable des Etats-Unis, maintenant que j'ai sept mille employés sous mes ordres, maintenant que toutes les villes du monde entier et le futur et le passé m'appartiennent... Quand j'étais jeune, Harold, j'étais fort : j'aimais et je faisais ce que j'aimais. Mais que m'est-il resté ? Des souvenirs et puis ce travail imbécile... »

Il s'était levé et jetait les manuscrits sur le plancher en annonçant leurs titres :

« *Ma jolie Akhae* ! *Princesse Perverse* ! *Barbe-Bleue* ! *Mille neuf cent soixante-treize* ! *La Petite de Pimlico* ! *Broadway Follies* ! *Les Girls de la Nuit* ! *La Fille de Madame Butterfly* !... Tout un programme, non ? : la fille de Madame Butterfly ! *Terreur à Bulwer-City* ! *La Divine* !... Allez ! Allez ! Au panier ! *Toutes mes femmes* ! Au panier !... Harold vous avez un peu d'encre dans votre encrier, un peu d'encre encore ?

— Non, Alan. Vous savez, je suis écrivain... j'en consomme beaucoup.

— Quel salaud ! Non mais quel salaud ! redit Tadeuz en hochant la tête de façon loufoque.

— Al... Voulez-vous que j'aille en chercher chez moi ?

— Non. Ça ne fait rien. Et puis j'ai beaucoup mieux que du whisky Hoover. Venez, Holgate. Vous allez connaître l'ivresse des ivresses... »

*

« De l'opium ?

— Non, pourquoi dites-vous cela ?

— Eh bien, j'ai entendu dire...

— On raconte n'importe quoi, Harold...

— Où m'emmenez-vous ?

— A la salle de projection. Vous allez voir le plus beau film que j'aie jamais fait. Vous serez la deuxième personne à qui je le montre. Et peut-être la dernière.

— Oh là là ! Obscène ?

— Soyez pas idiot, vieux pochard. »

Ils suivaient des couloirs obscurs en se guidant sur les seules veilleuses bleues allumées de loin en loin. Ils se sentaient vaguement émus et plus ivres qu'ils ne l'auraient voulu.

Enfin ils pénétrèrent dans cette petite pièce que Tadeuz appelait « la Chapelle ».

« Asseyez-vous, Harold. Je passe dans la cabine... »

Les lumières moururent doucement.

Sur l'écran, des formes floues s'animèrent et se changèrent en chair.

Un ange apparut, un adolescent.

Gustav.

Et ensuite, les images de ce film que Tadeuz avait tourné avec lui en Bavière.

Fleurs... Arbres... Terre... Ecorce moussue... Ciel... Nuages... Route... Eclair... Regard... Blanc... Neige... Abat-jour... Allumé... Eteint... Noir... Champ... Traîneau... Mouvement... Stries de patins sur la glace... Lueur à l'horizon... Stalactites...

Feu au premier plan... Cheval à l'amble... Galop... Orée d'une forêt... Naseaux frémissants... Hennissement muet... Peau... Peau caressée... Pincement... Œil... Paupières qui se ferment.... Noir... Nuit... Oiseau... Envol... Agonie d'un chien... Rire... Roue tournant à l'envers... Plis... Soie... Velours... Lin... Crin... Pierreries... Un masque que l'on ôte... Squelette assis dans la neige... Sables... Ecrin... Ouvert... Une goutte de sang... Fermé... Sang... Verre... Eclat du soleil sur le verre... Ciel... Nuages... Traces de pas dans la terre... Cri muet... Nuit... Cri muet... Nuit... Cri encore — muet.

« La beauté. »

Quand les lumières se rallumèrent, deux heures plus tard, Harold Holgate se retourna, ébloui : derrière la double vitre de la cabine de projection Tadeuz pleurait sans bruit.

Et plus tard il vit flotter sur la paroi de verre, devant le visage de son ami, un transparent masque mortuaire qui pleurait aussi.

3.

Les studios de la *Sky* étaient plongés dans l'angoisse : depuis trois jours Tadeuz avait disparu sans laisser de traces.

Les plateaux étaient pris d'une folie furieuse : les insultes pleuvaient, les gifles même, et les menaces de procès. Partout éclataient des crises de nerfs. Au *A,* un jeune premier avait boxé un assistant, lequel lui avait cassé trois dents assurées mille dollars chacune. Au *C,* dans un accès convulsif une chanteuse d'opérette avait brisé tous les objectifs d'une caméra. Puis le syndicat des machinistes s'était mis en grève, bientôt imité par le syndicat des musiciens. Enfin on avait appris le jeudi matin que le groupe de presse Hearst avait décidé de lancer une violente campagne contre « l'immoralité des productions Sky » et Ernie Walberg, le plus proche collaborateur de Tadeuz, balançait entre la démission et la révolution de palais.

La même consternation régnait sur le bungalow des Holgate : Harold n'était pas revenu et la tempête qui soufflait sur Malibu menaçait d'emporter le toit de la remise où jouaient les enfants. Tous les quarts d'heure, Patricia Holgate appelait Pearl Burns au téléphone et gémissait : Shirley avait fait pipi au lit, Jennifer était tombée de sa chaise, Nancy avait mis le feu aux rideaux et Rita vomi toute sa bouillie.

Ensuite, c'était au tour des metteurs en scène, des délégués de production et des stars, tous affolés de cette subite disparition du « Pharaon ».

Le jeudi soir, Pearl Burns, excédée, s'entendit répondre à Gloria Swanson :

« Ecoutez, je me fous de savoir si Shirley a fait caca mou dans son popot ou si Nancy a dégobillé sur Baby Jennifer ou si Rita s'est noyée dans son pipi.

— Quoi ? Que dites-vous, Pearl ? Qui vous parle de Shirley et de Nancy ?

— Oh, pardonnez-moi, madame. Je crois bien que je vais finir par pleurer.

— Mais, Pearl, où donc est passé Alan ? C'est insensé !

— Je vous dis que je n'en sais rien, madame ! Ce que je sais seulement c'est que mes nerfs vont lâcher. Ça oui !

— Voulez-vous que je vous envoie mon masseur cinghalais ?

— Pourquoi ?

— Il connaît des trucs pour calmer tout ça. »

Enfin, le vendredi matin on vit les deux hommes revenir aux studios d'Hollywood Boulevard, les yeux cernés, les joues bleuies d'une barbe naissante, les vêtements fripés et salis. Un agent de la police intérieure qui ne les avait pas reconnus à première vue voulut les arrêter.

« Ah non, ah non, ça ne va pas recommencer ! » protestaient-ils.

Ils n'avaient pas encore dessoûlé et riaient de plaisanteries bizarres qui n'amusaient qu'eux-mêmes.

« Mais, voilà ma cour ! » ricanait Tadeuz tandis que les équipes de tournage se massaient autour de lui pour lui faire part du désarroi général. « Harold, frappe dans tes mains et annonce : Messieurs, le Roi !

— Messieurs..., le Roi !

— Eh bien, Ernie, vous en faites une tête !

— Sky, nous avons perdu cinquante mille dollars en trois jours.

— Bah, nous les regagnerons en trois nuits ! Ne soyez pas crispé, Ernie ! Vous devriez vous amuser de temps à autre vous aussi ! »

Et Tadeuz, loin d'apaiser de ses conseils la petite foule des employés, commença d'évoquer avec force détails un « fameux speakeasy, sur la route de San Diego ». Harold et lui y avaient bu des cocktails « à en crever ». Vermouth et alcool de riz. Ou bien : champagne, curaçao, rhum et whisky. Après — seulement, comment être sûr que ça c'était passé après et non avant ? — après, lui semblait-il, ils avaient pêché au large de Santa Monica et le soir ils avaient couché sur la plage — « de vrais Robinson Crusoé ! » Sauf que, vers deux heures du matin, Robinson et Vendredi avaient eu si froid qu'ils avaient dû chercher un abri. « Je sais où aller ! s'était exclamé Harold. Une vieille amie de collège qui habite dans le coin, pas très loin d'ici ! » Alors il avaient longuement marché à tâtons dans l'obscurité vers une lanterne orangée qui clignotait, appendue au perron de bois d'une maison rose dont Harold assurait à Tadeuz qu'elle était bien « la maison de la divine Olga ». Ils avaient donc lancé des cailloux contre les volets à claire-voie et chanté en manière de sérénade : « Olga ! Olga ! Holgate est là ! Alan est là ! Olga, ouvre à Holgate, ouvre à Alan, Olga ! »

« Seulement, savez-vous, Ernie : ce n'était pas la maison d'Olga ! Et nous nous sommes retrouvés menottes aux poignets, à trois heures du matin, n'est-ce pas ? Ces enfants de salauds avaient appelé les flics de Santa Monica. Allez, au poste !... Les fumiers ! A trois heures du matin ! Et les flics qui voulaient nous inculper en plus ! Tapage nocturne, ils disaient ! Il a fallu que je sorte mon portefeuille. Un mois de leur salaire de merde ! Et le chantage à l'article à scandale : le Pharaon retrouvé soûl sur une plage de Santa Monica ! Quand on est ressortis, Harold a vomi sur le capot de la voiture de patrouille. Ça nous a coûté un autre mois de salaire !... Après... après... alors là, je me souviens encore moins de ce qui s'est passé. A part un match de base-ball qu'on a joué avec des pioches et des panneaux de signalisation abandonnés sur la route de Bel-Air ! Et puis ce drugstore où j'ai cassé une dizaine de verres. Vous savez, le drugstore avec le singe savant qui joue sur le piano le début de *Night and day*. Près du *Trocadéro*. Oh, bon sang ! Harold a voulu danser avec lui en l'appelant Garbo, et on nous a vidés. Greta qui était là riait comme une folle. Elle lui a dit : “ Vous savez, il n'est pas de la même race que moi ! ” Superbe n'est-ce pas ? Il faudra que je fasse noter ça au bureau des scénarios. Andy, vous me ferez un pense-bête... »

Les secrétaires étouffaient des petits ricanements vaguement scandalisés et les délégués à la production s'entre-regardaient, gênés comme s'ils eussent été les témoins d'une scène intime à laquelle ils n'avaient pas voulu assister.

Enfin, sourd aux doléances d'Ernie Walberg, Tadeuz entra dans son bureau et se laissa tomber dans le fauteuil directorial au haut bout de la table des conseils d'administration. Là, frappant du poing sur le sous-main, il commença d'haranguer une assemblée imaginaire avec une bouffonnerie qui fit rire Harold aux larmes :

« Messieurs, chers associés et bande de merdeux prétentieux. Je déclare la séance ouverte. Attendu que le cinéma d'aujourd'hui n'est qu'un tas de merde, attendu que les scénarios que vous me proposez sentent tous fort mauvais, attendu que Crotin Garbo et Bouse Croawford n'ont pas plus de talent que Caca Swanson et Pipi Negri, attendu que le spectateur n'est jamais rassasié de ces Coliques-Follies et autres Fiente-Stories, je déclare que dorénavant tout sera comme avant. Je continuerai donc de déféquer. Messieurs, chers associés, et bande de merdeux prétentieux, la séance est levée ! » Puis, redevenu sérieux, il manœuvra l'interphone : « Kathleen, qu'y a-t-il de plus pressé ce matin ?

— Recevoir John Gilbert, Monsieur. Ensuite il y a tests mais je suppose que vous n'y assisterez pas.

— Eh bien, envoyez-moi John à la salle de bains. Je le reçois immédiatement, il me savonnera le dos. Ensuite, j'irai jeter un coup d'œil aux tests, si vous le voulez bien.

— Certainement, Monsieur. Pardonnez-moi. »

John Gilbert était encore costumé d'un magnifique uniforme de hussard du Premier Empire lorsqu'il entra dans la salle de bains qui jouxtait le bureau. Lorsqu'il en ressortit c'était sans dolman ni shako : Tadeuz les lui avait empruntés par fantaisie.

C'est ainsi déguisé qu'il pénétra dans la salle d'essais. Mais malgré cet accoutrement bizarre il était évident pour tous qu'il était redevenu le maître absolu, le patron, « le Pharaon ».

*

En guise de bienvenue, Tadeuz avait déclaré :

« Aussi dénués de talent que vous soyez, sachez rester modestes. » Un de ces « skyismes » qui faisaient la joie des échotiers.

Sur le plateau violemment éclairé commençait le morne défilé des aspirants vedettes : jeunes gens sans talent, vieux cabotins pathétiques, figurants qui se jugeaient incompris, femmes du monde hystériques auxquelles des flatteurs avaient dit qu'elles étaient « beaucoup plus belles que Pola Negri ». Un acteur-maison, dont le rôle était un peu celui de bouffon du roi quand il se trouvait auprès de Tadeuz, leur donnait la réplique et s'ingéniait avec quelque cruauté à les faire bredouiller. Dans l'ombre, Tadeuz esquissait un imperceptible geste de la main et la sentence tombait de la bouche de l'assistant :

« Merci. Au suivant. »

Le rite était immuable.

Tadeuz, épuisé par sa longue bordée avec Harold, sentait qu'il s'assoupissait dans son fauteuil. Une nausée l'envahissait, un sentiment poignant de solitude et d'inutilité. Que faisait-il donc dans cet horrible studio qu'on surnommait *le Mausolée* ?

Il avait déjà enduré deux tirades du *Roi Lear* et murmuré méchamment :

« Ah, vous commencez par où les plus grands osent à peine finir ? »

Il avait subi les larmes et les minauderies de cinq ou six fausses ingénues dont les visages stérotypés se confondaient déjà dans sa mémoire vacillante. Et puis un numéro de duettistes soi-disant désopilants dont tous les gags tombaient dans un silence de mort.

« Merci. Au suivant. Le suivant est une demoiselle. Jude Jey. Vingt ans. Etudes primaires en Virginie. Théâtre amateur à Baltimore. A joué un petit rôle dans *Baisers* à Broadway. A figuré dans deux films de la R.K.O. Emploi indéterminé. »

Le curriculum vitae que l'assistant lisait d'une voix monocorde fut interrompu net par un fou rire de l'opérateur.

En montant sur scène la jeune actrice avait posé le pied sur un patin à roulettes oublié par les duettistes et elle était tombée à la renverse en proférant un « merde ! » retentissant.

Tadeuz avait rouvert l'œil.

« Savez-vous danser, mademoiselle ? »

Elle valsa quelques mesures mais c'était sans grâce.

« Un peu plus swing, pouvez-vous ? »

Elle n'avait pas le sens du tempo non plus.

« Savez-vous chanter ? »

Elle prit sa respiration et se lança dans *Mak' em laugh* ! — « Fais-les rire ! » — avec un tragique manque d'à-propos.

« Vous chantez toujours faux ou c'est seulement aujourd'hui ? »

Evidemment, si elle avait un bon agent, pensa Tadeuz, il lui aurait fait répondre une insolence : « J'ai toujours chanté faux, comme Caruso... » par exemple. Au lieu de quoi il l'entendit répondre platement :

« Aujourd'hui, je suis un peu... nerveuse.

— Sauriez-vous nous redire la même phrase mais une fois tragique, une fois comique, une fois snob, une fois paysanne ? enchaîna, imperturbable, le chef du service des tests.

— Quelle phrase ?

— Aujourd'hui, je suis un peu... nerveuse. Tragique d'abord. »

Elle avança d'un pas, face au sunlight.

« Aujourd'hui, je suis un peu... »

Et brusquement elle éclata en sanglots.

« C'était voulu, les sanglots ? » brailla le premier talent-scout aussitôt.

Oh, bon sang, pourvu qu'elle réponde oui ! implorait Tadeuz secrètement. Mais non, elle bredouilla des excuses indistinctes et sortit du champ en reniflant comme une enfant, tandis que l'assistant annonçait d'une voix indifférente :

« Le suivant est monsieur Brice. James Brice, s'il vous plaît... »

C'est alors qu'on entendit Tadeuz tonner à l'intention de sa secrétaire :

« Andy, prenez l'adresse et le nom exact de cette jeune fille. »

« Mais, Al, que veux-tu en faire ?
— Une star.
— Tu es fou ! Cette fille ne sait pas marcher, elle ne sait pas danser, elle ne sait pas sourire, elle ne sait pas jouer. Rien, elle ne sait rien faire. Ce ne sera jamais une actrice.
— Harold, je n'ai jamais dit que ce serait une actrice. J'ai dit que ce serait une star. »

4.

HAROLD HOLGATE
« LA DÉESSE DES SABLES »
— Nouvelle —

C'était ce jeudi où il avait plu des milliardaires ruiné sur la Cinquième Avenue. C'était ce jeudi où la petite fille des Vanderbilt était venue demander à sa grand-mère comment on cirait les chaussures et sur quel arbre poussaient les œufs au bacon, car sûrement elle devrait se débrouiller toute seule maintenant. C'était ce jeudi où les armuriers de Manhattan s'étaient trouvés en rupture de stock avant la fin de l'après-midi. C'était ce jeudi où Barbara Hutton avait téléphoné à son avocat pour qu'il lui expliquât la façon de faire les soustractions : si on tirait la barre au-dessus ou en dessous. C'était ce jeudi où le cuisinier philippin de Louis B. Mayer avait surgi à l'office et crié à ses camarades : « Faites vos valises, tout est fini ! » Ce jeudi où Patty Rockfeller tomba à demi évanouie dans la porte à tambour du Waldorf et gémit : « Steel est à 22, nous ne serons plus jamais heureux ! » Et longtemps après sa chute, le tourniquet de miroir et de verre argenté avait continué de tourner sur l'axe, projetant dans le hall les cent perles crème de son collier qui s'était brisé...

Mais nous savions que les larmes de l'affliction sécheraient vite.

Notre race américaine a l'ardeur et le courage insouciant des peuples primitifs. Déjà, tels des animistes qui ont eu à souffrir du tremblement de terre ou de l'ouragan, nous inventions dans la soirée de cette même journée une nouvelle et terrible religion ! Non pour oublier dans les délices de quelques nirvana ! Non pour confier à un Dieu de bonté et de miséricorde le soin de nous sauver ! Mais pour offrir à une divinité cruelle et belle le sacrifice de nos jeunes vies, mais pour avoir une raison de nous battre encore et ne point renoncer !

Ce jeudi-là, par la volonté de païens belliqueux et barbares qui peuplent les terres situées entre l'Atlantique et le Pacifique, ce jeudi-là, dans les premiers frémissements de la nuit, une déesse était née : Jude Jey.

Je veux être l'évangéliste de cette naissance ; cet avènement, je veux vous le raconter maintenant.

Sur les orangeraies de Cahuenga et les rocs rouges de Malibu, sur l'asphalte bleuté de Pacific Avenue et les palmiers altiers de Cielo Drive, le soir était tombé avec toute sa splendeur dorée, toute sa douceur d'été indien qui apaiserait longtemps encore les peines d'argent de la journée. Tout en haut d'Ocean Boulevard, poussée par les rafales contraires d'une brise chaude et acidulée, la une froissée d'un journal voletait comme un oiseau blessé avec son titre amputé — *Krach à Wall* —, et plus tard il irait planer au-dessus de la piscine de Mary Pickford avant de s'abîmer dans les eaux frémissantes de l'impluvium. L'heure bleue venait, mousseuse. Elle s'exhalait des pelouses à la façon d'une rosée, nimbait les arêtes vives des toits et le contour déchiqueté des branches, et puis elle baignait de son obscurité les trottoirs et la chaussée crépusculaires de Sunset Boulevard.

Là, dans un vaste palais de porphyre et de granit le Pharaon accomplissait ses ablutions lustrales. Un grand Nubien muet, les mains enduites d'un savon à l'ambre, lui passait le dos, un autre lui servait à boire.

Plus loin, dissimulée par une haie de mandariniers, une belle femme plongeait avec des cris effarouchés dans une vasque d'obsidienne et de marbre noir où infusaient des essences de lotus.

L'écho sépulcral d'un couloir voûté communiquait comme un fidèle messager ses rires, ses petites réflexions inachevées, ses mots d'amour, ses soupirs de volupté et, de temps à autre, le premier vers d'un refrain qu'elle chantait, toujours le même :

« Ce soir je me sens romantique... »

Plus tard, devant le paravent de miroir rosé de leur chambre à coucher, ils s'habilleraient avec lenteur, éprouvant une secrète jouissance au contact de ces tissus glacés, crissants et satinés, jetés en vrac sur un fauteuil.

Lui enfilerait une chemise à plastron boutonnée de brillants tandis qu'elle ferait glisser sur son buste le liquide moiré d'une combinaison de soie.

Puis, Chou le Chinois aiderait son maître à revêtir un habit à queue de pie en surah blanc cassé pendant que Zobeïda l'Indienne arrangerait sur le corps parfait de sa maîtresse le fourreau de crêpe couleur d'étain terni.

Mais lui voudrait nouer seul sa cravate de faille et elle enfiler sans aide ses longs gants de velours gris.

Les gants de velours gris ! Le Pharaon pourrait-il jamais les revoir ou humer leur parfum d'hamamélis sans aussitôt sentir son cœur battre plus fort, sans évoquer une fois encore cette aube magique où ils s'étaient aimés dans la Vallée de la Mort, Jude et lui ? Et aujourd'hui, en ce jeudi 24 octobre, à quelques heures du triomphe dont il ne doutait plus, il se souvenait aussi avec une sorte de nostalgie la veille de ce jour béni entre tous :

« Sky..., avait tonné Ernie Walberg à la réunion du matin, Sky ! je démissionne ! Je ne me ferai pas le complice de votre folie ! Jude ne sait rien faire ! Rien ! Elle n'a pas l'ombre du talent, elle est bête, capricieuse, et nonchalante. Sky ! Voici trois mois que dure la plaisanterie et nous avons en tout et pour tout trois plans en boîte ! Tout juste bons à foutre au panier, d'ailleurs ! Nous y avons usé cinq metteurs en scène. Et Ramon refuse de jouer avec elle désormais. Croyez bien que je lui donne raison ! Sky, ce sont des caprices de monarque vieilli, avouez-le !... Ils vont vous coûter une fortune ! Sans compter les dédits, les dédommagements et les procès ! Sans compter tous les frais de publicité qu'il faudrait engager sur le nom de Mlle Jey si un jour le film devait être achevé !

— Ernie, dans une heure Mlle Jey s'appellera Mme Sky. »

Et sur ces mots prononcés d'une voix douce et presque lasse, Alan Sky avait disparu.

Les héros du ciel ont-ils besoin de tonner et de s'emporter contre les mesquineries du monde ? Alors qu'il leur suffit de monter dans un beau bimoteur carrossé d'acier bleu ciel dont les ailes au ciel se confondent, pour oublier. Alors que le seul témoignage de leur présence sur cette terre peut n'être qu'une ombre portée, un gros taon qui glisse au-dessus des sables du désert et grandit sur Zabriskie...

A Zabriskie ils avaient atterri, Jude, son corgi et lui, le Prince des Etoiles.

C'est ici qu'il voulait la filmer, devant les dunes de quartz blanc de la Vallée de la Mort. L'idée lui en était venue dans la nuit : la Mort et la Beauté réunies dans un même mouvement giratoire de la caméra.

« Valse ! Valse, Jude ! Valse, valse avec la caméra ! Jude, souviens-toi que tu es la beauté ! »

Le talc de pierre voletait comme une mousseline au pied de sa robe à traîne... Et elle tournait, elle tombait, se relevait, tournait, tournait, tournait encore.

Les yeux mi-clos sous le soleil cruel du matin.

« Jude mon amour, tu relèveras tes paupières plus tard, quand je te cadrerai... N'aie pas peur mon amour ! Tu verras : tout ira bien !

— Al, je n'y arriverai jamais ! Je ne sais rien faire.

— Mais si, Jude. Oublie tout. Oublie ce qu'ils t'ont fait. Dis-toi que tu es la beauté... Oui !... Oui !... Jude, vas-y ! »

Il l'avait pressenti : le miracle se produirait.

Il s'était produit. Oui. Soudain, sans qu'il ait su pourquoi, elle avait souri et abandonné cette crispation qui l'enlaidissait. Il avait crié :

« Jude, continue, Jude ! »

Elle était transfigurée !

Et déjà, sans qu'il ait eu à le lui dire, elle enchaînait sur le plan suivant, ce plan qu'aucun des cinq metteurs en scène de la *Sky* n'avait su filmer :

elle ôtait son gant droit, lentement.

Elle roulait le fourreau de velours gris sur son coude.

Elle tirait sur les doigts, un à un.

Les portait à ses lèvres, les mordait.

D'un geste unique elle dénudait sa main qu'elle posait sur son épaule.

Elle caressait son menton contre les ongles vernis.

Puis, en profil perdu, peignant de sa main gantée ses boucles dorées sur sa nuque, elle entonnait de sa voix rauque qui le bouleversait... elle entonnait avec une émotion retenue, la première chanson du film :

« Ce soir, je me sens romantique
Faisons trois pas au bord du Pacifique,
Mon amour,
        Oh ! Vois là-bas à l'occident
Le soleil se noyer dans le sang... »

*

« Oh ! oui, mon amour, vois là-bas à l'occident, le soleil se noyer dans le sang », murmurait-elle en lui caressant la joue.

Et lui, étouffant un soupir où se mêlaient tendresse et ironie :

« Ce soir, je me sens romantique ! »

Dans la Rolls-Royce blanche décapotée que Chou conduisait, ils roulaient maintenant vers leur triomphe, au bord de l'océan qui leur parut la vitrine de quelque Tiffany pour géants, un jour que le joaillier aurait mis à l'étalage ses améthystes et ses lapis-lazuli.

Puis, comme ils passaient devant les studios de la *Sky*, un détachement de sept motocyclistes de la milice privée vint se former en aile au milieu de la chaussée pour ouvrir la route au roadster — leurs casques et leurs cuirs chromés brillaient doucement dans l'obscurité, sur les avertisseurs ils jouaient l'hymne de la *Sky* et Jude battait des mains comme une enfant.

Enfin, ils furent en haut d'Angel Boulevard, devant le *Sky Theater* et dans la belle nuit tiède qui leur sembla éternelle, un instant.

Tout s'embrasa comme dans une féerie.

Les pinceaux des phares de D.C.A. fouillèrent le ciel, repoussant d'invisibles ennemis. Dans un lent ballet, ils se croisèrent... Le portrait géant apparut : la bouche de métal, grande comme la porte d'un palais, les yeux de mica éclairés de l'intérieur par des lights bleutés, les cheveux pailletés d'argent que le vent qui soufflait de l'océan ne parvenait pas à décoiffer.

De hauts jets d'eau jaillirent des jardins pour rafraîchir son front,

La Déesse des sables
Jude Jey !

Alors, la foule en délire se mit à rugir.

Et déjà elle se désintéressait des autres dieux qui faisaient leur entrée, déjà elle se ruait au-devant de la décapotable blanche pour venir adorer la déesse inconnue.

Déjà elle scandait, elle hurlait son nom :

« Jude Jey ! Jude Jey Jude Jey Jude Jey Jude Jude Jude… Jude ! »

Que voulez-vous dire de plus ?

« Des dieux, dis qu'ils sont des dieux », a écrit je ne sais plus quel philosophe d'avant l'ère des images mouvantes.

Et pourtant, le modeste évangéliste que je suis aimerait ajouter ceci encore, rapporter ce qu'il vit dans l'éblouissement de l'aube tandis qu'il retournait chez lui, à Malibu, au volant de sa Ford 23.

L'écho des applaudissements, des ovations et des rires tonnait encore à leurs tempes… La gaieté de commande du dîner de deux mille couverts et de la party « Nuit blanche » qui avait clos la triomphale première mondiale de *la Déesse des sables.* Alors ils avaient voulu se promener une heure dans les embruns avant d'aller dormir et je les découvris qui arpentaient une longue plage de sable rose tandis qu'à distance respectueuse la Rolls les suivait au pas, comme pour les protéger...

Et soudain, elle avait jeté en l'air ses escarpins d'argent et couru vers la mer, bientôt suivie par lui qui riait...

Enlacés, ils se laissèrent tomber sur le sable mouillé, unis dans un baiser.

Que voulez-vous dire de plus ?

Moi qui suis un sentimental que la banalité de la vie n'a jamais su dégriser, moi qui pleure aux happy end des films de Jude Jey, moi qui ne peux écouter sans mélancolie Victoria Spivey chanter *Tenderly,* je redémarrai et quittai le terre-plein en contrehaut de l'océan, les yeux embués de larmes. Mais plus tard dans la matinée je me surpris à fredonner de ma voix éraillée la chanson du film, la chanson qui serait demain sur toutes les lèvres,

vous la connaissez :

« Ce soir je me sens romantique
Faisons trois pas au bord du Pacifique
Mon amour,
    Oh ! Vois là-bas à l'occident
Le soleil se noyer dans le sang... »

5.

« Chou, où sommes-nous ? » demanda Tadeuz.

D'entre ses doigts qui tremblaient un peu, le vieux numéro d'*Esquire* avait glissé sur le canapé de velours beige. Je le ramassai, puis, tandis que je passais au récurant les cadres d'argent des portraits de Jude Jey, j'observais à la dérobée le visage vieilli de mon maître, je détaillais ses rides adoucies et comme maquillées par la crémeuse lumière du matin que filtraient les stores. Il avait repris sa pipe d'opium et tirait une longue bouffée dont il avalait la fumée.

« Nous approchons de Nuremberg, murmurai-je, nous y serons dans une dizaine de minutes.

— Oh, mon Dieu ! mais ce voyage ne finira donc jamais : Nuremberg !... Munich !... Garmisch !...

Dans le wagon azur nous retournions en Bavière, au chalet *Shanghaï*...

Une dernière fois, il le savait... C'était pour y mourir, il l'avait pressenti... Là-haut, plus près des sommets, comme il sied aux rêveurs solitaires. Mais aussi par une manière de défi à la maladie : son vieux cœur fatigué battrait encore deux mois ou trois, les médecins me l'avaient dit, lui l'avait deviné. A cette altitude il aurait quelque chance d'agoniser plus vite, dans les dernières lumières de l'été, et réconcilié... Oui, ce serait par exemple à midi, alors qu'il serait assis sur le banc devant le lac où jadis ils avaient nagé, Mina et lui, Gustav et lui... Il s'affaisserait doucement contre le dossier, glisserait — tout serait dit. Ou bien ce serait un soir, rose et transparent, après avoir prêté une oreille amusée à l'écho d'un dernier ranz dans le lointain : sa main se porterait à son cœur sans qu'il y ait pensé et à l'instant où il y penserait, ce serait fini...

Il mourrait.

Il s'y était préparé comme à un voyage au long cours.

Il avait abandonné la *Sky* à ses employés, distribuant les actions de la société en parts égales, que le légataire fût Ernie Walberg ou le misérable Gold'eeth, le nègre chargé de nettoyer chaque matin sur l'arc de triomphe de l'entrée la sobre plaque de marbre qui portait ces simples mots gravés :

JUDE JEY
1909-1933
« Passant, souviens-toi d'elle...
elle était la Beauté. »

Puis nous avions traversé l'océan à bord du *Queen Mary* et, dès notre débarquement à Hambourg, il avait télégraphié à Liza Eckart et son fils qu'il voulait les revoir, les embrasser et leur léguer par héritage anticipé sa fortune personnelle.

Maintenant encore, il se rappelait avec émotion cet instant crépusculaire où il lui avait semblé que le cours inexorable de la maladie venait de s'arrêter : c'était à cette belle soirée de juillet où l'on fêtait les neuf ans de Tadeuz Junior. « Tadeuz l'Ancien » comme il s'amusait à se surnommer lui-même, « Old Tadeuz » comme l'appelait l'enfant en riant, « Old Tadeuz » ou le « Papa Pharaon », après avoir montré quelques tours de physique amusante et mangé deux verres à pied s'était mis à raconter à son fils ce jour où Liza et lui l'avaient conçu.

Et plus tard, tandis qu'il avalait une dernière coupe de champagne — vin d'abord et cristal après —, je l'avais entendu chuchoter :

« Mais oui, tout est possible encore ! »

Mais non, au fond de lui, au plus profond, il le savait : il mourait. Seule l'ébriété avait pu le tromper.

Il avait repris le numéro défraîchi d'*Esquire,* tourné quelques pages à la suite de l'article d'Harold Holgate. Depuis quelques minutes il lisait sans les lire des publicités pour des alcools, des vêtements, des automobiles, des appareils photo, des briquets... Retournait deux lignes plus haut, relisait sans plus comprendre.

Alors il fermait les yeux et il la revoyait comme il la reverrait toujours :

Jude bouffie et bleuie flottant dans sa robe du soir argent au milieu de la piscine.

Cette image, la mort l'effacerait-elle au moins de sa mémoire ?

Ou son âme devrait-elle en garder la trace à jamais ?

*

« Nuremberg ! Nuremberg ! Dix minutes d'arrêt. Les camarades S.A. se rendant à Munich : en tête du train, s'il vous plaît. »

Je relevai lentement le store.

Le quai de la gare n'était qu'une profonde haie brune : des troupes de jeunes S.A., groupés en carré autour de leurs étendards roulés dans des gaines, attendaient au garde-à-vous que le chef de chaque division leur donnât l'ordre de monter dans les wagons.

La plupart chantaient à bouche fermée un hymne guerrier.

Section par section elles montaient dans les voitures avec un ordre parfait mais, entre les rangées, les rares voyageurs civils se frayaient un chemin vers la queue du train, vaguement apeurés.

Soudain, étreint par le même inexplicable sentiment de frayeur je rebaissai le store précipitamment. Tadeuz m'appelait...

Il dut voir à mes traits que j'étais bouleversé car il me demanda :

« Chou, qu'y a-t-il ?

— Rien, Monsieur, rien, fis-je en reprenant une apparence de sérénité.

— Chou, voudriez-vous me chercher de la glace au wagon-restaurant... Il n'y en a plus ici.

— Mais certainement. »

Au même moment, le nasillard haut-parleur souhaita « bon voyage aux camarades S.A. » et le train s'ébranla.

Un seau d'argent à la main je m'avançai alors dans le soufflet, vers la tête du convoi où je savais que se trouvait le wagon-restaurant. Je remontai l'étroit couloir mouvant de cinq voitures de seconde puis de deux premières à peu près vides, enfin je poussai la porte vitrée du wagon suivant où une affichette était apposée qui indiquait à *MM. les Voyageurs* qu'il était *réservé à la S.A. de Nuremberg en excursion.*

Maintenant qu'ils étaient entre eux, sans témoins, les jeunes militants aux uniformes bruns se laissaient aller. La discipline avait fait place à cette gaieté nerveuse et vide qu'éprouvent les hommes entre eux, qu'ils soient soldats ou supporters d'une équipe sportive. Certains se soûlaient à la bière et riaient fort, d'autres jouaient au bras de fer, braillaient des chansons grivoises ou s'exerçaient au shadow boxing contre leur reflet sur les portières des compartiments. Et plus avant, deux jeunes officiers dansaient enlacés une sorte de java virile tandis que leurs camarades tambourinaient la mesure sur les banquettes devant lesquelles ils s'étaient agenouillés.

J'endurai quelques quolibets : « Le Chinetoque ! Bouton-d'or ! Face d'œuf ! Le macaque ! » Et je hâtai le pas, me cognant les épaules aux montants de cuivre des fenêtres du couloir qui tanguait plus fort à mesure que le train prenait de la vitesse.

C'est avec appréhension que j'ouvris la porte du soufflet suivant.

Je m'avançai dans le fracas métallique vers le prochain wagon...

Quand je le vis ! — ses cheveux blonds, ses yeux bleu délavé, sa fossette au menton — oui :

« Gustav ! »

Il sortait des toilettes en reboutonnant la braguette de son uniforme, lissait ses boucles sur le front, réajustait sa casquette à jugulaire devant la vitre qui lui renvoyait son reflet.

Puis il m'aperçut derrière, dans l'obscurité.

Je reculai. Il m'avait reconnu.

« Chou ! »

Et soudain, la terreur me submergeait : je savais, je savais déjà, obscurément... Je pressentais qu'il viendrait vers moi.

Je reculai encore d'un pas.

D'un coup d'épaule il ouvrit la porte du soufflet tandis que je refermai devant moi celle qui la précédait.

Il avançait toujours, avec une grimace de menace qui découvrait ses gencives.

Alors, lui tournant le dos, je me mis à courir, à courir.

Je remontai en sens inverse la suite des wagons, vers la queue du train.

Mais des rires, des rires se rapprochaient et le piétinement de brodequins cloutés et de bottes qui sonnaient sur les plaques de métal des soufflets.

Combien de voitures encore ? Quatre — trois — deux — une…

« Monsieur ! Monsieur ! ouvrez-moi », criai-je en tambourinant des poings sur la glace sans tain du wagon bleu. « Monsieur ! »

Mais déjà la petite horde qui se formait derrière Gustav était sur moi, me pressait contre la porte, me rouait de gifles.

Quand Tadeuz ouvrit le loquet, il était trop tard : derrière moi ils s'engouffraient, le bousculant et le jetant à terre.

« Je le connais, je le connais ce youpin, ce sale pédé ! Je le connais, il a voulu m'enculer ! hurlait Gustav. Tadeuz, salaud ! youpin ! pédé ! Tiens ! Tiens ! »

Oublierai-je ?

Oublierai-je un jour le choc mat des poings et des souliers sur la chair qui se tuméfiait, le crissement des fers le long de la chair lacérée, les veines qui éclataient, le sang qui éclaboussait les tapis et le mobilier ?

Tandis que trois des S.A. me maîtrisaient d'une clé aux jambes et aux épaules, Gustav et deux de ses camarades armés de pieds de lampe s'acharnaient maintenant sur le crâne et le bas-ventre. Tadeuz, baignant dans son sang et ses vomissures, ne bougeait plus.

Puis il eut un sursaut d'agonie et je parvins dans un effort désespéré à me débattre, atteindre le signal d'alarme, le tirer…

Je tombai évanoui tandis que le train freinait dans un crissement infini.

*

« Eh, le chinetoque ! »
Je revins à moi.

Le convoi était arrêté en plein champ et Gustav traînait le corps par les aisselles pour le jeter sur le remblai du ballast.

Ses camarades s'étaient tus : immobiles et bras croisés pour la plupart, ils le regardaient faire.

Des cris d'horreur s'élevaient des wagons voisins mais plus loin, parmi les applaudissements et les rires, on entendait un officier S.A. qui tonnait :

« Vos gueules, les pékins ! Mort aux capitalistes ! Mort aux pédés ! Mort aux youpins ! »

Puis je vis Gustav retourner le cadavre visage contre terre, lisser la robe de chambre sur toute la surface du dos, ramasser un morceau de charbon et tracer sur le surah blanc en grandes lettres gothiques, ce simple mot :

Jude

*

Tadeuz ne croyait pas à la mort ni à l'oubli. Tadeuz croyait aux ciels d'été à midi et aux sortilèges de minuit qui sonne au loin. Il croyait en ces scintillements qu'on voit danser sur la mer lorsque la nuit est claire, il croyait en ces lents envols d'oiseaux des îles à la poupe d'un steamer. Et il avait foi en la chouette lorsqu'elle lance sa plainte au plus obscur de la forêt. Il croyait en le sable, blanc et brûlant, qui glisse doucement d'une dune et la nivelle à ras de l'eau ; croyait en l'heure bleue quand elle descend sur la ville où, quelque part, quelqu'un vous attend que vous ferez attendre un peu. Il avait voulu croire aussi à la réalité de cette écuyère en maillot pailleté et panache qu'il avait vue s'entraîner un jour au bord du Pacifique déchaîné ; à la réalité de ce violoncelliste qu'il avait entendu jouer un soir au bout d'un embarcadère sur le lac de Constance, et face au crépuscule. Tadeuz croyait à la musique. Au bruit. A l'or. A la richesse. A la lumière. A la beauté. A l'élégance — tant celle du vêtement que celle du cœur. Il croyait à l'amitié, c'est-à-dire qu'il lui déniait d'être moins que l'amour ou autre chose. Et Tadeuz croyait à l'amour. Il croyait au murmure amoureux sur les lèvres, aux larmes qui glissent, furtives, du coin de l'œil contre le nez et ne sont essuyées que sur la bouche, au cœur qui bat plus fort soudain. A l'amour, à la création, ces divinités gémellaires si semblables à la Mort et à son frère, le Sommeil — ces autres jumeaux de la Mythologie.

Il y croyait parce qu'il avait toujours cru que nous sommes sur cette terre non pour la changer mais pour nous parfaire et, partant, la rendre ainsi meilleure, elle aussi. Il savait que le bonheur est à ce prix. Non à celui d'un quelconque renoncement de soi dans un Dieu, une Idée, un Parti.

Chacun sur cette terre peut aller plus haut, il le croyait. Chacun pourvu qu'il en eût la volonté, pouvait de son corps à peine ébauché de la boue faire celui d'un athlète, de son âme celle d'un héros antique, de son destin un substitut à la Grâce. De sa destinée, la Grâce !

Tadeuz croyait avec Goethe que « celui qui toujours s'efforce de se dépasser, celui-là, nous pouvons le sauver ».

Il croyait aux étoiles : à la sienne comme à ces supernovae qui semblent exploser sans bruit au milieu de la nuit, surgies des limites de l'univers, mais sont déjà mortes, à la vérité, il y a de cela des années-lumière...

Tadeuz avait assez d'esprit pour ironiser sur son incurable romantisme, assez d'humour.

Il croyait à l'éternel retour.

Il ignorait que si nous revenons sans cesse, ce n'est, hélas, pas vers notre être mais vers notre néant.

ÉPILOGUE

Mais les dieux ne meurent pas, les héros ni les stars. Sitôt le rideau baissé ils se relèvent pour venir saluer, bisser, chanter encore et danser. Ils revivent. Ce qu'on a vu n'était qu'un simple numéro de voltige dans la suite féerique des tableaux.

Ballet, claquettes, acrobaties, revue, mimes et parades : le show continue !

C'est devant d'autres cieux...

Ciels pastel, roses et bleus. Ciels satinés, blanc, violet, pourpre, ponceau, ocre, saumoné. Ciels d'argent, d'or, de vermeil ou de platine. Ciels nickelés, chromés, enluminés, diaprés. Tantôt fluorescents, tantôt phosphorescents ! Ciels des capitales du plaisir : New York, Londres, Paris ! Où des néons clignotent dans la nuit : Broadway, Pigalle, Piccadilly ! Ciels des mers du Sud ou de l'ancienne Russie. Ciels de scène !... Les nuages y sont de gaze ou de tulle pailleté. Les pluies de strass et de verroterie. Les turbulences, suaves, annoncées par des coups de cymbales à l'orchestre. Les orages ne mouillent pas. Les neiges sont parfumées et un machiniste en uniforme de fantaisie semé d'étoiles les déblaye devant les pas légers des danseuses. A chaque refrain c'est une éclaircie ! Un lever de soleil ! Un midi ! Et d'innombrables arcs-en-ciel s'embrasent d'un seul coup de doigt du régisseur sur le jeu d'orgue. Une autre pression, délicate, fait naître les vents qui soufflent en rafales... Ils apportent les saisons. Toutes quatre en un instant, le temps d'une chanson ! Voici l'Hiver : la meneuse de la revue couvre ses épaules nues de zibeline, d'astrakhan, de vison, et sa traîne est de renard bleu !... Le Printemps : une gentille fleuriste coiffée de camélias passe entre les tables, offrant ses roses et son lilas. L'Eté est figuré par un ténorino de variété qui chante Capri *et la* Mer *sous le soleil aveuglant des projecteurs. A l'Automne, ce sont des feuilles rousses en papier qui tombent des cintres par brassées. Les rideaux peints du manteau d'Arlequin referment le crépuscule sur le nouvel hiver qui vient : la belle saison est éternelle ici-bas, sur cette terre. L'hiver ne reviendra pas : sur les planches et face aux jeux de la rampe, le temps s'est arrêté.*

Mais déjà, dans les coulisses, Stratus, Cumulus et Nimbus se bousculent. Une habilleuse gonfle à la hâte leurs costumes de baudruche blanche floquée de mauve et de gris. A chaque expiration du soufflet leur apparence humaine disparaît un peu plus sous le vêtement pneumatique. Boudinés comme des bibendums, pataudds, embarrassés, les trois comiques glissent vers l'avant-scène en entonnant d'une voix de fausset :

« O-o-oh ! Le vilain Stra-tus !
O-o-oh ! L'affreux Cu-mu-lus !
O-o-oh ! Le hideux Nim-bus !

N'est-ce pas qu'ils vous effraient ?
Ils pourraient exploser
Et la pluie tomber !
Le ciel est si fragile,
Si fragile il est ! »

Alors, la toile de fond est déchirée. Le firmament s'effondre à terre et s'y pulvérise. Tout croule !... Fracas ! Fumée ! Poussière dorée ! Un grand brouillard de paillettes retombe doucement, jonchant de strass les tables, saupoudrant de mica et d'argent les coupes de champagne, les bombes glacées, le caviar.

Serait-ce la fin du monde ?

Non ! Voyez boys et girls empanachés descendant le grand escalier ! Voyez-lez : dix, vingt, cinquante, cent ! D'un pas majestueux et régulier ! Voyez les marins en uniforme de satin levant en cadence leurs bras blancs et poudrés vers le ciel et les laissant redescendre souplement, comme des ailes. Voyez leurs fiancées se dégageant d'un fouetté, avançant au pas militaire, tournant, valsant, sautant en l'air. Voyez-les ! Ils paradent, ils sourient, ils dansent et ils chantent la magie d'un monde où tout est si facile et beau. Si fragile !... Ils rechantent en chœur les refrains merveilleux du bonheur, de l'universelle harmonie ! La vie en rose !... Après les marins et leurs fiancées, ce sont les cow-boys, les Argentins, les Russes, les clowns, les pirates, les petits marquis, les hommes des bois, les Anglais à chapeau melon, les Français à canotier, les Tyroliens, les Romains de l'Antiquité, les beaux toréadors et leurs Andalouses, les danseurs mondains, les fous et les soldats — tous en scène ! Monsieur Loyal les fait manœuvrer à la badine et au fouet ! Descendre l'escalier, le monter, redescendre et remonter encore... Jamais ils ne s'essoufflent ! Jamais ils ne souffrent ! Oh ! Voyez les Dieux tout en haut des marches de miroir bleu ; en contrebas, les Divinités : voyez ! des lights, aussi puissants que des phares de défense anti-aérienne, se croisent en faisceaux sur les sequins d'or de leurs justaucorps, sur leurs capes rebrodées, sur leurs panaches de plumes feu, leurs cothurnes écarlates, leurs gants à crispin, leurs muselières de perles, leurs harnais en jais ! Des poursuites *tirent de la pénombre violacée leurs regards si clairs, leurs cheveux d'argent, l'émail de leurs dents, et l'on devine les sourds battements du cœur sous les gilets de pierrerie ! Voyez, le feu de Bengale les éblouit !*

Alors, extatiques, ils s'inclinent et saluent.

Et puis, dans un coin du tableau — mais les avez-vous seulement remarqués ? — côté cour, entre tulle et velours, Nimbus, Stratus et Cumulus qui continuent de tourner sous les flots et les flots de mousseline mauve qui tombent des cintres et moussent autour d'eux, à leurs pieds.

Plus haut, ils sautent ! Plus haut encore, devant l'infini !

Ils chantent Un ciel si fragile — *voyez-les !*

*

A4 Et moi, maintenant, voyez-moi ! Voyez-moi au plus beau jour de l'été 1939 — le 30 août. Un instant avant que le rideau ne se lève sur le dernier show de l'Occident, un instant avant que Démocratie, la vieille Chorus-girl trop fardée, ne monte la rampe douce de l'escalier qu'elle redescendra en grand tralala au final... Voyez ma silhouette aiguë et dégingandée découpée d'un grand ciel crépusculaire, ensanglanté à l'horizon, bleu encore au-dessus de ma tête, là où l'Ourse est apparue au premier chant des oiseaux de nuit. Voyez mon ombre interminable jetée comme une flaque derrière moi...

Emu, le cœur batailleur, les tempes perlées de sueur, je marche vers la tour d'envol des aérostats de Schoenfeld. Dans mes pas, Dora, ma vieille gouvernante asthmatique, la seule personne à m'aimer qui me soit restée sur cette terre où je suis orphelin de père et de mère désormais. En retrait, comme il sied à sa rampante obséquiosité, un porteur, un affreux gnome édenté qui bave de la salive et une longue plainte mêlées sur le diable où s'entassent nos valises, nos malles, nos caisses. Et tout ce que je n'ai pu y faire entrer, pourtant aidé de Dora que je revois encore geindre d'abord et puis, pour la première fois de sa vie peut-être, s'emporter, à genoux dans les plis amples de sa robe bleue à col blanc, sur le tapis de la salle à manger jonchée de jouets :

« *Ah non, Tadeuz, pas ça, pas ça aussi !... qu'en feras-tu là-bas ? Dans la pampa !... Tu n'as plus cinq ans, tu ne crois pas que je vais m'encombrer de ton cheval à bascule... Ou de cet affreux coucou qui pèse une tonne...* »

Mais ç'avait été mon ultime caprice d'enfant — mon premier caprice d'adolescent — d'aller rechercher dans le grenier de notre villa les jouets et les souvenirs auxquels je n'avais pas touché depuis des années.

Dans la pénombre vert sombre qui vibra lorsque

j'ouvris la trappe, ils étaient tous là, soigneusement rangés sur des étagères. Par un étroit vasistas biseauté, un pinceau de jour poudreux frappait les alambics de mon « *Jeu du Petit Docteur Faustus* » *dont les verres diffractaient des ocelures sur la charpente du toit et jetaient des débris d'arcs-en-ciel qui flottaient dans l'air. L'alchimie du Temps les avait coulés dans une autre matière, une matière unique et dense, douce au toucher, faite de poussière, de moisissures, de chiures de pigeon, de toiles d'araignée, de mucosités de larves et d'insectes morts dont les élytres et les viscères se décomposaient à la pâle lumière. Elle les avait minéralisés, fossilisés et comme fondus à un passé plus vaste que le mien : celui de l'Univers et ses mystères muets. Déjà ils n'étaient plus que des témoins vaguement hautains et hostiles, ou peut-être les objets indéchiffrables d'une archéologie à venir :*

cette maquette d'acier brossé reproduisant au 1/50ᵉ le monoplace de mon père, le Prince des Etoiles *— dans un sac de cellophane posé à côté, les pièces du moteur miniaturisé —,*

pendu à l'aile comme à une patère, son serre-tête de cuir chromé que je m'enfonçais sur le crâne, jusqu'aux sourcils,

ses lunettes d'aviateur dont la monture de caoutchouc rouge s'était desquamée en séchant et dont les verres avaient été dépolis, comme meulés par la saleté. Pourtant, je ne les nettoyai pas. Ils m'étaient la vive pincée de cocaïne ou la bouffée d'opium lorsqu'elle introduit ses altérations poétiques dans le champ de la perception. Sous ce crayonnage couleur de plomb, tout m'apparaissait gris, hachuré, strié, étouffé aussi, pulvérisé. Il me sembla que je retournais dans les jardins ternes de la douce idiotie infantile... C'étaient là mes jouets, mes jeux, mes objets rituels, mes grigris, mes fétiches,

les livres de ma mère,

les miens,

ce Robinson Crusoé *qui portait en exergue les seuls mots écrits que mon père m'eût jamais adressés :* « Tadeuz chéri, tu l'apprendras plus tard : on est toujours seul. Il n'y a pas de Vendredi »,

mon cheval à bascule,

mon train mécanique qui n'était pas rangé dans sa boîte mais posé sur son cercle de rails. Trois tours de clé le remirent en marche — au milieu de la rame ce wagon que j'avais barbouillé à la gouache et sur lequel j'avais écrit : Voiture privée d'Alan Sky —,

les calendriers de 35, 36 et 37 illustrés de photographies des Concours de Gymnastique de Nuremberg,

un portrait d'Hitler,

un plumier volé à une petite fille que j'avais aimée — Lola, oh ma Lola, se peut-il que tu te souviennes de moi encore ? —,

un coucou-clock à vapeur qui sifflotait toutes les heures le Horst Wessel Lied,

et puis, dans un coffre de bois clair (qui, lui, entonnait le Tannenbaum *lorsqu'on en soulevait le couvercle), protégés par du papier cristal, les grands cahiers où j'avais réunis toutes les coupures de journaux qui concernaient mon père, les chemises de bristol où s'entassaient les centaines et les centaines de clichés que j'avais patiemment collectionnés pendant des années et rangés par genre — oh ! la troublante odeur de colle et de vieux papier — :*

Tadeuz Alansky héros du ciel : *Devant le* Prince des Etoiles. *Sur le front de la Somme. Photographié par lui-même au-dessus des nuages, les traits déformés par le vent. Réparant son moteur. Buvant du schnaps avec son mécanicien. Dans la neige, méconnaissable sous sa combinaison fourrée. Etc.*

Tadeuz Alansky réalisateur : *Sur un radeau dans les studios T.A. Une pause pendant le tournage de* Tristan et Isolde. *Conseils de maquillage à Mina Heide. Conversation avec Emile Jannings. Repérages à la côte 104. Etc.*

La vie mondaine de Tadeuz Alansky et d'Alan Sky : *La première de* Cléopâtre. *Le gala d'inauguration du Sky Theater. Dîner avec la presse. Remise du Grand Prix du meilleur film. Bal costumé, Sunset Boulevard. Potins avec Louella Parsons au bar du Beverly Hills. Barbecues devant la piscine. Un autre aspect de la soirée « Cow-Boy ». Etc.*

Tadeuz et les femmes : *Mina Heide en robe du soir de lamé — je lui ai griffonné des moustaches et des lunettes. Mina et mon père se promenant dans la Forêt-Noire — il l'embrasse, elle est barbue, pourtant, sur cette photo-ci, et elle lui tire une longue langue de vipère dessinée à l'encre violette. Mina au Gala de bienfaisance des infirmes de guerre — elle aussi a une jambe de bois, on dirait un vieux pirate des Caraïbes. Jude, maintenant. Jude Jey en tenue de tennis — une grosse bite et des couilles velues dépassent de sa jupette plissée. Jude Jey le jour de ses vingt ans — mon père lui tend une coupe de champagne qu'elle ne peut pas voir : elle a les yeux crevés à coups de ciseaux à broder... Jude, Mina, Mina, Jude, Jude, Jude, Mina encore. Et, tout au fond de la pochette cartonnée l'unique instantané où Tadeuz Alansky et Liza Eckart sont réunis* — photo-montage exécuté par Tadeuz Eckart, août 1933.

Eh bien, pouvez-vous m'imaginer, six ans après, qui vais d'un bon pas vers l'aérogare des Zeppelins, emportant avec moi ma jeune et infidèle mémoire, mon jeune passé et ces quelques vestiges dérisoires entassés sur un chariot de métal dont les roues grincent avec mélancolie dans le soir ?

Si chaude a été la journée que le ciment des pistes et le métal des tours d'amarrage semblent en fusion. L'air, opaque, immobile, décompose la lumière volatile par petites touches juxtaposées, par à-plats de couleurs qui, sous le vent, viennent à vibrer parfois — doucement. Alors, de brèves phosphorescences embrasent le contour des arbres et des haies. Puis, tout se fige à nouveau et, seuls, des corbeaux en nuée vont à tire-d'aile vers un lointain nuage qui se délaye au ciel comme, à l'eau, une lourde absinthe. A peine peut-on respirer.

« Tadeuz, gémit Dora, jamais je n'y arriverai. Attends-moi, Tadeuz, attends-moi. Nous ne sommes pas encore dans la pampa. »

Au bout de la longue allée rectiligne est un vaste palais de béton plaqué de granit et précédé d'un perron de porphyre dont les onze marches plates, polies comme un cratère antique, conduisent à une porte trapézoïdale de cénotaphe. Point de fenêtres de ce côté-ci. Et point d'autres décorations que deux immenses croix gammées de mosaïque dorée encadrant un aigle aux ailes déployées qui tient entre ses serres une hélice...

Sur les murs de la salle d'attente des premières classes, entre les grands 1 gothiques qui désignent aux secondes, massés derrière un galandage de cubes de verre, le monde inaccessible des maîtres, trois grandes fresques triomphales le représentent à trois moments de son voyage intercontinental : Le Persée.

Camaïeu de brun et de gris bitumeux — il survole Hambourg. Camaïeu de bleu et de blanc pur — il passe au-dessus des icebergs de l'Atlantique Nord. Camaïeu de jaune orange et de vert — il atterrit quelque part en Amazonie ou en Australie.

Et puis — camaïeu de rose, de sang et de feu — derrière une grande baie concave qui vitrifie et rehausse d'un vernis léger ses teintes crépusculaires, la fresque de la réalité : un gros tas flasque de caoutchouc couleur chair, appendu comme une hideuse hernie au sommet de la tour d'envol, à la croisée des feux de D.C.A.

260 mètres de long et 60 de diamètre. Six turbines de 10 000 chevaux-vapeur. 28 hommes d'équipage et un commandant amenant en trois jours, à New York, 80 passagers de 2e classe et 24 de 1re dans des conditions de confort et de sécurité inégalées — *je lisais, dubitatif, le dépliant qu'un voyageur venait d'abandonner sur la banquette. Je ne voulais pas m'avouer ma déception : mais était-ce bien cela le* Persée *?*

Dans le grand salon surchauffé les voyageurs entraient les uns après les autres, affectant ce détachement que l'on feint toujours à la porte d'une salle d'attente. Ils avançaient de quelques pas, hésitaient, puis venaient s'affaler sur les banquettes alignées contre la fresque aux icebergs, irrésistiblement attirés par cette fraîcheur figurée. Moi, je m'abandonnais, le front contre la saignée du coude, et je fermais les yeux. Je refusais de voir Dora accomplir ce que j'avais secrètement souhaité qu'elle accomplît : dans les grand paniers métalliques alignés sous les croix gammées de marbre noir, elle jetait mes jouets — mon cheval à bascule, mon coucou-clock, mon train miniature, le plumier de la petite Lola. J'en concevais une joie nouvelle pour moi ! « Adieu Kroumi le dada, adieu à la voiture privée d'Alan Sky, adieu Bichon, le coucou siffleur de l'hymne nazi, adieu Lola, adieu ! »

Quand je rouvris les yeux, Dora s'en revenait d'un pas égal qui dissimulait mal son émotion et la honte qu'elle éprouvait d'avoir ainsi fait violence à son humilité naturelle. Je l'embrassai.

« Dora, murmurai-je à son oreille, la pampa !

— Oh, regarde, s'écria-t-elle, regarde Tadeuz ! »

Je tournai mon regard vers la baie d'observation. Les voyageurs s'étaient tous levés pour s'en approcher et manifestaient bruyamment leur admiration : dans un brouillard de talc et la rumeur basse et profonde des compresseurs, des jets sifflants d'hélium commençaient d'insuffler sa forme à l'aérostat. Sous la pression, le taffetas gommé se tendait et l'on distinguait déjà sur le gouvernail le numéro d'immatriculation dont les chiffres se démêlaient jambage après jambage.

— « 0714 » annonça un touriste hilare.

— « 07148 » précisa un autre.

Puis ce fut au tour des caissons de la partie médiane de perdre leur flaccidité. Sur le flanc du cigare, la grande croix gammée enflait et durcissait, ainsi qu'une effigie de Persée tel que Benvenuto Cellini se l'est représenté — le demi-dieu dressant haut la tête de Méduse dont le regard pétrifiait. Enfin, la lente pulsation des pistons se changea en un halètement assourdissant et, bientôt, l'immense objet ithyphallique, flétri et fané, se tuméfia tout entier, s'affermit, acquit sa pleine rigidité. Des hommes applaudissaient et se congratulaient comme si c'était là leur victoire. Des femmes baissaient leurs voilettes sur leurs fronts rougissants ou étouffaient un cri dans leur gant. Et l'on imaginera aisément l'émoi que connut ce puceau tourmenté par la puberté que j'étais alors, à la vue d'un tel attribut turgescent, rose et luisant.

Un peu plus tard, le dirigeable pivota doucement sur son axe, présentant au regard son autre flanc sur lequel apparut le nom épelé en lettres triomphales : Persée.

Persée — le mortel fils de Zeus et de Danaé est un bel adolescent, gracile encore, mais dont la musculature de guerrier se dessine déjà sous le poli de la peau de bronze. Il est casqué comme Mercure et ceint du baudrier d'une longue épée qu'il tient, ensanglantée, à la main. De l'autre, il tend la tête tranchée de Méduse, l'horrible Gorgone. Il est l'image du défi au Mal et à la mort. Mais de l'enfant il a encore le sourire fanfaron et cette fatuité amusée dans le mouvement des épaules. Nul remords dans son geste, nul doute : il triomphe et il est simplement fier d'avoir triomphé.

Persée monte Pégase le cheval ailé.

Du nadir au zénith, ils vont l'amble à travers les sept ciels. Ils voient des aurores naître entre les nuages, des nuits tomber, chargées d'étoiles, des arcs-en-ciel ouvrir l'éventail de leur prisme sous lequel il faut baisser la tête pour ne pas heurter son front aux couleurs — rouge, rouge et bleu, couleur du feu, vert d'eau, violet. Ailleurs des orages crépitent et Pégase cabre chaque fois que la foudre éclate entre ses sabots. Il déploie ses ailes pour chevaucher plus loin, dans un crépuscule serein. Persée, dressé sur ses étriers, voit la nuit qui tombe sur la terre. Il galope entre les étoiles : voici le Chien et voici Sirius, voici Bételgeuse et les Gémeaux, voici la Voie lactée et voici Cassiopée. La fille de Cassiopée, Andromède, a été liée par les Néréides sur son rocher. Un monstre affreux, à écailles et les yeux globuleux, s'apprête à la brûler de son haleine avant de la dévorer. Elle crie son désespoir et supplie. Persée plonge du ciel sur la crête des flots, retenant Pégase au licol. Il lui suffit de tendre la tête de méduse devant les yeux du monstre pour qu'il meure, pétrifié. La mer se referme sur le corps de pierre. Alors Persée délivre Andromède de ses liens. Il l'épouse, puis repart dans les airs, chevauchant sa monture ailée.

Persée — *quel nom eût pu mieux évoquer la sauvage poésie des voyages en dirigeable la nuit ?*

Je refermai les volets du dépliant illustré, je m'abandonnai à la rêverie.

Nous avions embarqué, pris possession de nos cabines, assisté à l'émouvant largage des amarres, retenu notre souffle quand les turbines avaient mugi... Et maintenant que nous avions fini de dîner dans la salle à manger de métal et de cuir noir, nous voguions sans bruit, à la dérive, parmi les Dieux des mythologies mortes qui peuplent de leurs cadavres l'infini — ces divinités devenues poussière astrale, ces monstres, ces héros, ces chimères changés en braises sidérales il y a de cela des années-lumière.

« Be-elle nuit, O Dou-ouce nuit
Souri-is à nos ivresses ! »

Et telle était la fatuité de mes quinze ans que je ne doutais pas que nous fussions nous aussi des divinités, nous qui pouvions observer des vitres panoramiques du salon le vaste océan au-dessus de nous, noir et argent, la lune verte, à notre hauteur, d'autres planètes sœurs, plus haut... Nous les premières classes dont la liste des noms était affichée à la porte du restaurant :
Colonel Burging — ministre plénipotentiaire —,
M. Flakhen — banquier — et Mme,
M. Morales — négociant en viande —,
M. Gonçalvô — idem —,
Baron von Baum — industriel —,
*M. *** — retraité —,*
Mme von Hauerstahl,
Princesse Wahringen-Hohengau,
M. Kreisler — agent de change —,
M. Eckart — collégien — et sa gouvernante,
Dame Lia Della Volpe — diva —.

Cette dernière divinité exerçait sur moi une véritable fascination : figure de proue au buste démesuré fiché sur deux jambes grêles et sanglé dans une bizarre cotte de mailles en tricot doré, elle roulait des yeux égarés dans un visage plus maquillé que celui d'un clown blanc et ne cessait de pousser des petits soupirs d'effroi :
« Oh ! Ah ! Non ! Mon Dieu ! »

Pour ajouter au mystère, on murmurait qu'elle avait contraint son mari, qui était aussi son imprésario, à voyager en seconde.

Après le dîner, le commandant lui avait demandé de chanter pour le plaisir des passagers. Elle avait minaudé, protesté qu'elle n'avait rien de prêt, mais, enfin, s'était laissé vaincre et, maintenant, ouvrant une large bouche cariée et faisant tressauter à chaque inspiration les faux diamants de son collier, adossée à la main courante du pont-panorama et devant la nuit, elle exhalait une sorte de miaulement terrible :

« Be-elle nuit, O ! Dou-ouce nuit
Souris-is à nos ivresses !
Nuit plus dou-ouce que le jou-r,
O be-elle nuit d'a-mour ! »

Ainsi nous installions-nous dans cette existence un peu factice des voyageurs au long cours, dans cette vie faussement communautaire faite de gaieté forcée et d'amabilité de commande.

Moi, le seul mineur à bord, j'étais « l'intéressant orphelin et sa si gentille gouvernante », une entité très romanesque à laquelle j'essayais de me conformer pour ne pas décevoir tous ces passagers qui voulaient s'occuper de moi : les deux Argentins marchands de viande qui tentaient de m'apprendre les rudiments du tango — « pour quand nous serons dans la pampa », disait Dora —, le diplomate en mission de paix qui m'offrait des petites croix gammées à épingler au revers des vestons, la princesse qui souhaitait « être comme une mère » pour moi et me gavait de chocolats…

Et puis, au-dessus de toutes ces flatteuses protec-

tions, celle plus prestigieuse — mais plus ombrageuse aussi — du commandant : un impressionnant dignitaire nazi, géant balafré à la poitrine bardée d'autant de décorations qu'il y en a représentées sur les planches en couleurs des encyclopédies, et dont la peau très rose aux endroits des blessures et des cicatrices chirurgicales, s'était, partout ailleurs, parcheminée à la façon d'un vieux chagrin.

Il m'avait pris par l'épaule. Comme un père à son fils, il voulait me montrer « les merveilles prodigieuses de la technique » ainsi qu'il disait avec cette emphase grotesque des gens de son parti. Devant les machines, je dus simuler une curiosité que je ne ressentais pas le moins du monde, n'étant pas de ces adolescents modèle — menton proéminent, cheveux plats, large nuque et sourire de prognathe — dont la photo illustrait les publications destinées à la jeunesse. Dans une salle qui ressemblait assez aux soutes du Nautilus *telles que les gravures de mon Jules Verne me les avaient fait imaginer, je dus subir une grande heure d'explications détaillées sur le fonctionnement des turbines, des carburateurs et des compresseurs... Mais j'ai toujours préféré la littérature à la réalité, la taille-douce noir et blanc aux cuivres et aux chromes des machineries qui halètent dans l'écœurante odeur d'huile de moteur : j'avais de plus en plus de difficultés à cacher mon ennui.*

« Mon commandant, fis-je avec hypocrisie, mon commandant, je crains de vous faire perdre votre temps. »

C'est alors que, me caressant la main comme dans un signe de maçonnerie, il me confia avec émotion :

« J'ai connu un autre Tadeuz, un as, un héros de l'aviation. Tadeuz Alansky.

— Oui, c'était mon père !

— Ton père ! Ah, ça... c'est extraordinaire ! Ton père ? Oh mais... Sais-tu que... ? Non, je n'ai pas le droit de te dire. C'est un secret !... Mais qu'importe ! C'est extraordinaire ! Permets que je t'embrasse ! Tu es mon fils ! Désormais je te considère comme mon fils. Tadeuz Alansky, c'était le plus grand de nous tous... Lui et Göring !

— Monsieur, répliquai-je d'un ton froid, vous oubliez que mon père a été assassiné par les gens... comme vous... comme Göring...

— Ah ça non, mon enfant, m'interrompit-il. Pas du tout. Tu confonds tout : c'est un S.A. qui a tué ton père. Pas un S.S. Jamais un S.S. n'aurait...

— Ah non ? ricanai-je. Jamais un S.S. n'aurait... Eh bien, en ce cas, pourquoi Gustav Graess, le meurtrier, n'a-t-il jamais été inquiété ? Je crois même savoir qu'il est devenu S.S... »

Je le plantai là, ébahi du mépris que je lui témoignais et je revins au salon que la plupart des voyageurs avaient déserté pour leurs couchettes. Il était minuit. A la seule table de bridge encore occupée, la conversation roulait sur cet énigmatique M. Trois-Astérisques qui ne s'était pas encore montré depuis l'embarquement.

Enfin Dora me supplia doucement :

« Tadeuz chéri, il est grand temps d'aller au lit. Sinon tu seras bien trop fatigué quand il te faudra galoper dans la pampa !

— Dora, nous n'y sommes pas encore dans la pampa ! » lui dis-je en la suivant dans la cabine.

*

C'est le lendemain matin qu'on entendit courir les premiers bruits qu'il se passait des choses étranges à bord, et, dès le petit déjeuner, les rumeurs de l'imminence d'une catastrophe. Les visages étaient graves et tendus. Les voix, sourdes, ne fanfaronnaient plus. Toute jovialité avait disparu. Déjà tombaient les masques.

Certains passagers disaient avoir entendu dans la nuit des hurlements, des coups de feu et des plaintes déchirantes venus des secondes. Il fallut se rendre à l'évidence : ils ne pouvaient pas tous avoir rêvé le même rêve.

D'autres firent alors observer que le dirigeable perdait de l'altitude et qu'il semblait descendre vers la mer.

Plus tard il y eut un début de panique lorsque Burgring, le colonel plénipotentiaire du Troisième Reich, fit remarquer :

« Tiens nous avions le soleil à notre droite, et voici qu'il est à gauche maintenant. Nous allions vers le nord et soudain nous nous dirigeons plein sud. C'est à n'y rien comprendre ! Où est le commandant... ? »

Or, c'était cela qui effrayait le plus, précisément : le commandant était introuvable !

« Oh ! Mais c'est le Vaisseau fantôme, oui, le Vaisseau fantôme », glapissait Lia Della Volpe en tordant un mouchoir entre ses doigts boudinés.

Puis, oubliant soudain ses frayeurs : « Un de mes triomphes mon petit Tadeuz ! Le Vaisseau... *Et*

Isolde! Elisabeth, aussi! Mimi! La Maréchale! Norma! Et Tosca!... Aaah Vissi d'arte! Vissi d'amore! »

Ses trilles suraigus rendaient impossible toute conversation et il fallut que Burgring, qui s'était institué lui-même commandant intérimaire, la fît taire :

« Allons, madame, je vous en prie! L'heure est grave!

— Ah, comprends-tu, mon petit, poursuivait-elle, sourde aux admonestations, comprends-tu? Tosca doit se sacrifier à l'affreux ministre Scarpia, une sorte de Burgring... Et elle chante les nostalgies de sa vie passée : Je vivais d'art, je vivais d'amour!... Eh bien, j'ai fait pleurer toute la Scala avec ça. Oui. Un soir, en présence de Mussolini : trente-neuf rappels! Et le Duce qui pleurait lui aussi!... Demande à Roberto si tu ne me crois pas! Ah, mon Dieu! où est Roberto?... Mais c'est vrai, j'oubliais : il voyage en seconde. En seconde... Ah, mon Dieu! Mais alors, peut-être que... Ah, mais je veux le voir! Je veux le voir immédiatement! Savoir s'il ne lui est rien arrivé, cette nuit », se mit-elle à crier.

Elle prit son élan et disparut par la porte des coursives qui menait au pont inférieur, tout en reprenant avec tragique les premières mesures de la prière qu'on entendit quelque temps encore :

« Vissi d'arte! Vissi d'amore! »

Moi, sans oser le dire à quiconque, je constatai que le Persée *avait encore perdu quelques pieds d'altitude et qu'il paraissait vouloir piquer dans la mer, proue la première. Dora, qui m'observait à la dérobée, m'avait pris dans ses bras et murmurait :*

« Voilà qui est inquiétant, n'est-ce pas ? Et la pampa ? »

Mais quelle ne fut pas notre terreur lorsque nous vîmes la cantatrice revenir des secondes, crier un mot incompréhensible sur le seuil du salon et puis s'évanouir dans les bras des Argentins qui tentaient de m'apprendre le tango !

« Qu'y a-t-il, madame ? Que se passe-t-il ? »

Tandis que les femmes se précipitaient pour la ranimer, Burgring la pressait de questions.

« Voyons, madame, dites-nous ! Qu'avez-vous vu ? »

Elle poussa un soupir de bel canto.

« Oh, c'est trop affreux ! Ils sont tous morts, tous ! Disparus !

— Quoi, que dites-vous ?

— Ils ont été jeté par-dessus bord. Oh, mon Roberto !... Jeté par-dessus bord ! »

Et sur ces mots étranges elle éclata en sanglots.

Alors, le second entra dans le salon et, demandant le silence d'un claquement de doigts :

« Oui, messieurs-dames, dit-il, la situation est critique ! Hier dans la nuit, le zeppelin s'est trouvé pris dans une turbulence inconnue de nous, une sorte de maëlstrom aérien non répertorié sur la carte des vents. Depuis, il perd de l'altitude. A l'heure qu'il est, nous aurions tous péri noyés si nous n'avions pas... eh bien ! si nous n'avions pas jeté du lest... C'est-à-dire :

les passagers des secondes ! Croyez bien que nous regrettons d'avoir eu à prendre cette décision ! Même allégé du poids des bagages et du mobilier, le dirigeable continuait de piquer. A trois heures du matin, le commandant Kreuger a dû prendre le terrible parti de sauver les premières en sacrifiant... En sacrifiant les voyageurs moins... importants économiquement, n'est-ce pas ?... Le commandant Kreuger est mort en luttant avec un passager qui ne voulait pas sauter et qui l'a finalement entraîné dans sa chute. La situation est à peu près rétablie maintenant. Le Persée *est à une centaine de pieds au-dessus de l'océan, stabilisé. Et nous espérons une remontée... Je demande une minute de silence à la mémoire de son héroïque commandant. Vive Hitler !*

— Vive Hitler ! »

Puis tout le monde se tut, frappé d'horreur. Seule Dora me demanda avec humilité :

« *Tadeuz, crois-tu que nous ayons le droit d'associer à sa mémoire celle des passagers sacrifiés ?* »

Mais personne à part moi ne l'entendit et, passé les premiers moments d'hébétude, je vis avec stupeur les conversations reprendre comme si de rien n'était.

La gaieté était revenue, l'insouciance.

Les tables de bridge s'organisaient, les haut-parleurs recommencèrent à diffuser de la musique douce et les deux Argentins vinrent me trouver pour me proposer d'apprendre à manier le lasso.

Je déclinai leur offre.

*

Jamais personne ne montait à l'intérieur de l'aérostat, qu'on appelait aussi le « cigare ». Les voyageurs préféraient les transats du pont-promenade et le bar de la nacelle où la rumeur sourde des turbines et la musique douce que diffusaient les haut-parleurs leur étaient une présence rassurante. Là-haut, à l'intérieur de ces formidables viscères de caoutchouc couleur chair que l'on parcourait sur un promenoir de métal, le silence avait quelque chose de mystérieux et d'oppressant. C'était comme de se trouver à l'intérieur d'un ventre immense, chaud et souple où parfois venaient à siffler des gaz volatils qui enivraient. Un ventre où les paroles s'étouffaient, absorbées par les replis du pneumatique. Et parfois le tangage vous rejetait contre les parois où vous enfonciez doucement…

J'aimais cet endroit merveilleux où je pouvais me croire Jonas dans les entrailles de la baleine.

Bientôt je m'y réfugiai pour échapper aux rires et à la gaieté forcée des salons de première où l'on fêtait bruyamment la remontée dans les airs du Persée. *Telle était ma colère que je trébuchai sur le dernier échelon de l'escalier de coupée.*

« Merde ! »

Dans la pénombre je tombai contre l'enveloppe élastique, je rebondis dans la clarté… je le vis : je sus aussitôt qui il était et lui n'hésita pas non plus :

« Chou Tsé-tsin !

— Tadeuz !

— Monsieur Trois-Astérisques, n'est-ce pas?

— Monsieur Eckart, collégien!

— O, Chou! Chou! C'est bien vous.

— Mon petit Tadeuz, comme vous lui ressemblez! Un instant, j'ai cru que je rêvais... Que je me souvenais!

— Chou!»

Nous étions émus aux larmes. Nous nous sommes embrassés tandis qu'une rafale de vent nous projetait dans une poche d'air à demi dégonflée...

*

De la poupe à la proue, de la proue à la poupe nous avons déambulé toute la nuit, seuls, dans la solitude de l'infini et parmi les étoiles que nous distinguions à l'embrasure de chaque caisson : Cassiopée ici, là le Chien, Bételgeuse, Andromaque, Sirius, Astarté — de la poupe à la proue, de la proue à la poupe. Moi, muet de tant d'émotion, et lui parlant sans cesse, écorchant les mots, les chantant plus qu'il ne les prononçait, lui qui filait comme le poète antique inspiré des dieux cette épopée : la vie de mon père.

Devant mes yeux surgissaient de l'ombre les hommes et les lieux. Devant mes yeux le passé se recomposait. Mais plus vrai et comme transfiguré par la poésie.

Brouillards jaunes de cette soirée où mon père et lui se connurent, brûlant soleil de ce matin où mon père fut tué, sourires de Mina Heide, sourires de Jude Jey, sourires de Liza, ma mère — « En-bleu-adora-

ble... » Lente pavane valsée... Rires, pleurs, soupirs... Visages extasiés, corps nus, corps meurtris, corps noyés, flottant à la dérive sur l'eau d'une piscine illuminée... Silence, cris, caresses... Une main s'ouvre... Un poing se referme... Une chanson est fredonnée bas dans l'obscurité, un passage à niveau sonne au loin... Plus près la neige est déblayée à la porte d'un chalet... Des mots chuchotés : « Mon amour, O ! mon amour. » Des mots tus... « N'est-ce pas cela le bonheur ? » Des lèvres entrouvertes... oui.

Il est midi ! Le ciel se détache et tombe...

Chaos, horreur, choc des haubans dans l'ombre, obscurité, halètements sourds dans l'obscurité, râles rauques, gémissements — à mon front, du sang. Je crois mourir mais je ne meurs pas. J'étouffe dans la poussière, je rampe sous le lourd tissu déchiré, j'avance. Je perds conscience. Je reviens à moi. Je suis poussé, pressé, compressé, comprimé, expulsé, éjaculé enfin...

Dans la mer ! La mer douce et tiède et dense. La mer éblouissante...

*

Non, je ne suis pas mort.

Je suis le seul survivant du Persée. *Le seul rescapé de la catastrophe.*

Et je nage désormais. Je nage sans hâte, avec volupté, étonné comme un enfant qui vient de naître... Je m'éloigne du lieu du désastre à longues brasses. Parfois, il m'arrive de me retourner. Au loin, devant l'horizon, je vois l'énorme objet rose et phallique s'abîmer doucement dans les eaux en se dégonflant. Je n'entends plus les cris des naufragés mais, de temps à autre, une bulle éclate sur la vague, qui porte encore quelques accords de ce tango triste et désuet que diffusaient les haut-parleurs quand le dirigeable est tombé :

« Pampa, Pampa,
Verte prairie de l'innocence !
Pampa, Pampa,
O ! Doux pays de mon enfance !

*

« Fils de Laïos, pauvre étranger en Grèce !
vivre est une mort, et la mort elle aussi est une vie. »

En bleu adorable...
HÖLDERLIN

23 avril-10 juin 1975
LONDRES-PARIS

DU MÊME AUTEUR

Aux Éditions Gallimard

WANDERWEG (Grand prix des lectrices de « ELLE » 1987)

Aux Éditions Christian Bourgois

BEING

LE BLEU LE BLEU

LE LIVRE DES MORTS-VIVANTS

JEUX D'INTÉRIEUR AU BORD DE L'OCÉAN

Aux Éditions Bernard Grasset

MON PREMIER AMOUR

Aux Éditions Robert Laffont

MONSIGNORE

CAPRICCIO

L'HEURE DU TIGRE

MONSIGNORE II

Aux Éditions Flammarion

SELVA OSCURA

OCEAN BOULEVARD

AUTOPORTRAIT AU LOUP

PACIFIC PALISADES (Folio, *n° 1930*)

Aux Éditions Olivier Orban

LE SIÈCLE DES TÉNÈBRES

COLLECTION FOLIO

Dernières parutions

2007.	Karen Blixen	*Le dîner de Babette.*
2008.	Jean-Noël Schifano	*Chroniques napolitaines.*
2009.	Marguerite Duras	*Le Navire Night.*
2010.	Annie Ernaux	*Ce qu'ils disent ou rien.*
2011.	José Giovanni	*Le deuxième souffle.*
2012.	Jan Morris	*L'énigme (D'un sexe à l'autre).*
2013.	Philippe Sollers	*Le Cœur Absolu.*
2014.	Jacques Testart	*Simon l'embaumeur (ou La solitude du magicien).*
2015.	Raymond Chandler	*La grande fenêtre.*
2016.	Tito Topin	*55 de fièvre.*
2017.	Kafka	*La Métamorphose* et autres récits.
2018.	Pierre Assouline	*L'homme de l'art (D.-H. Kahnweiler 1884-1979).*
2019.	Pascal Bruckner	*Allez jouer ailleurs.*
2020.	Bourbon Busset	*Lettre à Laurence.*
2021.	Gabriel Matzneff	*Cette camisole de flammes (Journal 1953-1962).*
2022.	Yukio Mishima	*Neige de printemps (La mer de la fertilité, I).*
2023.	Iris Murdoch	*Pâques sanglantes.*
2024.	Thérèse de Saint Phalle	*Le métronome.*
2025.	Jerome Charyn	*Zyeux-Bleus.*
2026.	Pascal Lainé	*Trois petits meurtres... et puis s'en va.*
2027.	Voltaire	*Dictionnaire philosophique.*
2028.	Richard Bohringer	*C'est beau une ville la nuit.*
2029.	Patrick Besson	*Ah ! Berlin* et autres récits.
2030.	Alain Bosquet	*Un homme pour un autre.*

2031.	Jeanne Bourin	*Les amours blessées.*
2032.	Alejo Carpentier	*Guerre du temps* et autres nouvelles.
2033.	Frédéric H. Fajardie	*Clause de style.*
2034.	Albert Memmi	*Le désert (ou La vie et les aventures de Jubaïr Ouali El-Mammi).*
2035.	Mario Vargas Llosa	*Qui a tué Palomino Molero ?*
2036.	Jim Thompson	*Le démon dans ma peau.*
2037.	Gogol	*Les Soirées du hameau.*
2038.	Michel Déon	*La montée du soir.*
2039.	Remo Forlani	*Quand les petites filles s'appelaient Sarah.*
2040.	Richard Jorif	*Le Navire Argo.*
2041.	Yachar Kemal	*Meurtre au marché des forgerons (Les seigneurs de l'Aktchasaz, I).*
2042.	Patrick Modiano	*Dimanches d'août.*
2043.	Daniel Pennac	*La fée carabine.*
2044.	Richard Wright	*Fishbelly (The Long Dream).*
2045.	Pierre Siniac	*L'unijambiste de la cote 284.*
2046.	Ismaïl Kadaré	*Le crépuscule des dieux de la steppe.*
2047.	Marcel Proust	*Sodome et Gomorrhe.*
2048.	Edgar Allan Poe	*Ne pariez jamais votre tête au diable* et autres contes non traduits par Baudelaire.
2049.	Rachid Boudjedra	*Le vainqueur de coupe.*
2050.	Willa Cather	*Pionniers.*
2051.	Marguerite Duras	*L'Eden Cinéma.*
2052.	Jean-Pierre Enard	*Contes à faire rougir les petits chaperons.*
2053.	Carlos Fuentes	*Terra Nostra*, tome I.
2054.	Françoise Sagan	*Un sang d'aquarelle.*
2055.	Sempé	*Face à face.*
2056.	Raymond Chandler	*Le jade du mandarin.*
2057.	Robert Merle	*Les hommes protégés.*
2058.	Pierre Loti	*Aziyadé.*
2059.	François Salvaing	*Misayre ! Misayre !*
2060.	André Pieyre de Mandiargues	*Tout disparaîtra.*
2061.	Joseph Conrad	*Fortune.*

2062.	Jean Diwo	*Le lit d'acajou (Les Dames du Faubourg, II).*
2063.	Pascal Lainé	*Plutôt deux fois qu'une.*
2064.	Félicien Marceau	*Les passions partagées.*
2065.	Marie Nimier	*La girafe.*
2066.	Anne Philipe	*Je l'écoute respirer.*
2067.	Reiser	*Fous d'amour.*
2068.	Albert Simonin	*Touchez pas au grisbi !*
2069.	Muriel Spark	*Intentions suspectes.*
2070.	Emile Zola	*Une page d'amour.*
2071.	Nicolas Bréhal	*L'enfant au souffle coupé.*
2072.	Driss Chraïbi	*Les Boucs.*
2073.	Sylvie Germain	*Nuit-d'Ambre.*
2074.	Jack-Alain Léger	*Un ciel si fragile.*
2075.	Angelo Rinaldi	*Les roses de Pline.*
2076.	Richard Wright	*Huit hommes.*
2077.	Milan Kundera	*L'insoutenable légèreté de l'être.*
2078.	Robin Cook	*Il est mort les yeux ouverts.*

Impression Bussière à Saint-Amand (Cher),
le 22 août 1989.
Dépôt légal : août 1989.
Numéro d'imprimeur : 8674.
ISBN 2-07-038162-5 /Imprimé en France.

29.50

46821